LA MODIFICATION

MICHEL BUTOR

变

[法] 米歇尔·布托尔 著

桂裕芳 译

上海译文出版社

目录

卷　一

一

你把左脚踩在门槛的铜凹槽上，用右肩顶开滑动门，试图再推开一些，但无济于事。

你紧擦着门边，从这个窄窄的门缝中挤进来，接着便是你那只和厚玻璃瓶一样颜色的、发暗的颗粒面的皮箱，这是常出远门的人携带的那种相当小的皮箱，你抓住黏糊糊的提手把皮箱使劲拖进来，它虽然不重，但你一直提到这里，手指不免发热，你把皮箱举起来，感到身上的肌肉和筋腱都鼓了起来，指骨、手心、手腕、胳膊莫不如此，还有肩膀，还有整半个后背，还有脊椎，从颈部到腰部都是如此。

不，你这种反常的虚弱不能只归咎于钟点，钟点不算太早，而应归咎于年龄，它已让你感到岁月是不饶人的，其实，你刚满四十五岁。

你的眼睛没有完全睁开，仿佛蒙上一层薄雾，眼皮怕光，不够滑润，双鬓紧皱，皮肤紧绷绷的，可以说是僵硬的，形成一道道细细的皱纹，你的头发开始变得稀疏和花白，别人也许没有留意，但是，昂里埃特、塞西尔和你自己都注意到了，以后孩子们也会注意到的，这些头发竖着，不那么妥帖，你整个身体被衣服裹着，感到紧，不舒服，还没有完全清醒过来，好像被泡在充满悬浮微生物的动荡而多气泡的水里。

你之所以走进这间车室，是因为在你左手顺方向靠走道的那个角落是空着的，要是来得及的话，你本来会像平常一样让马尔纳给预订这个座位，不，你会亲自打电话预订，因为不能让斯卡贝利公司里任何人知道你离开几天是为了去罗马。

在你右边有一个人，他的脸和你的臂肘一样高，在这次旅行中他坐在你即将就座的座位对面，他比你稍稍年轻一点，最多四十岁，个子比你高，面色苍白，头发比你更加花白，眼睛在深度的镜片后面眨动，一双长长的手焦躁不定，指甲被牙啃过，被烟草熏得黄黄的，手指神经质地交叉又松开，显然在不耐烦地等待开车，很可能他就是这个鼓鼓囊囊的黑皮包的主人，皮包里有文件，你从一处开绽的地方隐约可见几张彩色纸的纸角，皮包里大概还有一些乏味的精装的书，皮包搁在方形网眼的金属行李架上，紧靠着走道的搁板，在他头的上方，看起来好像是一个徽章，一种说明，这说明虽然不是文字，而是物品，是为某人所有的物品，但并不因此就不够清楚，或者说无法理解，①

这个人盯着你看，因为你站在那里不动，你的脚妨碍了他的脚，这使他颇为不快：他很想叫你坐下，但他胆怯的双唇说不出这句话，他转脸看着玻璃窗，用食指拨开绣着全国铁路公司简称的低垂的蓝窗帘。

---

① 在写作本书时，作者有意追求连绵的长句效果，文中多处出现连续几段以逗号断句的现象。译文保留此行文风格。

在他那条长椅上，还有地方没有人坐，但已经被人占了，绿漆布长椅上横放着一把裹着黑网套的长雨伞，上面放着带苏格兰防雨布套的轻便皮箱，皮箱的两把细铜锁锃亮，再过去坐着一个大概已服完兵役的青年，他一头金发，穿着浅灰色苏格兰呢上衣，系着一条红紫两色斜条领带，右手握着一个发色比他深的年轻女人的左手，他的大拇指在她手掌上划来划去逗着玩，而她满意地看着他这样做，有一会儿她抬起眼睛看你，发现你在打量他们便又赶紧低下头去，但没有停止他们的游戏。

这不仅是一对情侣，而且还是一对正值新婚的年轻夫妇，因为他们都戴着金戒指，他们也许去度蜜月，而那两只大箱子也许正是为这事买的，要不就是哪个慷慨的叔叔送的，两只箱子摞在一起，一模一样，都是猪皮的，崭新发亮，每只箱子上配有小皮框，用极细的皮带固定在提手上，用来放名片。

在这个车室里，只有他们预订了座位：他们那两张标有大黑号码的棕黄两色卡片静静地挂在镀镍的横杆上。

在车窗另一侧的长椅上独自坐着一个教士，他三十岁上下，已经有些发胖，除了那被尼古丁熏黄的右手指以外，他全身上下干净整齐，他正想埋头去读那本充满插图的祷文书，在他上方放着一个文件包，像沥青一样黑，但略略发灰，长长的拉链中有一段是开着的，好像海蛇张口露出细齿，它搁在行李架上，而你正艰难地往那儿托举你自己的行李，就好像可笑的江湖大力士抓住圆环举起沉甸甸的空心铸铁块一样，你只用一只手，因为另一只手的手指还捏着你刚买的那本书，你举起自己那只颗粒面皮箱，它有着玻璃瓶那种绿色，皮箱上烫有你姓名的缩写“L. D. ”，这是你上次过生日时家里人送给你的礼物，当时它相当时髦，和你这个斯卡贝利打字机公司巴黎分公司经理的身份十分相称，它现在仍然能使人产生错觉，但仔细观察便可看出油渍，而且铁锈也开始偷偷地侵蚀圆环。

在你对面，越过教士和那个娴雅温柔的年轻女人之间的玻璃窗，再越过另一层玻璃窗，你相当清楚地看到另一节车厢的内部，那是一节有着黄木长椅和线网行李架的老式车厢，在光影交错的另一面，在阴影里，你看见一个身材和你相仿的男人，你说不出他的年纪，也无法精确描述他的衣着，他正在重复刚才你所做的那些疲乏的动作，只是节奏更慢。

你坐下来，把两条腿伸到那个知识分子的两腿外侧，他似乎松了一口气，手指总算停住不动了，你解开你那件发亮绸衬里的厚毛皮大衣，撩开下摆，露出两个膝盖，它们裹在海蓝色的呢裤里，裤上的褶痕还是昨天熨的，却已经皱了，你用右手将交叠的羊毛围巾解开，摊平，围巾的针眼很松，上面有一个一个的凸结，这些草黄色和珠白色的花结使你想到搅和的鸡蛋，你漫不经心地将围巾一叠为三，然后塞进那个很大的衣袋里去，衣袋里已经放着一包蓝色的高卢女人牌香烟、一盒火柴，当然还有存积在衣缝中间的烟屑和灰尘。

接着，你用力抓住镀铬门把，门把上有一道细裂痕，可以看见下面深色的铁芯，你使劲想关上滑动门，门跳了几下，就不再向前移动了，正在这时，在你右边的门窗玻璃上出现了一个小个子男人，他脸色绯红，穿着一件黑雨衣，头戴一顶圆礼帽，他像你刚才那样从半开的门缝里挤进来，毫无把门推得更开的意思，好像心中有数，知道门锁和滑动槽运转不灵，你收回腿时，他的嘴唇和眼皮几乎难以觉察地动了动，为他的打搅向你默默表示歉意，他大概是英国人，无疑是那把横放在绿漆布长椅上的黑绸伞的主人，他果然拿起伞，但没有把它放在行李架上，而是和帽子一起放到座位下面窄窄的条架上，这顶帽子目前是车室里唯一的一顶帽子，他多半比你年长一点，头秃得比你厉害得多。

你向右看，透过你的太阳穴倚着的冰凉的玻璃窗，再透过走道里那扇半开的车窗，车窗前刚刚走过一个气喘吁吁的戴着尼龙风帽的女人，你又看到了几乎与灰灰的天空浑然一体的车站大钟，狭长的秒针继续跳跃着作环形运动，现在正指着八点八分，也就是说，离开车还有足足两分钟的空闲。你左手仍然捏着在车站大厅里买的那本书，你信得过这套丛书，所以刚才你几乎没有停下步，既不看书名，也不看作者是谁就买来了，你撩开手腕上那里外三层袖口，即衬衫、上衣和大衣，分别是白色、蓝色和灰色的，露出了你的长方形手表，表带是朱红皮子的，表盘上的数字涂了一种在黑夜里闪光的绿色物质，它指着八点十二分，你拨正了它。

外面，一辆电瓶车在忙碌拥挤的灰色人群中迂回行驶，人群熙熙攘攘，有人模糊不清地在边低语话别，边听着扩音器里泻出的那些走了调的片言只字，接着，对面那列火车开动了，发出了隆隆声，绿色的车厢一节一节驶过去，直到最后一节车厢消失，仿佛拉开了舞台的帷幕，于是在你眼前出现了一个长得无边的舞台，那里又有一个熙熙攘攘的月台，又有一座大钟，又有一列静止的火车，而这列车看来在你的火车离站以前是不会开走的。

你的眼皮，让它别合上可真不容易，你的脑袋，让它挺直也真难；你想蜷缩在角落里，用你的肩筑一个安乐窝，你歪着后背，但也枉然，接着，震动和摇晃使它不得安宁起来。

车外的空间骤然开阔起来；一节小火车头驶近，然后在布满道岔的地面上消失了：你的目光只能追随片刻，一如眼前正闪过你非常熟悉的高楼的斑驳的后墙，交叉的小铁梁架，有辆奶车驶过的大桥，信号标志，高架线，线柱和分叉网，你看见一连串的街道中，一条街的拐角上一个骑车的人正在转弯，另一条街和铁路并行，中间隔着一道不坚固的篱笆和一条很窄的蓬乱的枯草带，还有，正在拉开铁门帘的咖啡店，至今还挂着马尾作招牌的理发店，漆着洋红大字的杂货店，第一个郊区火车站，那里有一大堆人正等着另一趟火车，储存煤气的大铁塔，玻璃窗涂成蓝色的小作坊，有裂痕的高烟囱，存放旧轮胎的库房，带棚架和小屋的小花园，竖着电视天线的有围墙的小石头别墅。

房屋逐渐矮下去，分布得更加零乱，城市这一幅织锦上的裂缝现在越来越多了，路旁的灌木丛，枝叶脱落的树木，头几处泥滩，头几片田野，它们在低低的天空下几乎不再是绿色的，在地平线尽头隐约可以看见树林和起伏的山丘。

持续的轰隆声一直在深沉地颤动，使这个车室受到摇晃和震动，间或插进一阵阵刺耳的凄厉的尖鸣，你对面的那四张面孔一起开始晃动，他们一言不发，一动不动，这时，车窗另一侧的教士烦躁地轻轻叹了一口气，合上黑色软皮面的祷文书，食指仍然夹在金边的书页中作书签用，而让细细的白绸带飘在外面。

突然，所有的目光转向车室门，一个气喘吁吁的红脸男人用肩膀一顶，仿佛轻而易举地将门顶得大开，他一定是在火车启动时才上车的，他把一个鼓鼓的皮箱和一个用报纸包着、破绳捆着的圆形小包扔到行李架上，然后在你旁边坐下来，解开他的雨衣，右腿架到左腿上，从衣袋里掏出一本彩色封面的电影周刊，仔细地看起图片来。

他那厚厚的侧影挡住了教士的侧影，你只看得见教士那只扶着车窗窗台的手，手指随着整体的晃动而颤动，食指在噪声中轻轻地、机械地、毫无声息地敲着用螺丝旋上的那块长金属片，你知道（但你没法确实看到，而只能一个字母一个字母地大致猜出这些横排字，在远景的衬托下，这些字显得扁扁的，完全变了样），那上面横写着两种文字的告示："俯身窗外危险——E pericolosco sporgersi.[①]"

水泥柱或铁柱络绎不绝，它们的黑线条迅速地从车窗这一头扫到那一头；电话线以绝缘子来划分节奏，上升，下降，分开，重现，交替，增加，会合，它好像复杂的五线谱，只是没有音符，只用简单的线条排列来标志声音和声音的种种组合。

稍远，移动较缓的是那一大片树林，树林间的村落或房屋越来越稀疏，树林在自转，有时分开，露出一条小径，有时蜷缩起来，仿佛藏在胳膊或腿的后面。

火车是沿着，不，是在穿越一片真正的森林，因为从你的太阳穴始终倚着的玻璃窗往外看，此刻空荡荡的走道的外侧，一扇扇车窗一直排列到车厢尽头，而在这些窗子外面，你看到同样的景象：越来越稠密的、杂草丛生的深暗的大森林。

铁路在森林中划出一道壕沟，窄窄的，使你连一线天空也看不见，连地面也升高了，成了高高的秃土斜坡或石砌斜坡，在石砌斜坡上，霎时间，你勉强来得及认出长方白石上几个大红字，你早就盼着这几个字了，不过可能没想到会这么快，这些字你已看过无数遍，你每次经过这里，只要是白天，你就盼着看到它们，因为它们告诉你或是将到终点，或是旅程确实开始了。

枫丹白露-阿丰车站过去了。在走道外侧，一辆十一匹马力的黑汽车正在镇公所前停下来。

---

① 意大利文，俯身窗外危险。

你现在已经重新适应了火车的晃动和声响，你原来害怕赶不上这班火车，这并不是因为你今早醒来比原定的时间要晚，恰恰相反，你一睁开眼就伸出手去制止闹钟响，这时晨光正开始雕刻你床上那堆零乱的床单，床单从暗影中显露出来，像战败的幽灵一样匍匐在你设法摆脱的那块松软暖和的土地上。

你转眼看着窗子，看到了昂里埃特那曾经是黑色的头发，还有她的后背，在令人丧气的黯淡晨光的衬托下，她后背的轮廓在稍稍透明的白睡衣下面柔和地一下显现出来，而且越来越清晰，她正在乒乒乓乓地推开铁百叶窗，使它们叠合起来，百叶窗的缝隙里堆满了城市里常有的絮状和煤灰状的灰尘，这里那里还有铁锈斑点，仿佛是凝固的血点。

一阵辛涩的新鲜空气在整个房间里弥漫，刺激着你的鼻孔，现在六块玻璃窗完全露出来了，她怕冷，所以用右手捏紧睡衣的衣领，上面那条可怜而无用的装饰花边耷拉在她平陷下去的胸前，她走过去拉开路易-菲利普式玻璃衣橱的门，一下子便使镜中的天花板和上面的顶线、还有那条裂痕旋转起来，这条裂痕一月比一月深，你早该叫人来将它填平(分散而吝啬的光线仿佛透过无数层薄石瓦片的过滤，在这种光线下，红木衣橱本身几乎黯然失色；在顶线的角上只有一丝与其说是红色、不如说是铜赭色的反光在微微颤动)，衣橱里的衣服都挂在衣架上，袖子直挺挺、空荡荡地垂着，仿佛套在蓝胡子[1]以前那几个妻子的非常瘦而僵直的胳膊上，这些

---

[1] Barbe-Bleue，法国十七世纪作家夏尔·佩罗（Charles Perrault）作品中的人物，他杀死了六个妻子，并企图勒死第七个妻子。

幽灵静默不语，来回摆动，显出一种无情的嘲弄的神气，她在那些衣服中找出她那灰黄两色大方格的便袍，她抬起赤裸的手臂，露出腋窝，穿上了便袍，神经质地将丝带打了一个结，她面色疲倦，心事重重，疑虑不安，在穿上便袍后更显得像个病人。

当然，在那一会儿，她的眼神中没有柔情，不过她有什么必要和你一同起床呢？你完全可以自己处理，这是原先讲好了的，她和孩子们去度假时，你也曾多次这样做过，可是，当她在家的时候，她总不相信你会处理这些小事，她总以为你没有她不行，她还想让你也这样想……

她走出房间，随手轻轻带上门，免得惊醒隔壁的男孩，你等她走了以后才把表戴到手腕上（刚过六点半），然后从床上坐起来，两只脚伸进拖鞋，搔着脑袋，一面漫不经心地瞧着窗外灰色天空下依稀可辨的先贤祠的大圆屋顶，一面在思索妻子的表情，当然，你不是在想她是不是有些怀疑，这一点显然已很确切，你是在猜她怀疑的是什么，具体地说，关于这次旅行，对你的打算她究竟识破了多少。

当然，你很高兴去喝她为你煮热的牛奶咖啡，不过这没什么用，她也明白，因为不管怎样，你总是打算利用火车上的餐车，在那里吃早饭的。

在楼梯口，你没有勇气拒绝她那忧虑的亲吻。

“你现在还来得及。当然在头等车厢里你总会有座的。”

她怎么知道你这次没有订座？确实是你告诉她的？为什么？不管怎样，有一件事她不知道，肯定不知道，那就是你坐的是什么车厢，她不知道你这次旅行不是为斯卡贝利公司出差，也不是公司支付路费，而是你瞒过了在罗马的那些经理和在巴黎的你手下的那些职员偷偷进行的。

你还没有抬腿下楼，她就把你们家的门关上了，这样她就失去了最后机会来使你回心转意，不过，她显然对此也毫无兴趣，她今早起床给你准备吃的，仅仅是出于一种机械性的习惯，至多是出于某种带有轻蔑色彩的怜悯，显然，你们两人相比，她比你更感到厌倦。你为什么要责怪她在说完那几句话以后没有瞧着你下楼呢？那几句也许是挖苦话，你不知道怎样回答，也不想回答。其实，对你们两人来说最好是她根本不起床，连眼睛也不睁开，不是吗？你可以在她熟睡时离开她，你让百叶窗关着，她那熟睡的身体在昏暗的房间里几乎难以辨认，她那深沉的呼吸使被单微微起伏。

火车正常地行驶在光秃秃的田野和棕色的矮树丛之间，你原来怕赶不上这班车，因为找出租汽车所花的时间大大超出你的预料，你不得不提着箱子走完整条苏夫洛街，一直来到圣米歇尔大街路口上的马伊厄咖啡馆门前，在多次尝试失败之后，你才终于拦住了一辆十一匹马力的出租汽车，司机坐着不动，既不给你开门，也不帮你安放那件小行李，于是你产生了一种荒谬的想法，仿佛他从你脸上看出你这次出门坐的是三等车厢，而不是往常的头等车厢，特别使你别扭的是，你突然意识到你这种反应表明你似乎有什么见不得人的事，你清晨的种种想法仍未摆脱似梦非梦的沉滞状态，因而相当紊乱。

你舒服地坐在汽车的右角上，就像现在一样，你看见在仍然关闭着的商店门前，在行人稀少的人行道上，树干在向后倒驰，你看见索邦教堂和教堂前空寂的广场，还有被称作叛教者尤里安[1]公共

---

① Julien l'Apostat(331—363)，古罗马皇帝，曾任高卢行政长官。他背弃基督教，推崇异教并建立异教教会。

浴室的遗址，其实早在这位皇帝之前这些浴池可能就存在了，还有酒市和植物园的铁栅栏，左边，越过奥斯特利茨桥的栏杆，你看见小岛上大教堂的祭坛，四周是钟楼，而在右边，你看见车站的钟楼，上面钟的指针指着八点整。

你把刚从国际列车窗口买来的车票递给检票员，他在上面打了一个洞，你向他打听该去哪个月台，就在这时你发现你要去的月台几乎就在你对面，月台进口处的钟面上，指针静止不动地指着的不是当时的时间，而是开车的时刻：八点十分，一块牌子上标明沿途的主要停车站，这一名单你都能背出来：拉罗什、第戎、沙隆、马孔、布尔格、屈洛、艾克斯莱班、尚贝里、莫达纳、都灵、热那亚、比萨、罗马—特米尼，再远（这趟车还往前走），就是那不勒斯、雷焦、锡拉库萨，你趁这剩下的几分钟不加选择地买了一本书，这本书从此没有离开你的左手，你还买了一包烟，它待在你的大衣兜里，在围巾下面，它还没有启封。

在走道外侧，一辆十一匹马力的黑轿车在一座教堂门前开动了，它沿着和铁道平行的公路行驶，和你们比赛速度，它驶近，远离，消失在小树林后面，再次出现，越过一条小河，河边有柳树和一条丢弃的小船，汽车被火车超了过去，又赶了上来，然后在一个十字路口拐弯，钻进一个村庄，村庄的钟楼很快便消失在一个土坡后面。蒙特罗车站过去了。

隆隆声中响起了铃铛声，你看见餐车人员朝你走来，他头戴绣有金边的蓝帽子，身穿白上衣，盼他来的不止你一人，因为那对年轻夫妇也抬起头来，他们现在相互注视，相互微笑。

一个男人，一个女人，还有一个你只看得见后背的女人从他们的车室里走出来，走远了；一只雨衣袖子从你用鬓角始终倚着的玻璃窗上擦过去，接着是一个带塑料纽扣的很大的黑尼龙手提包在窗上碰了几下。

气温升高了，你感到两条长椅中间的那块有菱形凹槽的窄窄的金属片开始热起来了。坐在你旁边的那个最后上车的人，显然是车室里最不阔气的旅客，他把读着的周刊折起来，犹豫片刻，不知往哪里放，后来站起身，把它塞到椅子下面的搁架上，报纸在那里像把扇子似的张开着，他脱下雨衣，用粗大的手捏着，仿佛它是团擦汽车的抹布，然后粗鲁地把这团东西扔到行李架上，扔到他的小纸包和你的箱子中间（雨衣上的角质扣环在金属上碰了一下，然后在垂下的皮带上晃来晃去），他又拿起报纸，打开，重新坐下来。

这张照片拍的是哪个女演员的婚礼？又是哪一天的事？

铃声又回来了，你的眼睛向右转过去往后看，对那个穿白上衣的餐车人员注视了片刻，他正朝着自己的车厢走去，他要去把质量不好而价格昂贵的咖啡倒进杯里，杯子都是淡蓝色的，好像诺尔省城市中春季天气变化无常时的天空。

年轻女人第一个下了决心，接着是她的丈夫，他们从你面前走过去，一面说着“对不起”，他们两人都红着脸，微笑着，仿佛他们是头一次出门，所以一切事物，包括微不足道的小事，对他们来说都很有意思，都能使他们快乐，他们把从刚才起一直敞开着的门关上一半，然后急忙走了。

坐在你对面的那个人掀起身旁的窗帘。

你也去吧；你把这本碍事的书塞进兜里，走出车室吧；并不是因为你真正饿了，既然你刚才已经喝了一杯咖啡；这甚至并不只是出于习惯，因为你坐的不是往常那趟车，你买了另一个时间的票，不，这是你做的决定的一部分，你自己给机器上了发条，它开始运转起来了，而你几乎还不知道。

二

就是这儿，你刚才离开的正是这个车室，这个花白头发的男人正埋头读一本黑色粗布封面的厚厚的书，他刚才就坐在你对面，他旁边是那个皮色发红的男人，他干净利落，长着一双贪婪的小鱼眼睛，还有靠窗的那个教士，他再次试图专心阅读经文，但是枉然。

那对恋人，那对夫妻，他们还留在和这里相隔四节车的餐车上，他们俯在餐桌上安详地谈得正起劲。对他们来说，一切都是话题，一切都带来新的满足，可是你呢，烦闷和孤独把你赶回你的小屋，在载着你奔驰的火车上，这就是你的家，而左面行李架上的箱子，这件属于你的物品，就是家的标志。

而箱子下面的你的座位，在顺方向靠近走道的那个角落里，你在里昂车站找到这个空座时是多么高兴呀，因为每次出公差，你总是要亚历山大·马尔纳给你在头等车厢预订这个座位，你刚才应该把书留在这里占座的，这本书使你的大衣显得沉甸甸的，把那个已经满满的衣兜拉长了，而你又没有打算去餐车看书；现在占据你座位的是那个最后上车的人，他当初进来时用肩膀猛地把门顶开，他那种卖弄自己有力气的方式，那种愚蠢的自信，那种庸俗，使你顿时产生反感，现在他正埋头在读那本有插图的周刊，他毫无起身给你让座的表示，他肯定是个推销员，可是他推销什么呢？酒？药品？也许是内衣，反正不会是打字机，否则他的行李会完全不同，除非他也和你一样在潜逃……

你不在的时候，室内温度继续上升了，要不就是因为你活动了一下，喝了点热东西，所以你在出汗。你的面孔正好和镜子一样高，随着火车的晃动，你的脸也在镜框里颤动。今早你匆匆忙忙地刮了胡子，你看见在耳朵旁边还有不少黑碴儿。你用湿漉漉的手摸着下巴。你的皮肤不仅不光滑，还绷得很紧；你的面色疲惫，两眼失神，嘴里发苦。尽管你又喝了一杯咖啡，你仍然未能完全清醒过来，可是，你瞧瞧表，已经是九点多了，要是在正常工作日里，你早已去歌剧院大道上班了，迟到的打字员们都怕你，再说，昨天晚上你早早就躺下了。

这次旅行应该是一种解放，一次更新，是对你的身体和头脑的大扫除，难道你不该感到它的作用而倍觉兴奋吗？但是现在你感到厌倦，几乎还很难受，这到底是怎么回事呢？难道是因为过去被抑制住的、在持续紧张状态中的积劳，现在在向你进行报复？它侵犯你，利用你偷闲的机会就乘虚而入，就像大潮渗过堤坝上最小的隙缝，将一直被大坝保护的土地淹没在使草木不生的苦水里。

可是，你采取这个不寻常的行动不正是为了防止你已经清楚意识到的这种危险吗？这趟火车不正是把你带到将使你那全部裂痕——衰老的先兆——得到痊愈的地方去，带到你将享受何等安宁、何等补偿的罗马去吗？

那么，你为什么神经如此紧张，为什么感到血流不畅，忧心忡忡？为什么还不觉得轻快一些？难道只是时间的变动就会使你如此心烦意乱，怅然若失，惶恐不安？只是因为你乘早上八点的火车，而不像往常一样乘晚车？难道你已经如此墨守成规，沦为积习的奴隶？啊，那么说来，你这次决裂是必要的，刻不容缓的，因为，如果再等几个星期，一切都将化为泡影，乏味的地狱会重新关上大门，你再也不会鼓起勇气来了。解脱的时刻以及美好的岁月现在终于即将来临。

你现在脱下大衣，叠起来，举到箱子上面去。你右手紧紧抓住行李架横条；你不得不斜着身子，这种姿势很不舒服，可尽管火车不停地晃动，你还得保持这种姿势，才能用大拇指紧按下两边锃亮的锁，锁簧一下子弹开，箱盖松动了，慢慢竖起来，仿佛装着一根弹性不大的发条，你把手指头伸进去瞎摸，摸到那个不透明的红白条尼龙口袋，今天早上，你在先贤祠广场十五号的家里，对着镜子自我审视了一番，然后把脸擦干，接着便匆忙地急躁地往这口袋里胡乱扔东西，根本顾不上收拾，湿漉漉的刮胡刷啦，带着灰色塑料套的刮胡肥皂啦，一包新刀片啦，牙刷啦，梳子啦，牙膏啦，这一切都装在这个拉链上有小环的十分光滑的尼龙口袋里，你又摸到了放拖鞋的皮套，还有苋红色丝睡衣，这是你在卧室的玻璃衣橱里，在那一堆五彩缤纷的内衣中为塞西尔细心挑选的，那是在昨天晚上，当时昂里埃特正在做晚餐的最后准备，男孩子们在吵架，他们的声音因为从墙那边传来所以有些减弱，但在他们这个年龄其实应该能够彼此容忍了，然后，你总算摸到了你要找的那本小册子。

箱盖无力地跳动了几下便合上了，你忘记锁上。

你在长椅中间坐下来，一边是教士，他坐在窗前正念念有词地读他的经文（这得花多少时间呀！），窗外是飞驰的田野和缓缓移动的雾蒙蒙的地平线，你的另一边是埋头读那份打开的周刊的推销员，他在那篇名演员婚礼的报道中不慌不忙地认真地慢慢读着，他坐在靠走道的窗前，走道里正闪过一件石榴色条绒大衣，刚才你在餐车上也见过。

你感到一股热气穿透你那两只褐色皮鞋的鞋底，其中一根鞋带早就断了，打了一个结，外面看不出来，但却像一个小脓包使鞋面微微隆起，而且压着你的皮肤，在这两只鞋中间还有一只鞋，黑色的漆皮鞋，鞋尖朝着相反的方向，在暗处发亮，鞋里面是一只海蓝色的棉线短袜，袜子上面是十分相近的深灰和浅灰色的细条呢裤的折边，裤子上有一条细细的白线，它蜿蜒成螺旋形，像被晨风吹拂的云彩一样零乱。

黑脚颤动着向右上方抬起，这条腿架到另一条腿上，于是你把自己的两条腿并起来，开始端详你手中的那本东南地区谢克斯时刻表的天蓝色的方形封面，你的手在抖动，正像这整个在巴黎—罗马线路上运行的轻轻晃动的车室。

这是“一九五五年十月二日开始的冬季时刻表，有效期至一九五六年六月二日（包括当日）”，上面还有广告：“尼斯，和平饭店，四季营业”（你从来没有在那里住过）；“夏贝尔和吉约牌果仁糖”；然后有一行蝇头小字，你把它们凑到眼前，想认认是什么字，可是很难，因为你当然无法使它们在你眼前静止不动：“金蜂房”，弯成像提篮柄那样的小拱形，罩在一张画上面，画中是一个旧式蜂房，草顶圆屋，还有四个不规则的斑点，肯定是代表蜜蜂（在火车低沉的隆隆声中，间或出现尖厉的声音，使人想起金属正在金属上面滚动和摩擦），另一处是“沃莱的马鞭草饮料”（你从来没有喝过；大概是种发绿的甜饮料吧；等一会你可以在餐车上要这种饮料，如果他们有的话；他们总是向你推销甜烧酒的）。

于是你想起一个名字，勒皮昂沃莱，这是你从未去过的千万个城市之一，是个法国外省城市，它一定像煤灰一样叫人腻味，尽管那里有着地质方面的、被人称作岩墙的奇景，还有装饰着壁画的大教堂，在这个城市里有你的一个职员，斯卡贝利公司负责整个塞文山区的推销员，显然那里并不太需要打字机，这一点，一个刚从小学毕业的孩子都能告诉你(可是你的推销网必须遍布法国)，不言而喻，此人在那里干得不太好，就在昨天，你还叫人给他去了一封咄咄逼人的信，你从未见过他，甚至连姓名也记不清，因为你总是让莫朗东全权负责这件事，他每年到中部视察时总要去勒皮城。

他们早该回来了，那个年轻的丈夫和他那新婚的妻子，他们比你先去餐车，你进餐车时，便已看见他们在进餐，在烤面包上涂黄油了。当然，他们，他们两人是在一起的，他们在发现新事物，他们兴高采烈，很可能他们是头一次走这条路线，他们彼此有那么多话要说，他们没有必要为了尽量填补空虚和烦闷使这次旅行中的每件小事占据他们很多时间，他们不需要像你刚才那样放慢牙床的咀嚼，为了再磨蹭一点时间，因为对他们来说，任何一件事都会占用许多时间，任何一件事都嫌过得太快，因为他们不会对于要挨过这么长时间才能到达而事先感到疲乏，而你，你对将你和塞西尔隔开的这些漫长的小时早已习惯了，只是这次你得在不舒服的三等车厢里挨过去，这三等车却丝毫不会使他们扫兴，如果他们和你一样是去罗马，那么，明早他们醒来时，你会看到他们十分疲乏，但仍然笑容满面。

她进来了，风度优美，谨慎小心，她对你右手的邻座，就是占了你座位的那个推销员说“对不起”，他从画报上抬起头来，刚才他在试图解答一个拼字游戏的难题，他把画报摊开在膝头上，用一支圆珠笔在上面写着，她又向对面的教员(这只能是个教员)说“对不起”，教员合上黑布面的书，书的背面贴着一张弄脏了的椭圆形纸签，上面用老式粗钢笔尖写着黑色数字，这肯定是这本书在大学图书馆里的分类编号，她向英国人(这一定是个英国人)说“对不起”，他坐得笔直，是车室里此刻唯一不看书的人，她向你说“对不起”，你缩回腿，但慢了一步；她摇晃了一下，左手向前伸出，另一只手护住提篮式的手提包，这是个柳条包，用白皮子包边，提手是用绳索编的，包里露出围巾的一个尖角和折成两折的妇女杂志的书页；有一刻，她的手指碰在绿漆布上，正好在你的臀部旁边，她的雨衣擦着你的膝盖。她掉头向后看；她的嘴唇正和你的眼睛一样高；她向走在她身后的伴侣微微一笑，一面用右手抓住你对面的行李架外侧的镀镍铁杆，好稳住身体。她恢复了平衡；现在她有意弯下身子，把那两本占座的书拾起来，一本蓝皮指南和一本阿西米勒出版公司的意大利文课本，她把书递给丈夫，丈夫便放在搁架上。

他们也感到室温有变化，于是脱去雨衣。

她在窗前坐下，将手提包塞到身旁的角落里，两手夹在膝盖中间，苏格兰呢的灰裙子便陷下去，形成一条缝。他又拿起架上的书，坐好；他们彼此看看，又都看看你，他们向你微笑，他们刚才在那里认出你来了，那时他正把厚蓝杯里的糖弄碎；你们三人间建立了一种十分轻微的亲密关系，使你们有别于其他四个人，因为你们曾在同一节行驶着的餐车里吃早饭，尽管没有同桌，因此，此刻你们如果稍稍接近，攀谈起来是很容易的，可你毫无这个意思，所以他很快也就放弃了这一打算，他转过眼去，恢复他那理智的神气，翻开指南书，摊开那张城市地图，而她呢，从手提袋里拿出妇女刊物，开始翻看连衣裙的图片。年轻的教士又弯起胳膊，埋头读经文，烦闷地低声念着。田野上有几头母牛。你又回到你的时刻表上，翻阅起来。

密密麻麻的一段段规章，窄窄的一栏栏的车站名称索引，国际列车的图表，而这就是你感兴趣的东西：E，意大利，你找到你乘的这次车，六〇九次快车，一、二、三等车厢(据说从明年起三等车厢要取消了)，一个黑色的菱形记号表明在书页边上有补充说明，你查阅了补充说明，发现巴黎的直达车不仅开往罗马，还一直开往锡拉库萨，你琢磨自己乘的是否正是这一趟车，你琢磨着这对情侣，这对夫妻也许正是去锡拉库萨，一直去到你不认识的那座城市，你听人说起过它，你看过它的图片，你觉得这是蜜月旅行的理想去处，特别是在这个季节，连罗马也难免有坏天气。

圣于连迪索车站过去了，连同它的路灯、告示牌、站房侧墙上的大字、钟楼、道路、田野和树林。年轻夫妻正在议论丈夫在地图上指出的一个小点。在走道外侧，能看见稀疏散落的养兔林和起伏的丘陵，前方有一条公路，一辆卡车在行驶，它离远了接着又驶近，消失在一栋房子后面，被一辆摩托车追赶着，摩托车绕了一个像松开的弓那样漂亮的弧形，超过了卡车，卡车被它抛在后头，被你的火车抛在后头，从视线中消失了。

这趟火车每天八点十分从巴黎里昂车站开出。正如这副交叉的刀叉所表示的，它带一节餐车，就是你刚才已经和那对年轻夫妻一道使用过的餐车，你还要去那里吃午饭，但是不吃晚饭，因为到那时将换上一节意大利餐车，这整列火车将在第戎稍停，十一点十八分又开动，十三点〇二分到达布尔格，十四点四十一分离开艾克斯莱班(湖滨的山上很可能有雪)，在尚贝里停车二十三分钟，以便旅客换车，十六点二十八分到达边境，停车至十七点十八分，以办理手续(莫达纳这个地名后面画着座小房子，那是表示海关的象形文字)，十九点二十六分到达都灵民族广场(呵，那时早已是夜里了)，二十点〇五分开出，二十点三十九分离开热那亚的普林西比火车站，一点十五分到达比萨，最后，明晨五点四十五分，在天亮以前，到达罗马—特米尼车站，你对这趟车几乎很陌生，因为你经常乘的是另一趟车，就是旁边那一栏里的第七次快车，那是开往罗马的快车，带有卧车，只有头等和二等车厢，比这趟车快得多，全程只需十八小时四十分钟，而这趟车，嗯，得用二十一小时三十五分钟，也就是说，嗯，也就是说相差两小时五十分钟，而且那趟车的时间也方便得多，晚饭的时候发车，第二天下午很早就到了。

你坐的这趟车，要找更详细的有关说明(另一趟车，你常乘的罗马快车，你差不多背得出它的时刻表，你乘坐时根本用不着这本方的小册子，尽管你经验丰富，查起小册子来还是不太利索)，你得翻到五百号的那张表，那里更详细地标明了旅程，写着沿途经过的所有车站，连不停车的车站也写上了，然后，过了马孔，火车便离开巴黎—马赛主干线，在第五百三十号图表上，不过到了莫达纳以南，得查意大利火车时刻表，因为在你这个表里，只有一页大站的名称：都灵，热那亚，比萨，而实际上一定还有其他的停车站，很可能有里窝那，也许有奇维塔韦基亚。

那时将还是深沉的黑夜。你醒来时会觉得十分不舒服，你的睡眠时时被打断，特别是当你不得不一直坐在长椅中间这个不舒服的位置上，不过，在你目前的几个旅伴中很可能有人会下车，因为他们不会都一直乘到罗马，那么你就能占据一个靠边的座位了。

这六个人中还会有谁留在车室里呢？那时很可能车室里只有这盏小蓝灯还亮着，就是你现在看见在顶灯里、夹在两盏梨形透明灯泡中间的那个深色球形小灯泡。田野上的房舍都灭了灯火。你会看到几辆卡车的车灯、车站的路灯向后驰去；你会感到很冷；你会用手摸着下巴，它比现在更扎手；你会站起来，走出车室，一直到走道尽头去弄点水沾湿眼睛。

到了炼油厂之后，你将看到它的火光、它那像装饰圣诞树似的装饰着高大铝塔的漂亮灯泡，那时你几乎围着罗马城绕了一圈，城市还在黑暗里，在沉睡中，但是电车和无轨电车的喧嚣声已经开始了，你眼前将闪过郊区车站：罗马—特拉斯特维雷（你看见河里黑黑的水面上它的反射光），罗马—奥斯蒂恩瑟（你认出城墙和金字塔[①]上浅色的尖顶），罗马—图斯科拉纳（那时，一过马焦雷门，你就一直去到市中心）。

终于到了罗马—特米尼，车站里外透明，要是换了别的季节，清晨乘这趟车到站会有多美，可是，明天到站时将仍然夜色深沉。

在走道外侧，有一个农庄，一小片黄色的白杨树林，一条凹下去的小路，小路迂回曲折，在一把大梳子样的田垄后面又显露出来，田垄中部隆起，上面停着乌鸦，一个戴着头盔、身穿夹克的人驾着摩托车驶来，他驶近铁道，钻进桥下路基斜坡中间去了，你看见带动你的火车头和前面那几节车厢驶上了那座桥。你隔着教士和年轻女人中间的玻璃窗往外瞧，想再看看骑摩托车的人，可是他现在一定远远落在你们后面了。

---

① 此处指公元前一世纪罗马护民官盖尤斯·切斯蒂乌斯（Gaius Cestius Gallus）的陵墓。

你决定做这次旅行是非常突然的，星期一晚上你回家吃饭时，还把皮箱留在歌剧院大道、达尼埃勒-卡萨诺瓦街口的办公室里，因为你的汽车不在身边，当时你根本没想到要旅行，即使长期以来你真的很想给塞西尔在巴黎找个工作，但在这方面你一直也没有积极地争取过，只是在星期二早上，你处理完日常事务，看完在你出差罗马期间堆积起来的全部文件之后，你打电话给一个主顾让·迪里厄，就是从你窗前可以望见橱窗的那个迪里厄旅行社的经理，你问他知道不知道有什么适合一个女人做的工作，并要他保密，你说这个女人十分聪明，三十岁左右，能说一口流利的英语和意大利语，她目前在法国驻罗马使馆工作，给一个武官当秘书，如果你没记错的话，她觉得这工作没什么意思，她非常想回巴黎，收入低一点的工作她也接受。

他回答你说给她找一个工作是完全可能的，他先打听一下，然后立即回复你；当天下午他就来电话了，使你大为惊喜，他说他正想对公司进行多方面的调整，在这种人事变动的时刻，你提起的这个女人可能对他很有用，在收入方面他还提出十分合理的建议，于是你一口答应说她一定会接受的。

她什么时候到任呢？由她决定，不过越早越好，不过这不着急，她可以有充裕的时间来安心处理她在罗马的事情，退职啦，搬家啦，还得在巴黎安顿下来，他明白，这种时候会出现何种困难那是很难预料的，他的声调、他的客气话里有一种心照不宣的味道，令你不快。

那时你还打算靠写信来处理这件事，你打算下月例行出差时，在参加斯卡贝利公司国外分公司经理的年终大会时，再和塞西尔见面，直到星期三事情才急转直下，原因大概是因为星期三是十一月十三日，是你的生日，四十五岁的生日，昂里埃特一向看重这些可笑的家庭节日，今年更是大事庆祝，她疑虑重重，其实这些疑虑比她的猜想更有事实根据，她想拖住你，用这些小小的仪式来笼络你，这当然不是出于爱情，你们两人中间早已没有爱情了（如果说过去确实有过青年时代的热情的话，那么，它和塞西尔带给你的解脱和欣喜的感情是不能同日而语的），而是出于恐惧，与日俱增的恐惧（呵，她衰老得多么快！），她害怕她已习惯的日常生活会发生什么变化，她确实不是出于嫉妒，而是出于一种执拗的担心，她怕你会采取什么贸然行动或是愤然决裂，从而影响她和孩子们的舒适生活，而其实这一点她大可不必担心，她对你从来没有真正的信任，至少可以这么说，很长时间以来，她不再信任你了，毫无疑问，这正是你们之间产生裂痕的原因，天长日久，裂痕越来越严重，你的成就，你的毋庸置疑的成就使她得到了一套她十分喜欢的漂亮住房，但这丝毫没有使她信任你，你越来越感到她在默默地责备你，监视你，甚至在她没有确凿根据之前，她就是这样。

星期三，你走进饭厅吃午饭时（窗外，十一月份白色的阳光照耀着先贤祠柱头上精美的叶饰，阳光很快就暗下去了），你看见你的四个孩子直挺挺地、嘲讽地站在他们的椅子后面，你看见在她脸上，在她那被阴影遮住的双唇上，有一丝胜利的微笑，你感到他们合谋给你设下陷阱，你感到你盘子里的礼物只不过是诱饵，这顿饭自始至终是经过精心策划的，为的是引诱你（你们共同生活快二十年了，她怎么会不了解你的趣味呢？），一切都是经过策划的，为的是使你确信：从今以后你是一个上了年纪的、循规蹈矩的、被驯服了的男人，而就在这之前不久，你开始了另一种完全不同的生活，你在罗马那几天的生活，那是另一种生活，而这里，在巴黎家中的生活只是它的影子而已，因此，尽管你很不痛快，你还是万分谨慎，你逢场作戏好使他们满意，你装出一副很欢快的神气，夸他们的礼物选得好，认真地吹灭那四十五支小蜡烛，但你暗中却打定主意，一定要尽快结束这种成为家常便饭的虚伪，结束如此根深蒂固的误解。是时候了！

现在塞西尔就要来巴黎，你们将住在一起。不会有离婚，也不会有轩然大波，这一点，你过去和现在都很有把握；一切都将平平静静，可怜的昂里埃特不会说什么，至于孩子们，你大概会每星期去看他们一次；你有把握塞西尔不仅会同意，而且会流露出一种胜利的欢乐，她对你的资产阶级虚伪曾经嘲笑过多次了。

啊，这种可怕的窒息，必须及早避开，及早吸进一大口属于未来的空气、一大口即将来临的幸福，你必须把这个消息告诉她，而且亲口告诉她，好把事情办妥，免得出差错。

因此，下午在歌剧院大道，你检查了一遍，看看确实没有什么太紧急的事，便对你的助手迈纳尔说，从本星期五到下星期二，你要走开几天。你又叫马尔纳去买你手中的这本火车时刻表，你没有叫他给你买票订座，因为你不愿意让公司的人知道你又去罗马。

晚上，你对昂里埃特说，由于某种临时的情况，你不得不在星期五早上出差，就是本星期五，你出差这件事本身并未使她吃惊，因为你曾经有好几次为了一件急事不得不在两次常规出差中间又往总公司跑一趟，使她不解的是你偏偏挑这个反常而且显然不方便的钟点动身，你挑这个钟点是为了能够和塞西尔一起度过整个周末，能够在明天星期六和她一道吃午饭，还有一个原因，你得承认，那就是这趟火车有三等车厢，你认为你这次逃遁对你将来的生活至关重要，但严格说来，你也完全可以不这样做，这次旅行当然是不能报销的，坐三等车对你说来已经够贵的了，她开始向你提一些问题，问的正是开车的时刻和车次，你不得不瞎编一些理由，当然是很不充分的，对于你的每个理由，她都可以提出充分的理由轻而易举地加以反驳，而你则无言以答，她看到你如此荒谬地固执己见，更加诧异不已。

接着是晚饭，饭桌上大家都感到别扭，孩子们埋头吃饭，一面不停地冷笑，你们俩几乎一句话也没说，除了你让雅克琳去洗洗手，因为她手上尽是墨水，她耸耸肩走出去，这时你突然对她大为光火，而她母亲，自然啦，认为理应公开为她辩解，你们这番吵吵嚷嚷的谈话，小姑娘在盥洗室里听得一清二楚，当她又回来坐下的时候，她由于制服了你而洋洋得意（她是最小的，是你最宠爱的孩子，因为其他三个孩子，你和他们一点不亲，你不知道他们在想什么，你不了解他们喜欢什么，他们三人结成一伙来对付你，当然，两个男孩子打架的时候是例外），如果说你当时本还有几分犹豫的话，这种场面也会将犹豫的心情一扫而光了。

你匆匆咽下最后一口饭便穿上大衣下楼，去到埃斯特拉帕德街，从车库里开出你那辆十五匹马力的汽车，一直开出巴黎，你在雨夜中行驶了近一百公里，午夜过后才回来，把车撂在先贤祠广场的人行道边上，回家后你看到昂里埃特躺在你们的床上还没有入睡，她一声不吭，只是用略带嘲讽和鄙视的眼光盯着你。

幸好第二天，也就是昨天星期四，这件事烟消云散了，几顿饭都安然无事，令人不快的寒冷天气一直在持续，而且有所加剧，这一天里，你匆匆忙忙，紧张急躁，你必须处理完斯卡贝利公司里那些总是那么复杂的事务，这才能去度短暂的假期，你居然敢允许自己休假到星期三；可是到了晚上，在法兰西剧院广场上，车辆堵塞的时间似乎比平时更长，你把车开到车库，你本想趁你出门的这段时间请人把车仔细擦洗一下，因为这个星期它吱吱响得很不正常，你得等着，最后你实在不耐烦了，大发脾气，这样，一个职员才来接你的活，你回到先贤祠广场十五号，电梯出了故障，你只能靠两条腿爬四层楼，尽管你回家晚了，饭桌却还没有摆好，你听见亨利和托马在他们的房间里吵嚷，昂里埃特也加进去，她也在嚷嚷，但显得很愚蠢，而且解决不了什么问题，她出来到走道喊玛德兰，眼光阴郁、疲惫，像是死人的眼神，她看见你时眼睛里闪过一丝疑虑和怨恨，她鄙视你，仿佛她那再明显不过的憔悴都是你造成的，这种半死不活的生活像把钳子夹住你，像两只手卡住你的喉咙，这种幽灵般的、暮气沉沉的生活， 你终于要摆脱了。

因为，那时在你的皮包里放着这本蓝封面的火车时刻表，就是你现在手中的这一本，你正一直盯着它，可是什么也看不清，吃过晚饭，你独自在大床上躺下，昂里埃特不在，你睡着了她才上床，你在躺下之前把这本书放进皮箱，摆在你带走的那少数几件干净衣服上面。

它仿佛是护身符，是钥匙，是保证，它保证你找到出路，保证你到达光辉灿烂的罗马去享受青春之泉的治疗，这一治疗由于隐秘而魔力倍增，它也保证你完成这次旅行，离开这个女人的尸体，它继续虚妄地做着无用功，你要离开这个像宗教裁判官似的尸体，这么久以来你一直没下决心离开她只是由于孩子们的缘故，但每天都有新的浪潮袭来，将他们和你隔开，以至于在家里他们好像是些蜡像，他们越来越隐瞒他们的生活，而你也越加不想了解他们，也不想和他们共同生活，你要离开这个昂里埃特，和她离婚是不可能的，因为她永远下不了这个决心，因为处在你这种社会地位，你也要避免任何有损体面的事（斯卡贝利公司是意大利人办的，他们是教权派，是伪君子，对这件事他们会不以为然的），你要离开这个将你束缚住的工作，它会使你沉入使人精神上受压抑的大海底里去，那里只有烦闷，只有自暴自弃，只有劳心费神而又使人阴郁不快的陈规陋习，只有麻木不仁，幸亏你有了这个救星，塞西尔，你吸到一口空气，增添一分力量，这只援助的手伸向你，她是幸福明亮地区的使者，你要离开这一使你无穷烦恼的沉重阴影，事实上你终于能够摆脱它了，你奔向那个女魔术师，她只要肯看你一眼，就使你从可怕的丑化的生活中得到解脱，使你又成为自己的主宰，如释重负地忘掉那些家具、那些饭菜、那个早早憔悴的肉体和那个使人感到疲惫不堪的家庭，

这是你采取决定的保证，你终于决定决裂，决定摆脱这一多余顾虑、这一沉重负担，摆脱这一使人无所作为的怯弱，你也要把这种自由、这种胆略教给你的孩子们，这个决定闪闪发光，由于它，你才能度过那充满雨水、喊叫和误会的整个星期，你没有屈服，没有放弃一切，没有永远堕落下去，

这是你旅行的保证，这次旅行对昂里埃特来说是秘密的，因为，虽然你确实告诉她你是去罗马，但你隐瞒了旅行的真正目的，对昂里埃特来说这是个秘密，她很清楚你改变动身的时间这其中定有秘密，你的秘密，她也知道你的秘密名叫塞西尔，所以在这一点上确实不能说你欺骗了她，而你对她说的谎不完全算是谎话，在当时不能完全算是谎话，因为这些话毕竟是一个必要的步骤（人们有权从这个角度来考虑），目的是使你们的关系明朗化，使你们相互之间不再像目前这样遮遮盖盖，而是开诚布公，使她通过分居也得到解脱，使她在某种程度上也得到解放，

旅行是秘密的，因为歌剧院大道的人不知道你去哪里，因为任何信件都到不了你那儿，而通常，当你下榻奎里纳尔酒店的时候，早有邮件和电报在那里等你了，多少年来你将第一次在这几天假期里得到真正的休息，和从前你没有担任现在的职务，没有现在这么踌躇满志时的情况一样，

旅行是秘密的，因为在科尔索大街的斯卡贝利公司里，谁也不知道你从星期六早晨到星期一晚上将一直待在罗马，而且你待在罗马的时候不能让人发觉，所以你不得不采取一些预防措施，免得在那些如此和气、殷勤、熟悉的职员中，有人发现你，

旅行在此刻对塞西尔也是秘密的，因为你没有告诉她你要去，你想使她喜出望外。

不过她，她将完全和你分担这个秘密，她不会料到这次见面将像一把利剑，终于将原来绊住你们两人的、使你们如此痛苦地无法团聚的那一切束缚斩断。

夜里，先贤祠广场上嘎吱的刹车声将你吵醒，你拧开了在你右边的帝国式烛台上的电灯，你端详可怜的昂里埃特，她躺在床的另一边，稍稍灰白的头发披散在枕头上，她半张着嘴，和你中间隔着一道不可逾越的亚麻布的河流。

车窗外，公路上一座座高压电缆塔在年轻女人和教士之间闪过去，一辆带拖车的大型油车在公路上行驶，它驶近铁道，铁道穿过一座桥，在田野上方来了个急转弯，油车钻到了桥下。坐在你对面的那个男人也许还能从走道外侧看见那辆车，而你现在眼前闪过的却是在起伏不平的丘陵地区的另一些高压电缆塔。

在黑夜中那一面面不透明的镜子是特米尼车站高处的玻璃窗，你将提着皮箱在精美的水泥圆拱下、在光滑的黑色大理石方柱中间行走，你将夹在睡眼惺忪、急忙奔向出口处的乱哄哄的人流中，走出站台，将你今早在里昂车站买的那张票撕下一半给检票员，这张票折成两折，现在正放在你上衣左内兜的皮夹子里，和你的身份证、多子女家庭证和其他证件放在一起；在车站大厅里，书店和其他小店都还关着门，透过那大块大块的玻璃和玻璃上映出的另一个影子大厅你往外瞧，你看到的并不是广场对面漆黑一片的戴克里先浴池遗址[1]，而是路灯的灯光、电车的蓝色火星和贴着地面的几盏车灯。

你将在小酒吧间里买你那份《快报》，即使小酒吧间还没有开门的话，差不多也该到开门的时间了，你将走到 Albergo Diurno[2] 的地下室里去洗澡，刮胡子，换衣服，然后走上来，这才去寄存皮箱，这时晨曦开始羞怯地显露出来；但只有到六点半，或者甚至是七点时，太阳才真正升起，使广场四周的房屋正面和废墟遗址沐浴在灰色和赭色的光线中，这时你将慢吞吞地喝着一杯满是泡沫的 caffè-latte[3]，你手上没拿东西，精神上也没有负担，你舒舒服服地坐在这一景致面前，为的是扎扎实实地安定下来，安安静静地在这新的一天里站稳脚跟，你读着骑车人一送来你就买到手的日报，现在光线变得越来越明亮、越来越绚丽、越来越暖和了；你将在黎明时分离开广场，这时城市呈现暗红色，如同陈血从每一块砖头下面

---

① Terme di Diocleziano，古罗马皇帝马克西米安（Maximian）发起修建的浴池，戴克里先（Diocletian）为其命名。

② 意大利文，公共浴池。

③ 意大利文，牛奶咖啡。

淌出来染红了尘埃一样，可以肯定，这一天天空将晴朗而美丽，而既然在与塞西尔见面之前，你还得消磨两个小时，因为你想在一个适当的时刻去找她，你将在她那座房子的门口出其不意地叫住她，她没有料到你来，她每天都急急忙忙赶到大使馆去，于是你便不慌不忙地呼吸着罗马美妙的空气，仿佛在度过了巴黎的秋天以后又回到了春天，你踱着步，没有任何东西束缚你，没有任何东西妨碍你去探索那些弯弯曲曲的街道，它们那么长，那么迂回，那么古怪有趣，它们会使你着迷。

但大体上你的路线将和往常一样，你先去埃塞德拉广场，你现在在想不知第一千九百号喷泉那时是否已经开始喷水，喷泉旁那些可笑而精美的调皮女人的铜像是湿的还是干的，这次和往常不同，你要步行，你要穿过拱廊，再走到民族路，那里商店开始开门，摩托车也开始启动，那种急促叫人讨厌；只是，明天你不会在仍在熟睡的奎里纳尔酒店门前停下，走进去，住下来，放下皮箱，不会的，你只会从它门前快步走过，走在对面的人行道上，也许，一到这个地方，你就拐进一条平行的街，你这种谨小慎微有点可笑，不过你这样做便躲开了酒店的看门人，免得他来欢迎你，帮助你，阿谀奉承地向你打招呼，你继续往前走，一直走到维托里奥·埃马努埃莱[1]纪念碑那儿，你顺路看看隧道，那时科尔索大街上已经车来人往，你离开它向左拐，顺着威尼斯宫，走过耶稣教堂，一直走到圣安德烈大教堂；或者不，肯定时间还太早，尽管你一再绕着弯走，走走停停，感到沿途心情愉快，处处美不胜收，不至冷冷清

① 此处指意大利国王维托里奥·埃马努埃莱二世（Vittorio Emanuele II），意大利统一后的第一个国王。

清，而总是有事可以议论，这段路，平日你乘出租汽车经过时，或者你晚上从塞西尔房里出来步行回酒店，从反方向走这段路时，它显得多么漫长，多么乏味，但是明天，尽管火车上的一夜使你疲劳，使你步伐放慢，但这条路还是太短；不，你应该更好地去蹓跶，应该走得更远，应该更好地去享受这对你来说难得的时光，享受这个时光给你带来的新的光辉，享受三天假期的序曲——未来生活的缩影，你不要这样继续往前走，甚至不要一直走到耶稣广场，而是相反，要绕着卡皮托利尼山丘[①]走一圈，然后下来去到台伯河，再到银塔广场，去看那座中世纪塔楼，还有那四座共和时期的神殿遗址，它们在广场中央的大坑里，里面爬满了饿猫，你将走上那条大道，它叫什么名字你忘了，它一直通向加里波第桥，你每次去特拉斯特维雷[②]的一家 pizzeria[③] 吃饭时，总是走这条大道，或者……

九点以前她不会出门，可是你早早就在蒙泰德拉法里纳街上守候了，就站在德伊巴尔别里街拐角上，正对着她那座高楼，高楼大门的上方有发黑的帕多瓦的圣安东尼圣像和两家保险公司生锈的铜牌，你一面等她推开五楼的百叶窗，一面还抽着雪茄，下次你去餐车时可别忘了买雪茄。

在走道外侧，从粮仓和水塘旁的小树林之间驶出一辆摩托车，它向右拐，突然被一辆顶篷上载满行李的蓝色大客车遮住了，它向

---

① Capitoline Hill，古罗马七座山丘之一，原为政府所在地。

② Trastevere，台伯河右岸的罗马旧城区。

③ 意大利语，馅饼店。

左转弯，驶近铁路看守人住的房子，火车正从房前驶过，大客车也即将驶过，这时远处出现了一个村庄，还有村庄的钟楼和水塔。那对年轻夫妇朝窗外看，头紧紧靠在一起，一起晃动。茹瓦尼车站过去了，约讷河映出整个村镇的倒影。

你又回到你的火车时刻表上来，你合上它，仔细盯着浅蓝封面上的东南地区简图，那上面只有地中海海岸线和国境线是轻描的，以便寻找附近的城市，其他的就是或粗或细的直直的黑线，好像是纵横交错的裂痕，又好像是画面已经损坏的花玻璃窗的铅骨架，你对面坐的那人站起身来，他的雨衣仍然一直扣到脖子，腰带仍然扎得紧紧的，他站起来不是要在下一站下车，下一站就是长途火车必停的第一站，拉罗什-米热讷，这个站的重要性，它的存在完全是对铁路而言，他不是要下车，因为他的雨伞和帽子仍然留在行李架上，他起身无疑是因为他想到走道尽头去，他不知道马上就要进站了，停站期间是禁止使用厕所的，不过这条禁令是用法文和意大利文写在车厢上的，而这两种文字他很可能都看不大懂，他像他的同胞们一样瞧不起大陆上的人，所以他也不会把禁令放在眼里。

不过，在他的国家，在英国，也一定有同样的规章制度吧？何况，你怎么知道他既看不懂法文也看不懂意大利文呢？你怎么知道他不是和你一样也常跑这条线，甚至比你强，常乘这趟车呢？再进一步，你怎么知道他是英国人呢？到目前为止，你只能说他外表像英国人，他的皮肤、衣着、行李都像英国人，其实他一句话也没说过，他现在正想把车室门关上，不过没有成功。

火车停住了，大家都同时抬起眼睛，在突如其来的静止和寂静中放下手中的读物。

在走道里，你看见刚出去那人的背影，他放下车窗，向外探头张望，仿佛有什么东西值得一看，其实那里只有个写着“拉罗什-米热讷”几个红字的白搪瓷牌子，牌子用螺钉固定在柱头，螺钉周围锈点斑斑，此外就是被黑色电线划成一道一道的灰色天空，被发亮的铁轨划成一道一道的黑色土地，还有木头车厢以及几间又小又旧的房屋。

这时一阵新鲜空气涌进车室，扩音器里一种沙哑的声音在说话，声音含混不清，不过最后几个字大概是在说“火车到第戎，中途不停”。

你左面的那个教士用指甲轻轻敲着他合上的祷文书的黑皮面；你认为他是教员的那人取下眼镜，用一块羚羊皮擦着圆镜片；你认为是推销员的那人又玩起他的拼字游戏来；在走道里，你认为是英国人的那个人从雨衣兜里取出一盒丘奇曼牌香烟，掏出最后一支，把烟盒扔到铁轨上，然后慢慢关上车窗，向你转过身来，划着一根火柴抽起烟来，又从方格上衣兜里掏出一份《曼彻斯特卫报》看了起来，接着又把报纸叠好，踱着步，消失了。

你也很想模仿他；你站起来，将时刻表塞到开着的皮箱下面；你伸手够着大衣，在大衣左兜里摸，想从围巾下面掏出开车前一分钟你在里昂车站买的那本小说，你把书放在你刚刚离开的长椅的座位上，你又掏出那包没有启封的香烟，撕开一个角。

靠门两旁的那两个人都伸直了两腿交叉着；你对他们说声“对不起”，便走了出去。

三

你坐回到原来的座位上，推销员刚刚从那里走开，因为他在走道里认出了一个熟人，这时，在迎面奔来的勃艮第景物中出现了洛姆-阿莱西亚车站和站上的旧火车头仓库，附近是你看不见的阿利斯-圣雷讷城，传说尤利乌斯·恺撒曾在这里击败高卢人，你坐下时没有碰动你身旁那本刚才用来占座的小说，由于在车厢最前面的几扇窗子中，有一扇微开着，因此，一丝有些太凉的风一直钻进你的鼻孔，你拉车室门，想挡一挡，门猛然被拉动了，挪动了大约二十厘米。

你将旋在门框上的烟灰缸缸盖来回玩弄了一会儿，然后从上衣右兜里掏出那包高卢女人牌香烟，你刚才只撕开了一角，那张像封漆一样贴在烟盒中央的白纸纹丝不动，烟盒里已经少了两支烟；你取出第三支，用两手捂着点火，烟稍微熏着你的眼睛，使你不得不眨了两三下眼，然后，你看看表，已经是十点一刻了，也就是说，你动身已有两个多小时，还有大约一小时就到下一站——第戎，到站时间是十一点十二分，你弹掉烟灰，又对着这个塞满干烟丝的小白纸筒吸了一口，你看见坐在你对面的那个人的近视镜片上有两个红点亮起来，颤动着，这个已经相当秃顶、前额上有三道深深皱纹的人不是那个英国人，而重新变回英国人旁边的那个教员，他正埋头读那本纸面发黄的大厚书，你每吸吐一口烟，镜片上的红点就一明一暗，红点旁边是变形的三块玻璃窗和半开的车室门的小小映影，还有飞驰过去的成曲线的风景。

他竭力盯住随着车厢的晃动而晃动的文字，他想读得快一点，但不能漏过重要的地方，他右手拿着铅笔，不时地在书页边上做十字记号，他看这篇文章一定是为了准备点什么，大概是准备上课吧，课还没有备好，而他今天下午就得上课，也许是法律课，因为，虽然书页上的书名跳动得相当厉害，使你无法倒着辨认，但你还是认出了头一个字的前三个字母 L，E，G，大概是“立法”（législation）吧，他很可能是去第戎上课的，因为在到达边境以前，这条线上没有别的大学。

他那细长而活动着的手指上戴着一枚结婚戒指；为了教课他大概每星期来两三趟，也许只来一趟，要是他有办法的话，要是他在那边有一个落脚点或者有一个对他合适的便宜旅馆的话，因为他的收入不多，和大多数同事一样，他把妻子留在了他居住的巴黎，还有孩子，要是他有孩子的话，孩子们必须留在巴黎，因为他们要上学，倒不是因为那座城市里没有好中学，而是因为孩子们大概已经通过了中学毕业会考，至少是大女儿，或者大儿子（你这种反应显然十分愚蠢，不过你原先希望你的第一个孩子是男孩，这是肯定的），因为，虽然他显然比你小几岁，但他结婚也许比你早，他对孩子们教育有方，他们学业成绩优异是毫无疑问的，比方说，比玛德兰优异，玛德兰十七岁了，还有一年才高中毕业。

他急切地翻着书；他又往前翻；他心中很不安；他一定在责备

自己早该安安静静地完成这项工作，而不应拖到这最后几分钟；莫非他突然发现了一个问题，而他原来以为用不着再准备这门课了，因为自他担任这个职务以来他每年照本宣科，从来没出过问题，而现在他却措手不及，不得不将他确已准备好的东西从头再来？他确实与旁人有些不同，他正直诚实，这点可以感觉出来。

他的薪金显然不允许他像你这样去罗马偷闲，不过，要是他有条件的话，要是千方百计紧缩衣着方面的多余开支尚未成为他的第二天性的话，那么他多半愿意换几件衣服，而不穿身上这几件几乎已很破旧的衣服，这些衣服即使是在新的时候，也肯定不会很讲究，他也多半愿意换一件大衣，他这件大纽扣的黑大衣可能已在大学里出了名，在这个车室里只有他没有脱大衣，并不是他不像别人那样感到热，而是因为他对那个问题全神贯注，没有注意到这点；他的面孔刚才那么苍白，现在微微发红，你透过他镜片上的反光看到他的眼睛在神经质地眨动。

他显然连一部汽车也买不起(如果说他本人并不直接为此烦恼，并不想买汽车的话，因为他这人一定顾虑重重，谨小慎微，那么，他的妻子和孩子肯定想要一辆汽车)，法律教师怎么能这样生活呢？其实人家更该这样问：“一个人怎么能当斯卡贝利公司法国分公司的经理呢？”因为，当然啦，你赚的钱比他多得多，你有汽车，你有钱满足自己一时的爱好，你衣着讲究，你的妻子，在她愿意的时候，或者说假若她愿意的话，她的衣着也可以很讲究，而如果说你对这个教员的工作不感兴趣，但他自己对它感兴趣，这却是可以肯定的，而他挑选这个半贫困的职业正是因为他感兴趣，可是你呢，在进斯卡贝利公司以前，你对打字机和出售打字机显然嗤之以鼻；再说，教师还有非常好的假期，而你的时间几乎全部被你的公事占据了，你离开巴黎去罗马以外的任何地区的出差都是如此。

当然这是些好打字机，和别的打字机一样好，这些东西很漂亮，运转灵活，不过这不属于你的工作范围，职权范围，也用不着你费心，因为你根本不过问生产，你只负责招揽顾客，让他们买斯卡贝利牌打字机，而不去买奥利韦蒂牌或者赫尔梅斯牌打字机就是了，这其中自然也说不上有什么道理，这是场游戏，有时还很逗乐，但劳神费心，可以说你连喘口气的时间都没有，这种游戏能赚钱，但是也可能像恶习一样把你彻底消灭，不过，现在还没有这样就是了，因为你今天是自由的，因为你去和自由团聚，它的名字叫塞西尔；尽管你的物质生活很宽裕，而他却是很拮据，但值得可怜的肯定是你，而不是他，因为他做的事是他感兴趣的，因为他生活里的主要部分是他所爱好的，幸亏你还有这一美好的爱情，它证明你是独立的，证明你这个人在两方面都很成功，一方面可以说你基本有足够的钱，另一方面你保持了精神上的青春，你可以利用它来实现一种美妙而新奇的生活。

不能说你确实是有足够的钱，你在金钱方面并没有一定的自由，否则你就会去乘头等车，那就更好了，但这问题也可从另一个角度来看，也可以说，对这不舒服的三等车，你恰恰没有丝毫的恐惧，你有着足够的运动员的精神状态，根本未把这个小小的不方便放在眼里。你此刻感到自己十分机敏，充满活力，是个胜利者。

你的香烟烧到手指了；香烟已烧完了。年轻的新郎站起身来，将他的蓝皮指南和阿西米勒意大利文课本放在他的座位上，对你说声“对不起”，走出车室，朝你身后的方向消失了。

香烟灰纷纷落在你的裤子上，你把它抖落在饰有菱形图案的金属地板上，抖落在教员的鞋子旁边，他合上书，也站了起来，但只是为了脱下那件黑大衣，将它叠成一团放到行李架上，放到塞满废纸的皮包和罩着蓝绿两色的苏格兰呢罩套的皮箱中间，然后他赶紧又埋头研究。

你把烟头在烟灰缸里掐灭。一只手拿着金属物在敲玻璃窗，这是检票员的手，它拿着一把打洞的钳子，你往上衣内兜里摸你的皮夹，不是孩子们在星期三送给你作生日礼物的那个黑皮夹，你把它连同皮夹套一起留在你房间里玻璃衣柜的一层板上了，而是那个老红皮夹，那里面有你的护照，再过一个月护照就过期了，你得让马尔纳在你下次去罗马开年终大会以前去办理延期，还有五张叠成两折的一千法郎钞票，一个口袋里还有两张一万法郎钞票，也就是说，即使除去你在餐车上吃午饭所花的钱，这个数目也超过了出境时允许带出的两万法郎，不过就算这次检查特别严格（你从来没有遇到过），人们也不会因为这么小的数目就和你过不去（万一他们提出刁难，你可以马上放弃那违章的差额），还有你的身份证，它相当脏，上面有你一张旧照片，简直不像你，还有几千里拉，三张巴黎地下铁的车票，一本动用过的公共汽车票本（现在教士递过去那张长方形的小硬纸片，检票以后又把它重新夹到他那本祷文书的扉页和封面之间），三张意大利邮票，你的多子女家庭证，塞西尔和你在科尔索大街上拍的快照，你的“卢浮宫之友社”的会员证，你忘记换新证了，还有“但丁·阿利吉耶里①社”的会员证，最后是你的车票，你把车票递过去，它上面被打了一个洞，你又把它收起来。

检票员走出车室的时候，年轻的新郎正要进来，他稍微有点着

---

① Dante Alighieri（1265—1321），意大利诗人，名著《神曲》的作者。

慌，对他妻子做了一个手势，往一个口袋里摸摸，又往另一个口袋里摸摸，终于找到了，脱身了，他对你说“对不起”。

她合上杂志，放在身旁，盖在蓝皮指南和阿西米勒意大利文课本上面，将一绺头发往上撩撩，拿起手提包站起来，在两条长椅之间和她丈夫交肩而过，她对你笑笑，她的丝袜擦过你的裤腿，而他就在她刚离开的座位上坐下来，靠着车窗，他对面是教士。

检票员刚从隔壁车室里出来，用打洞钳敲着下一个车室的玻璃。

教员合上书，神色颇为满意，他一定是认为行了，他的课已备好，他能对付过去了，然后，他把铅笔插进上衣翻领正下方的口袋里，和钢笔在一起，放在手绢外面，这手绢显然是他用过的，他搓搓手，手指摸摸耳后，接着又在眼镜和眼睛之间摸摸，站了起来，取下行李架上的皮包，将插着用碎纸条作记号的黑封面的书放进皮包，他也走出去，轻声吹着口哨，他吹的什么调你根本听不出，但你能从他嘴唇的动作上看出它的节奏，他用手背在摸到的东西上敲打着拍子，他在你右边的玻璃窗上敲了两下，然后便消失了，在他消失的地方，几乎立刻出现了那个年轻女人，她未跨进车室就看到她丈夫拿着她的杂志在翻阅，他带着几分讽刺，嘴角随着整个车厢的晃动而有规律地起伏，他一定是翻到桃色新闻了，于是，她走近他，打趣地说：“呵，瞧你也对这个感兴趣了。”除了数次的客套话之外，这是开车以来她在这间活动的等候室里真正高声说出的头一句话，他听了以后和气地耸耸肩。

达尔塞车站过去了。在走道里相当远的地方，检票员走出一间车室去到下一间车室，这大概是最后一间了，接着走来一个年龄和玛德兰不相上下的年轻姑娘，在她后面隔一段路就是那个推销员，他刚才占了你在巴黎上车时那个靠犄角的座位，你如今又夺回来了。年轻夫妇又相互靠近坐在那里，不过彼此换了个位置，他靠近车窗，而她坐在英国人旁边。在走道外侧驶过长长一列货车，白木的冷冻车厢有些肮脏，上面漆着黑色大字。

但愿在罗马风和日丽，“hic ver assiduum”①，但愿明早你不致赶上一场罗马秋天所特有的急暴雨，用不着躲进路旁的车库门里去避雨，因为，那样一来，当塞西尔穿着透明雨衣向大使馆奔去的时候，你可能就碰不到她，看不见她，甚至赶不上她，但愿明天你能安详地等候她，自由自在，精神振作，精力充沛，尽管你在火车上度过的这一夜肯定极不舒服，你将吸着不久前在餐车上买的雪茄烟，胳膊下夹着大衣，你站在暗处，但满心喜悦地看着阳光将房屋的顶部染成金色，你将站在德伊巴尔别里街的拐角上，正对着蒙泰德拉法里纳街五十六号，那儿将是你停留两夜的秘密地点。

你开始等候了，而五楼的百叶窗仍然紧闭，因为你也知道自己多么性急，尽管你绕道走来，你怎么也无法挨到八点以后才走到你的观察哨，而你得在那里耐心等很久，你端详这座房子的正面和上面的裂痕，端详头几个过路人的面孔，以此来消磨时间，而后，她的窗子终于打开了，也许那时你将看到她在窗口露面，她向外探身，她的眼睛盯着正在拐弯的、突突直响的摩托车，尽管她的父亲是法国人，她却有一头乌发，意大利女人的乌发，她昂昂头将蓬乱的头发撩到肩后，如果这样，那她肯定在这一刹那间看见了你的身影，不过，既然她根本不知道你来，她将认不出你，她最多只会觉

---

① 拉丁文，此处春天常在。引自维吉尔的《农事诗》。

得这个目不转睛地盯着她的闲逛人有几分像你。

这样一来，可以说你是在隐身的情况下端详她，接着她便隐没在房间的暗处，那是罗马老式房屋里又高又宽的一间，她布置得很好，房角里放着一张长沙发，足够躺下你们两人的了，还有鲜花，她那么精心地换花，花色品种千变万化，这间房旁边有另外两间房，那是供春季或夏季旅游者租赁的，目前正闲着，而其中一间将是你这两夜的公开住处，这两间房和女房东一家人住的其他房间互不干扰，女房东姓达 · 蓬特，和莫扎特的歌剧剧本作者[1]以及巴萨诺的画家[2]同姓，这一家人住在漆黑的小门厅的另一侧，门厅直接通向一扇玻璃门，里面是一个很大很大的厨房。

你将盼着她在大门口露面，在几乎隐没在蒙满灰尘的玻璃后面的圣安东尼像的下方露面，然后，你希望她肩上披着你送给她的那条白色大披巾，穿着那件淡紫和鲜红两色花纹的大褶连衣裙，她那样最漂亮了，或者，如果天气太凉，则穿着那件比碧玉稍深两分的绿灯芯绒上衣和裙子，她的头发编成辫子盘在头上，用两三个彩虹色玻璃头的发针夹住，她的嘴唇上抹了口红，眉梢用蓝笔画过，但是她脸上其他地方没有任何脂粉，天生丽质的肌肤上什么也没有。

她会立刻向左转，朝圣安德烈大教堂走去，这是她经常走的路，虽然这条路不是捷径，但她喜欢这条路，然而，这一次她肯定会看见你的，何况你会对她招手，必要的时候，你会叫住她，要是还不行，你会朝她跑过去，她一定会站住，不相信自己的眼睛。

于是，激动的表情会掠过她的面孔，就像风吹乱一束菖兰花。

---

① 此处指洛伦佐 · 达 · 蓬特（Lorenzo da Ponte，1749—1838）。

② 此处指雅各布 · 达 · 蓬特（Jacopo da Ponte，1517—1592）。

你笑了起来。你只告诉她你在罗马待到星期一晚上，你只说到这儿，你得使惊奇逐步升级，你得表达惊奇带来的全部欢乐，使她一点一滴地品尝这种欢乐而不放过其中任何一种因素；你让她走另外一条路，带她到银塔广场去喝咖啡，虽然她不大愿意，她怕去大使馆会迟到，其实，迟到不迟到，这再也无关紧要了，你叫她放心，你亲吻她，然后陪她坐出租汽车去大使馆（在那个钟点，维托里奥·埃马努埃莱大街上一定有出租汽车在招揽顾客），你这样做纯粹是摆阔气，因为大使馆并不远，节省不了多少时间，你们坐到法尔内塞宫[①]广场，你离开她的时候讲好下午一点钟来接她。

上午剩下的全部时间，你都独自一人，你还没有安顿下来，你的皮箱仍然留在寄存处，你是罗马的一个游客，你将利用这种自由、这种空闲去重游一个博物馆，这个博物馆你有多年、自从认识塞西尔之后，不论何种情况下都没有去过，除了斯卡贝利公司办公室以及一切与公司业务有关的其他办公室以外的罗马少数地点之一，一个你从未和她同去过的地点，原因在于这个博物馆只在上午十点到两点开放，星期日全天闭馆，这就是梵蒂冈。

你们两人也从未一同去过圣彼得大教堂，因为她和你一样厌恶教皇和僧侣，她比你还激烈，比你还怒形于色（这也是你如此爱她的一个原因），不过，这丝毫不妨碍她高度赞赏喷泉、巴罗克风格的圆顶和房屋的正面，不过明天上午，你自己当然决不想再走进这一建筑史上巨大的失败之作中去，决不想再走进这个在高大宽阔和富丽堂皇之中却显得如此贫乏空虚的地方中去。

你要做的头一件事，就是去科尔索大街上多利亚宫对面的那家

---

① Palazzo Farnese，法国驻罗马大使馆所在地。

罗马银行分行里取钱，因为今晚在意大利餐车上用过晚饭后，你身上的几千里拉将所剩无几，你取钱以后便乘公共汽车去复兴运动广场，下车后沿着使人肃然起敬的城堡走很长一段路，当你到达门口的时候已经十点了，那时大门也开了。

你将快步穿过那些长得没有尽头的走廊，那里有几乎是从四面八方抢掠来的古代石像，它们莫名其妙地排在一起，既不按照本身的价值，也不按照年代顺序，在这一大堆平庸无奇的作品中，有时会发现一部杰作，可惜人们给它添上了一个无比笨拙的脑袋、愚蠢的胳膊或脚，使塑像的威仪丧失殆尽（在这个长久以来一直在发霉腐烂的梵蒂冈的内部，难道将来就没有人会对这种可耻的混乱和虚伪提出抗议吗？）；你将去看一眼展室①，你将在西斯廷小教堂②停留片刻，然后从博尔贾家族的寝宫那条路从容不迫地返回。

一点的时候，塞西尔从办公室出来，这回会是她在法尔内塞宫的广场上四处找你，你们多半会去特雷斯卡利尼餐厅吃饭，它位于纳沃纳广场，昔日克劳狄皇帝的竞技场，你们一面进餐，一面欣赏博罗米尼③修建的圆屋顶和椭圆形的钟楼，它们随着这块长形场地延伸着，你们欣赏四大河流喷泉喷出的水柱，多瑙河、尼罗河、惊呆得仰翻在地的塌鼻子的恒河，还有拉普拉塔河，你们看不清拉普拉塔河，因为它还没有掀开罩住它的面纱，这四个白石巨人姿势各异，围着一块岩石螺旋般转动，岩石上面立着粉红色花岗石的方尖碑，你们用叉子卷着通心粉吃，这时你将告诉她这次旅行的目的，

---

① Stanze di Raffaello，梵蒂冈宫中的拉斐尔展室，以其壁画闻名于世。

② Cappella Sistina，梵蒂冈宫的教皇礼拜堂，始建于十五世纪，以米开朗琪罗所画之《创世纪》、《最后的审判》等著名。

③ Francesco Borromini（1599—1667），意大利建筑师。

你这次来不是给斯卡贝利公司办公事，而完全是为了她，你给她在巴黎找到了一个工作，你将告诉她你没有在奎里纳尔酒店住下，你将完全和她住在一起，这也是为什么一到下午，你就得先去和达·蓬特太太谈妥，然后去寄存处取回皮箱，这以后，你们两人便可以悠然自得，像年轻人一样互相搂着腰，出去欣赏罗马的那些地方，欣赏它的古迹和树林，你们去哪条街都可以，连科尔索大街和科隆纳广场也不例外，因为那时斯卡贝利公司已经关门了，不过不能去维托里奥·韦内托街，尤其是别走进巴黎咖啡馆，因为埃多雷·斯卡贝利先生常去那里消磨时间。

夕阳西下的时候，你们将回到蒙泰德拉法里纳街穿大衣，也许塞西尔想去附近一家 pizzeria 吃晚饭，顺路可以看看上演什么电影。不过得到后天晚上才能看电影，因为明天你会疲乏不堪，这是头天夜里，也就是既不舒服又不安定的今天夜里带给你的疲劳，你会早早躺下，躺在她的房里，这一次可以睡到早晨才出来。

在走道外侧，云彩丝毫没有消散的意思。英国人将一条腿架在另一条腿上。车窗外是缓缓起伏的小山丘，上面盖满了没有叶子的葡萄藤。

在结识塞西尔以前，你也参观过罗马的主要古迹，也赞赏过罗马宜人的气候，但是，尽管如此，你当时并不喜欢罗马；只是和塞西尔在一起以后，你才开始仔细地探索这座城市，塞西尔在你心中激起的热情使罗马的大街小巷蒙上了一层异彩，所以，当你在昂里埃特身边想念塞西尔时，你就是身在巴黎，也在想念罗马。

就这样，上星期一，你乘罗马的快车九点到达巴黎，你在头等车厢里过了一夜，那当然比你今天要度过的这一夜舒服得多，那时，一线朝阳从车站的大玻璃窗外射进来，你没有像往常一样立刻走出里昂车站，没有雇一辆出租汽车回家，回到先贤祠广场十五号，去刮刮胡子，洗个澡，然后到埃斯特拉帕德街的车库去取车上班，你没有这样做，而是在大厅里寻找有没有类似罗马那样的公共浴室，而你也确实找到了一个小浴室，你在那里洗了洗，老实说，那个浴盆是不太干净的；你每次从罗马回来，十点半以后才会去办公室，这次也一样，你利用剩下的时间去蹓跶，仿佛你是来巴黎的罗马游客，仿佛罗马是你常住的地方，而你时不时来巴黎只是为了办公事，每两个月，或者至多每个月来一趟。

你把皮箱留在寄存处，心想待一会儿让马尔纳来取，你一直走到塞纳河，穿过奥斯特利茨桥，这是十一月份难得的好天气，你沿着植物园走时解开了大衣纽扣，你走过圣路易岛，在那里喝了一杯牛奶咖啡，吃了几块牛角面包，虽然你那天和往常一样已经在餐车上吃过早饭，你喝了茶，啃了几片面包干，不过这对你总是不够的，你每次到家都会再吃一点实惠的东西，上星期一和往常一样，一顿实惠的早餐肯定在家中等着你，然后你围着西岱岛几乎绕了一整圈，一只手插在裤兜里，另一只手提着皮包，自顾自地哼着蒙特威尔第[1]的一支曲子，并合着曲子的节拍将皮包摇来晃去，大约到十点的时候，你才在圣母院对面乘上六十九路汽车来到皇家宫殿广场。

你想延长这种还没有完全到家的感觉，便决定在外面吃午饭，但你不愿意让昂里埃特为你白操心，便给家中拨了一个电话，丹东二五三〇，接电话的厨娘马尔斯莉说昂里埃特不在家，孩子们当然

---

① Claudio Monteverdi（1567—1643），意大利作曲家。

也都在学校，你叫她告诉太太你晚上才回家。

半个小时以后，她来电话找你：

“我找德尔蒙先生。”

“我就是。你好吧？我中午回不来，很抱歉。”

“你至少回家吃晚饭吧？”

“那当然。”

“那么明天呢？”

“明天有什么特别的事吗？”

“没有什么，星期三是你的生日……”

“啊对了，你真好，想到了我的生日。”

“你旅行顺利吗？”

“和往常一样。”

“那么晚上见。”

“晚上见。”

在达尼埃勒-卡萨诺瓦街的另一边，迪里厄旅行社的第一个橱窗里有着去勃艮第旅游的招贴画：博讷城救济院的玻璃瓦啦，在斑斓的叶子中间垂着一串串黑葡萄的九月的葡萄园啦，第戎的公爵陵墓啦；第二个橱窗对着歌剧院大道，内容是冬季运动：滑雪板啦，粗绳啦，红鞋带的肥大的鞋啦，还有各种大幅照片，照片上有空中吊车，有划着一条条滑道的耀眼的雪原，有双手前伸正在跳跃的滑雪健将，有带着潮湿木头阳台的山区木结构别墅，房屋上铺着一层在阳光下闪闪发亮的、厚厚的像白色毛皮样的雪，还有年轻姑娘们的照片，她们穿着紧腿裤和织成几何图形的高领毛衣，还有萨瓦省的风景，一会儿你要从那里经过，但它和照片上可大不一样，它将仍是黑色的，多雾的，这里那里有一点脏的雪；第三个橱窗是介绍意大利的，有收藏“都灵裹尸布”的教堂圆顶布满星星的穹顶内部，有热那亚巴尔比宫的楼梯，有比萨的塔，有塔尔奎尼亚的吹笛人[①]，有圣彼得广场以及由西克斯图斯五世下令迁到广场上的尼禄皇帝竞技场的方尖碑，还有许多其他城市的风景，这些城市对你大多是陌生的：卢卡的教堂，贝内文托的图拉真凯旋门，维琴察的奥林匹克剧场；第四个橱窗则邀请你去西西里岛。

你穿过金字塔街，在你右面，矗立在拱廊之间的金色女骑士在云彩的衬托下有着一种柔和的光泽，在街的对面，其他旅行社也重复着意大利这个名字，你向右拐来到法兰西剧院广场，川流不息的车辆在红灯前好像突然被一道闸门截断了，你等着，红灯变成了绿灯，你这才穿过里沃利街，钻进卢浮宫的拱廊门，你从另一头出来时，正对着杜伊勒里宫，眼前是变幻莫测、晶莹闪亮的辽阔天空。你从藏在广场一角的三尊蹩脚塑像前面走过，这是该隐[②]的儿子的塑像，你走过卡鲁塞尔凯旋门，你看到在它后面矗立着方尖碑的灰色塔尖，远处是星形广场凯旋门。

在莫里恩厅门前，汽车像书架上的书本一样一辆紧靠着一辆，其中有两三辆大轿车；左右挎着照相机的美国女人坐在石凳上翻阅地图，等待她们的向导。

你像往常一样漫不经心地走过石棺和梵蒂冈古代作品的铜复制品，你上楼往《萨莫色雷斯的胜利女神》[③]像走去，凭着一时的兴致，心里没有明确的目标；你穿过好几个相通的埃及厅；你走上螺

---

① 指塔尔奎尼亚附近陵墓中出土的壁画中的人物。

② Cain，《圣经》人物，亚当与夏娃之长子，杀害其弟亚伯。

③ *Victoire de Samothrace*，纪元前古希腊杰作，一八六三年在希腊的萨莫色雷斯岛出土。

旋形小楼梯，一直来到十八世纪展览室。

你把第一室里瓜尔迪和马尼亚斯科的作品、第二室里华托和夏尔丹的作品、第三室里英国画家和弗拉戈纳尔的作品都浏览一遍；你走到最后一个展览室才停步，不过，你停下来既不是为了欣赏戈雅，也不是为了欣赏大卫。使你恋恋不舍仔细观赏的那两幅大型画，使你不由自主地凑近身去的那两幅大型画，它们是一个三流画家帕尼尼[①]的作品，画的是在高而宽敞的大厅里正举行着两场出自想象的展览，一些高贵的人物、僧侣或贵族，在雕像和满墙的风景画之间漫步，他们有着各种姿势：赞赏，兴趣，惊奇和困惑，就像参观西斯廷小教堂的游客一样，这样两幅画与众不同之处在于画上的人和物与画中之画没有明显的区别，画家似乎想在自己的作品中体现他同时代很多艺术家所共有的画面设计上的成就，那就是作品应是现实的极其忠实的翻版，如果画的是柱头，那么，除了四周的画框之外，你看不出画中的柱头与真实的柱头有什么区别，这使人联想到罗马巴罗克时期那些能使人产生幻觉的大师们，他们通过一系列完美的标记、聚集在一起的半露柱以及富于肉感的弧线，在空间勾画出使人产生遐想的建筑物，这些建筑物无论在效果或气魄方面都可以与古代废墟里那庞大的实体媲美，建筑师们曾终日面对废墟而自愧不如，他们将建筑物上各种装饰细部有机地结合成一个整体，形成自己表达方式的基础。

---

① 以上都是十八世纪画家名。其中，瓜尔迪（Francesco Guardi）、马尼亚斯科（Alessandro Magnasco）和帕尼尼（Giovanni Paolo Pannini）是意大利画家，华托（Jean-Antoine Watteau）、夏尔丹（Jean-Baptiste-Siméon Chardin）、弗拉戈纳尔（Jean-Honoré Fragonard）和大卫（Jacques-Louis David）是法国画家，戈雅（Francisco de Goya）是西班牙画家。

自十六世纪以来，人们一直感到古罗马帝国对今日教会在不断挑战，而这两幅对称排列的画正表明这一应战的积极，想比个高下：在开向方形庭院的窗子的右边挂着现代罗马景物，在窗子左边则挂着古代罗马景物，在古代景物部分，你高兴地认出了竞技场、马克森提乌斯大会堂、万神殿以及这三根稍稍高于地面的白色柱头，它们仍保持原状，还和二百年前皮拉内西①刻成时一样，这是奥古斯都②广场上仿奥古斯都相貌刻成的复仇战神庙的柱头，而现在则高耸在华丽的圆柱上，还有安东尼诺和福斯蒂纳神庙③的柱廊以及修建在其中现在尚未拆毁的教堂的正面，还有君士坦丁④凯旋门以及当时镶嵌在民房中间的提图斯⑤凯旋门，还有远在郊野的卡拉卡拉公共浴室，还有被称作密涅瓦医药女神庙的神秘的圆殿，火车进站时要从旁边驶过。

车窗外面，空中阴云密布，葡萄园中露出一座教堂的高顶，铺着菱形的黄琉璃瓦，高耸在相当集中的村舍之上。在两排长椅之间的暖气铁皮上，一道道铁线纵横交错，仿佛是调度站上的微型铁轨。

两年前，甚至还稍早一点，因为那还是在夏天，在八月底，你也坐在像今天这样的三等车车室里，坐在这一个顺方向靠走道的座

---

① Giovanni Battista Piranesi（1720—1778），意大利雕刻家、建筑师。

② Augustus（前 63—14），罗马帝国开国君主，原名屋大维（Gaius Octavius Thurinus）。

③ Tempio di Antonino e Faustina，古罗马皇帝安东尼·庇护（Antoninus Pius）为纪念其妻福斯蒂纳（Faustina Major）而建。

④ Constantinus I（约 272—337），古罗马皇帝。

⑤ Titus（39—81），古罗马皇帝。

位上，你对面是塞西尔，她休完假回去，你刚刚和她认识，你刚刚在餐车里遇见她。

那时肯定比现在要晚，那是下午了，那趟车和这趟一样也是早上发车，第二天清晨到达罗马，肯定就是这趟车，不过行车时刻表略有不同，而你乘那趟车，一定是因为临行前出了点问题，什么问题你也记不清了，不过，在午饭之前，你当然是坐头等车，那是一节意大利车厢，里面有名画——也许是罗马名画——的彩色照片，比如说，博尔盖塞别墅中两种爱的寓意画①，这是复制得最多的一幅画。

你第一次见到她的时候，你已经靠窗坐下准备第二轮用餐了。第戎早已过去，博讷、马孔、沙隆，甚至布尔格也过去了；葡萄园没有了，只有山丘。

她穿着一件袒肩的橘红色连衣裙，露出晒得黝黑的胸部，她的黑发编成辫子，盘在头上，用带金球的发针夹住，她的嘴唇几乎涂成紫红色。

餐车上人越来越多，幸好在你们这张桌上只有你们两人，天气很热，所以你的第一句话就是问她能不能把窗子上部的小玻璃窗打开，接着，她从黑皮包里取出一份火车时刻表，它不像你现在手里拿的那份时刻表是天蓝色的，它是淡绿色的，就是行李网架下面油漆的颜色，当时你手里没有时刻表，于是便问她几点钟过艾克斯莱班。

“到那儿的时候，这顿饭早吃完了。”

“我不是要在那里下车。我去罗马，可惜不是去旅游，是办公事。”

---

① 此处指意大利画家提香（Titian，1490—1576）的作品《圣爱与俗爱》，陈列于博尔盖塞别墅画廊中。

最初，你们只交换了几句客套话，中间沉默很长时间，后来，渐渐地，你们谈了下去，但主要是议论那顿饭，你让她品尝的那种酒味道如何，你盘子里装的是什么菜，诸如此类，一直到她看账单时发现自己留的法国货币不够了。

“他们也收里拉。”

“是呀，不过兑换率很低；我按巴黎比价和你换一千法郎吧。”

于是她开始向你谈起自己，她也是去罗马的，她在罗马、在法尔内塞宫工作，已经有好多年了，她非常喜爱这座城市、这种生活和这份工作，只是她在那里相当孤独，她刚刚在巴黎度过一个月的假期，她离开巴黎当然有点恋恋不舍，她告诉你她母亲是意大利人，她自己出生在米兰，不过她是法国籍，大战期间她在塞维涅中学毕业。

边境重新开放以后，她就回到外祖父那里，和菲亚特公司的一个年轻工程师结了婚，可是他们刚刚在都灵安家，他就在高速公路上一次惨祸中死去，这时他们结婚才两个月，讲起这些往事，她仍然激动不已，她想离开使她触景伤情的一切，所以就到了南方。

差不多所有的客人都回到自己的车厢里去了；服务员们在叠台布；你们离开餐车，你们走过你的头等车室，不过你很想向她谈谈你自己，所以你一直陪她到她的车室，你在她对面坐下来。火车这时正沿着拉马丁湖①的湖畔行驶。

车过边境时，你们还在说话，傍晚，你们一同去意大利餐车。

---

① 此处指布尔歇湖，十九世纪法国浪漫主义诗人拉马丁（Alphonse de Lamartine）曾写下著名诗作《湖》（*Le Lac*）。

夕阳照着皮埃蒙特辽阔的景色，山势险峻，山谷正逐渐暗下来，但山坡上的木屋顶还很明亮；你背上在流汗，但是你觉得空气变得清新了。她听着你，看着你，赞赏你，笑着。时间过去了，黑夜来临。当你们回到她的车室时，那里只有三个人：一个穿黑衣服的意大利老妇人，还有两个法国游客——一对兄妹。

你们通过热那亚的隧道；你看着灯火通明的商店和水上的月色；你不再说话；有人要求熄灯。天花板上只剩下那盏蓝色小灯，但是窗帘还没有放下，还看得见走道的窗户。有那么一会儿她以为你要走开，而你也向自己提出这个问题，但是你捕捉到了她脸上那种遗憾的表情！你像现在这样顺方向坐着不动，而她，她在你对面，坐在刚才教员坐的位置上，她朝左偏仰着头微笑，她在你的守护下昏昏欲睡，又时不时地惊醒，她用手抚摸门框，有时微微张开嘴，叹口气，露出稍稍咬着下唇的牙尖，她的身体抽搐了一下，然后又合着火车的节奏晃动，逐渐睡着了。

你的两只脚在暖气铁皮上擦蹭着。车窗外，开车时就确定会下的那场雨，终于轻轻下起来了，小小的水珠在玻璃窗上形成一道道细流，好像是几百根睫毛。

对面的画上是现代罗马的景物；画中最突出的是米开朗琪罗的《摩西》像，在一个个画框里还有贝尔尼尼[①]建造的各种喷泉；你的视线从纳沃纳广场的河流喷泉移到巴尔贝里尼宫附近的人鱼喷泉，再从圣彼得广场移到圣三一教堂的西班牙阶梯，对你来说，这

① Gian Lorenzo Bernini（1598—1680），意大利雕塑家、建筑师。

些地方全都使你想起塞西尔的音容笑貌和关注的目光，你曾使她更加热爱这些地方，你自己也正是为了她才更热爱这些地方的。

你开始感到饿了，便隔着玻璃窗往方形庭院里瞧，那里正下着雨，中间那座大楼的时钟正指着中午十二点半。

你走下螺旋形的小楼梯，穿过那几个埃及厅，但是到了《萨莫色雷斯的胜利女神》前时，你没有一直往下走，而是向左转，经过七米厅，急步走过大画廊，在一群群外国人中间穿行，一直来到定居罗马的两个法国画家普桑和洛兰的作品前。

你现在努力回忆他们的画是如何陈列的，但你想不起整个布局；当然，你很清楚在右面的墙上有一幅小画，画的是十七世纪古罗马广场上狄俄斯库里[1]神庙里的三根圆柱，半截已埋在土里，以及凡西诺广场，这个原是世界之都的山脊后来沦为荒地和牲口市场，还有《路得与波阿斯[2]》，这幅画酷似织毯，是一幅竖的画，画面上两个人物的姿势就像埃及浮雕中的收获者那样，画上的麦田由于时间久远，油彩已变得相当暗淡，这之后，不过这没有把握，还有《雅典的瘟疫》或是《萨宾妇女遭劫》，总之这是一幅和庞贝古城的画风极其相似的画，以致观众不能相信作者确对庞贝绘画一无所知，不能相信画家只是依靠一种奇妙的直觉，在《阿尔多布兰迪尼的婚礼》这幅蹩脚的壁画中对庞贝绘画的风格有所体会，他临摹了这幅画，这一珍贵的副本现收藏在多利亚宫里；可是另一面墙上有什么呢？那准是《巴克斯[3]节》了，此外还有什么呢？《尤利

---

① Dioscuri，又称卡斯托耳与波鲁克斯，古希腊罗马神话中的孪生神灵。
② Ruth and Boaz，《圣经》故事中的人物，后结为夫妇，为以色列王大卫的祖先。
③ Bacchus，罗马神话中之酒神。

西斯将布里塞伊斯交还给她父亲》[1]？《朝阳下的海港》？《克娄巴特拉女王[2]登岸塔尔苏斯》？也许这三幅画都有吧？

你注视这些人物，他们栩栩如生，仿佛在要求赋予他们灵性和生命，于是你浮想联翩，想象他们每一位的故事，想象他们在画面情景以前和以后的经历，他们的姿势孤立而固定，他们或在海上航行，或置身于美丽的海滨城市的街巷里，或置身于圆柱和厅堂之间，或置身于富丽堂皇的宅第中古树参天的花园里，这些宅第在画中人的想象中被维吉尔的语声所浸润，具有真正的古典风格，比那愚蠢的仿古建筑高明百倍，而一代代迂腐固执己见的人会继续将这些仿古建筑强加给我们，直到何时为止呢？

你的胃和时钟一样准，据说这是衰老的象征，胃使你中断了遐想，这时你本可以很快地下楼出门，比你实际的行动要快得多，你可以穿过凡·戴克[3]作品厅，向左转立刻走下通往中世纪雕塑馆的楼梯；不过你却从老路回去，穿过在那里赞赏不已的人群，穿过七米厅，从《萨莫色雷斯的胜利女神》像旁边走过，然后，你情不自禁地很快、非常快地扫了一眼安条克[4]的镶嵌画、尼禄时代罗马贵妇的画像以及尼禄小时的雕像，他穿着长袍，圆圆的面孔显得很严肃。

---

① *Ulysse remet Briséis à son père*，原文如此。画名应为《尤利西斯将克律塞伊斯交还给她父亲》（*Ulysse remet Chryséis à son père*）。

② Cleopatra（前69—前30），埃及女王，貌美，有权势欲，先为恺撒情妇，后嫁安东尼为妻，最终与安东尼双双自杀身亡。

③ Van Dyck（1599—1641），佛兰德画家。

④ Antioch，古地名，古代塞琉西王国中心，被罗马征服后成为叙利亚行省首府，位于今土耳其南部。

你走到平台上，这里是甘必大[①]纪念碑的旧址，雨下得很大，所以你看不太清卡鲁塞尔凯旋门，当然，方碑是根本看不见了。

里沃利街上的车辆和半小时以前一样络绎不绝，只是现在在所有的挡风玻璃上，扫雨器来回做扇形摆动。

在黎塞留街，你走进一家饭馆，你为办公事曾到这家饭馆去过几次，你要了一份意大利肉酱通心粉，可是侍者给你端来的通心粉是真的好通心粉呢，还是因为你吃通心粉时突然感到孤独，因而尝不出味道，不能给以正确评价呢？至于咖啡，侍者微笑地向你保证说是快速咖啡，几分钟以后他给你拿来一个过滤器，当然是很讲究的过滤器，但是你不等杯子盛满咖啡就一饮而尽，匆匆付了钱。如果你是带着这种情绪去吃饭的话，那又何必不回家呢，又何必再一次毫无意义地撒谎，而使你和昂里埃特的关系更为复杂、更趋恶化呢？

你那包民族牌香烟还剩下一支，由于下大雨，你吸着烟就灭了，你把它扔到街心。现在才一点半，而你一点也不想提前二十五分钟上班，尤其是因为要是你一人在办公室，你可能就在那里睡着了，因为不管你已习惯乘火车旅行，哪怕乘的是舒适的头等车，你总是感到疲乏，而且越来越厉害。

从下次起就会好得多，因为你已经好几次向斯卡贝利公司提出这个问题，而且你终于取得公司的同意，从今以后按卧铺报销你的旅行费。可是，今天你甚至连头等车也没坐，一想到即将来临的、可以说是彻夜不眠的夜晚，你开始对自己的节约习惯感到后悔了，这种习惯是在你不太宽裕的时期养成的，哦不，你又纠

---

① Léon Gambetta（1838—1882），法国政治家。

正自己，你这一次决定在这种条件下旅行，决不是出于吝啬，而是出于感情用事，是浪漫主义的表现，因为两年前的八月底，你头一次在这趟车上和塞西尔相遇，你离开自己的车室去到她的车室，那个车室就和眼前这个一模一样，你在她对面坐下，你的座位就是眼前这个座位；因为你每次和她旅行都是坐三等车；而这里也就暴露了经济问题，因为她的最后几次旅行是你出的路费，你不愿意花费太大，你总怕没有足够的钱留给先贤祠广场十五号你那所房子里的家人，你总怕昂里埃特追问你的开销。呵，你现在确实很富裕，相形之下，这种斤斤计较的脾气显得多么可笑，要是你能早点改掉这种脾气，那你早就能一年到头和塞西尔共同生活了，而现在你只有在到罗马出差的很短几天里才能尝到这种生活的乐趣。

还得消磨半小时，由于天气不好，你没法在街上蹓跶，于是你穿过歌剧院大道，顺着左面的人行道往回走，你刚才是从办公室去到卢浮宫，现在则反道而行，你的左面是书店的橱窗，里面陈列着蓝封面的罗马和巴黎的指南，然后是你的朋友迪里厄经营的旅行社的橱窗，迪里厄从前不是你的朋友，不过你现在很感激他，因为塞西尔将在他的公司里工作，因为是他给你解决了她来巴黎的问题，是他使你得到了解脱，而他自己还不知道，你经过他陈列西西里岛风景的橱窗，然后是另一个有关意大利的橱窗，里面有圣彼得广场，广场中央竖立着尼禄竞技场的方尖碑，还有塔尔奎尼亚的吹笛人、比萨的塔、巴尔比宫的楼梯和大瓜里尼[1]的星形圆顶，然后是阿尔卑斯山的橱窗，而在达尼埃勒-卡萨诺瓦街，有勃艮第的橱

① Guarino Guarini（1624—1683），意大利建筑师、数学家及文学家。

窗——而你此刻正路过勃艮第省，正在接近以美食闻名的勃艮第首府，它过去曾是创造发明和开会的场所，而现在，自从巴黎占统治地位以后，它已成为退休和游乐的胜地——橱窗里放有勃艮第的彩色照片，展示的是博讷城救济院的庭院和它的构成交叉图案的琉璃瓦屋顶，罗吉尔·范·德·韦登①的《最后的审判》中的天使，迈尔乔·布鲁德拉姆②的《逃亡埃及》，以及他的《先知井》的黑白照片，此外还有彩色张贴画，画中是成串的葡萄、葡萄园和一瓶瓶酒，然后，在街对面是你自己的橱窗，完全是意大利风格，斯卡贝利公司这几个大黑字下面没有霓虹灯，但到了晚上，灯光照着那一大块边沿不齐的毛玻璃，这几个字就像黑影似的显了出来，橱窗一直开到地面，墙上全是嵌镶的图案，固定在各个不同角度上的彩色线将打字机或计算机挂起来，每部机器都有自己特殊的照明灯光（当然，奥利韦蒂公司在你们之前就这样做了），再旁边是门，是这座房子的旧门，不但所有的办事员，而且所有的重要主顾都得从这里进来，才能上楼来到你的办公室，当然，长久以来，你一直在考虑要改装一下这扇门，但罗马总公司一再犹豫，总公司不想花太多钱来改装一所没法取得所有权的房子，这个楼梯是到各层楼的唯一通道，再过去就是布伦塔诺书店和意大利航空公司了。

你走上卡皮西纳大道一直来到科马丹街，走进那家罗马酒吧间，这个酒吧间在晚上一向座无虚席，特别是那天晚上，因为你在傍晚时分又去了一趟，你想尽量晚一点回到先贤祠广场十五号，尽

① Rogier van der Weyden（1400—1464），佛兰德画家，擅长宗教题材绘画。

② Melchior Broederlam（活动年代约为1381—1409），佛兰德画家。

量晚一点和昂里埃特以及孩子们重逢，酒吧间里总是有许多涂脂抹粉的女人坐在高高的凳子上，跷起她们那往往是又短又粗的腿，晃着针尖似的高跟鞋，用闪光的假宝石夹住细发卷，一面用手指敲着她们那长长的烟嘴，不过每天在当时那个钟点，酒吧间里除了几个老绅士以外，几乎总是空空的，这个“古色古香”的罗马酒吧间和目前的拉丁首都的酒吧间相去万里，但是就它那富于刺激性的低级趣味而言，它完全可能开设在十九世纪末的罗马，用那些棕色的、耐人寻味的绘画来作装饰，画中的场面体现了一种既华丽又朦胧的自由精神，表现出相当程度的放荡，而这正是生活在失去了资产阶级体统的“美好年代”①的巴黎人、抱着狭隘的玩世不恭态度的巴黎人所向往并准备堂而皇之地身体力行的，如《梅萨利纳②在花柳病院》、《尼禄皇帝凯旋入罗马》等等，酒吧间里的座位是大红丝绒的安乐椅，还陈列着收藏的各种钱币，确是一种罗马风格，但是你知道，尽管如此，你没法在这里喝到你想要的那种 espresso③，所以你只好慢慢喝着第二杯过滤咖啡，一面斜眼瞧着那两个老绅士，他们在读报，还时不时交头接耳，直到你发现已经两点差五分了，只够你绕道买一包高卢女人牌香烟，再在上班的时刻去办公室，到了傍晚六点半，你最后一个从办公室出来，你锁上门，黑夜里下着毛毛细雨，雨珠反射着各种招牌、橱窗、车灯和交通信号灯的光，你在人行道上等了一段时间，向所有驶过的出租汽车打招呼，但没有一辆车是空的，你手里提着箱子，这是马尔纳下午去车站寄存处

---

① 指欧洲的一段繁荣时期，始于十九世纪末，至第一次世界大战爆发而结束。

② Messalina Valeria（约 22—48），罗马皇帝克劳狄的第三个妻子，以淫乱和阴险出名。

③ 意大利文，一种特制黑咖啡。

给你取回的，你觉得要把它拖到地铁的走道里实在太沉了，可你最后仍不得不下决心乘地铁，这也是为什么你又重新上楼的原因，你回到你的巢穴，回到你的指挥所，那里空荡荡，黑沉沉，你透过寂静的房间的玻璃窗，看到移动着的人影和潮湿的光线，你把皮箱放回自己桌上，然后便一身轻松地去罗马酒吧间弯了一下，酒吧间这回是宾客盈门，全是女士们和比中午那些人年轻得多的男人们，你在那里待了大约一刻钟，约一杯茶的工夫，你喝浓茶，因为你身上发冷，既然已经在火车上坐了一夜，浓茶想必不至使你今夜在家里睡不着觉，然后你在马路上匆忙而潮湿的人群中穿行，你去马德莱娜教堂站乘地铁，你在塞夫尔-巴比伦站换车，乘上往奥斯特利茨车站方向去的车，在奥德翁站走出地铁，那里有一群不同肤色的大学生正在下阶梯，

不是因为这条路最近，假如你急于回到先贤祠广场十五号的话，你该乘公共汽车的，而是因为你想使这次罗马之行再延长片刻，你今天一整天都在巴黎城中寻找罗马，你喜欢走近某些能很快使你想起罗马的建筑，想起由于塞西尔的在场才使你大感兴趣的罗马建筑，你喜欢走近巴黎城中的这些罗马小景，你注视它们的时候，感到身旁又出现塞西尔的眼睛、声音、笑容，她的青春和她所保持的自由，

因为你想像一个旅游者那样不慌不忙地漫步，沿着圣日耳曼大街，穿过圣米歇尔大街，然后向右拐，沿着圣米歇尔大街左边的人行道走，你这样做并不是为了想多多观察（你毫无意思在雨夜里停下来，再说，有什么可以观察的呢？），而是为了沿着这些砖石墙根走，它们是叛教者尤里安时期公共浴室的残迹，是他那“心爱的

吕戴斯[①]”的唯一重要遗迹，这就足以说明为什么尤里安这个名字仍然留在这里的缘故了。

先贤祠广场像每天晚上一样，空寂无人，不过，一般说来，在这个时刻你早已到家了，而且是坐自己的汽车回去的，但那个星期一晚上，汽车还在埃斯特拉帕德街的车库里，也就是昨天你放车的地方；先贤祠的圆屋顶隐没在黑暗中，殿堂好像一个庞然大物沉重地压在广场上，你觉得广场长极了，走不到头，一辆汽车在雨中拐弯，车灯光在让-雅克·卢梭的石像上停留了片刻。

你按一下开关，门就吱了一声，轻轻打开了，左边门房的窗子被窗帘遮得严严实实，只稍稍露出一丝发红的光线；你拧开定时灯，乘电梯上到五楼，在门内走道里，你看见昂里埃特迎上前来，一面用灰围裙擦着手。

她像往常一样等着你吻她，可是你不愿意再继续做戏，你动手解开大衣的纽扣，这时她问你道：

“你把箱子放在哪儿了？”

“留在我的办公室里，今晚我没有车，所以不想找麻烦。家里都好吧？”

“过一会儿就吃饭。你今天过得好吗？”

“好极了。当然啦，我累得要命。”

她转身斥责马尔斯莉，而你走到男孩子的房间里看了一眼，他们两个都挺直身子，神气显得有罪而傲慢，显然，亨利听见你进来时，他正躺在床上看“黑色系列”[②]小说，他刚刚来得及把书塞到

---

① Lutèce，高卢旧城名，被罗马人占领后逐渐扩建成今日之巴黎。

② *Série noire*，伽里玛出版社（Gallimard）于一九四五年开始出版的侦探小说系列。

枕头下面，还露出一个角在外面，而托马则悄悄地在灯芯绒短裤上擦着手，姿势就和他妈妈一样，他正站在洗脸池前，池里装满了水，几只挂着彩帆的纸船在水中静静地沉没了，大桌子上有一只烟灰缸，一定是他们中的一个从哪家咖啡店里偷来的，烟灰缸里装满了烧掉的纸片和香烟头，地毯上乱七八糟地躺着加菲奥字典和肯定被他们当炮弹扔的几本教科书。

在房门重新关上以后他们捂住嘴大笑，接着你来到女孩子们的房间(在一个角落里是雅克琳的洋娃娃车，里面塞满了乱七八糟的小衣服，房间中央，电灯下面有一大堆没有缝完的针线活)，玛德兰靠在安乐椅上，正专心致志地阅读杂志《世界时装之苑》。

“你妹妹呢？”

“妈妈让她去饭厅里做作业了。”

他们到了这个最叫人讨厌的年龄，他们失去了孩子的天真和可爱，你晚上回家不能再把他们当可爱的玩具一样逗着玩了，他们又都还小了点，包括玛德兰在内，你又不能把他们当作大人，当作朋友来交谈；你的地位、责任和其他操心的事使你不能随时过问他们的学习，他们的喧闹对你是一种负担，因此你觉得他们很讨厌，而他们也就不再信任你，结果在你眼中，他们成为陌生的小孩，孤僻，狂妄，狼狈为奸，他们猜出在你和他们的母亲之间出了点什么别扭，他们窥伺你们两人，他们相互之间不议论这件事那才怪呢，不，他们一定在思考这件事，他们知道你们在骗他们，不过他们从不敢来问你。

你在对塞西尔的爱情这个问题上长久徘徊犹豫，那当然是为了他们，但显然让事情这样慢慢地恶化下去，总不是个办法；恰恰相反，应该对他们开诚布公地表示他们的预感是对的，这好比一次外科手术，他们可能有点疼，但却从此摆脱了开始使他们发烧的精神方面的传染病，你这样做就是给他们树立了一个对自己的感情敢于高度负责的榜样，日子长了，他们会感谢你的；这么看来，为了他们你也不该继续犹豫，继续躲闪了。

你决不会抛弃他们，你随时准备支援他们，不让他们缺这少那，特别是现在，他们接近你的时候，不会再带着那种怀疑，那种虚假的微笑；你和他们的关系将更纯洁。

你回到自己的房间，推开窗，模糊看到在一些潮湿的车灯上方是先贤祠，你注视着这个黑黝黝的庞然大物，在巴黎所有的古迹中，先贤祠和尤里安公共浴室一样，每次都唤起你对塞西尔的思念，不仅是因为先贤祠这个名字使你自然而然地想起阿格里帕[①]为十二位神灵建造的神殿，还因为它上面那些和你的房间一般高的花饰柱头，是罗马华丽的柱饰相当成功的仿制品，在古典派的装饰艺术中可称首屈一指，接着，你关上百叶窗，走进盥洗室去洗手，你看到镜子下面的搁板上面空空的，觉得自己没有把箱子带回来真是糊涂，明天早上你怎么刮胡子呢？你的两个儿子还小，没有刮胡子的全套用具，像小刷子之类的东西；而你又决不能胡子拉碴地出现在卡普德纳克、朗贝尔、佩兰这些小姐面前，唯一的办法就是在早饭后去理发馆。

你刚才进门的时候，昂里埃特一定想到这一点了，因为她对这种琐事出奇的敏感，不过她当时不愿意对你说，她愿意让你自己察觉这一点，这样一来，她便可以贬低你，让你感到离不开她，当然

① Marcus Vipsanius Agrippa（前63—前12），古罗马将军、政治家，曾下令建造罗马万神殿（Panthéon，与巴黎先贤祠同名）。

不是指爱情，这已经太晚了，而是指在一切生活小问题上。她一贯用这种策略，使你没法跳起来，使这件不体面的事不在孩子们面前暴露出来，她一直使用着这种谨慎小心平庸的策略，她一直是这么虚伪，而她内心深处又何尝不像你一样渴望着分居呢，但是她害怕分居，怕她的女友们可怜她，怕孩子们的同学说些风言风语；她不敢正视的就是这个，所以，她尽一切力量推迟危机的爆发，盼望再过一些日子你的热情和决心会冷下来，于是什么事也不会发生了。

为了这个，她时时都在耍手腕，可是，即使她万一达到目的，她又能得到什么好处呢？可怜得很，无非是她最终还是征服了你，无非是她尝到这种乖僻的乐趣，就像堕入地狱的人喜欢把别人也拖进那充满烦恼的、发黏的沼泽里去一样，她是胜利者，然而这又是多么可悲的胜利呀，她使你仍然留在她身边，但你只是一个在她的消耗精力的战斗前举手投降的男人，而她只能鄙视你，甚至比她在设法夺得你时更加瞧不起你。

于是对你她会忍受不了，她的冷淡将变成仇恨，因为她知道她能强留你在她身边，只是由于你软弱，只是由于她对她的愚蠢的女友们的恐惧感染了你；呵，那副充满责怪的面孔将变得怒气冲天！在彻底暴露了你的怯懦和扼杀了你身上那些可能使她爱恋的东西后，将来她怎么还能原谅你、原谅她自己呢？

就这样，她就用这样的方法拼命将你和她、将你们两人一同拖向这无法避免的毁灭，而她还居然要让人相信她这样做是出于慷慨大方！

你在客厅的安乐椅上坐下来，靠近窗口，那里可以看见先贤祠上被灯光照亮的美丽的柱头，你听着收音机播送蒙特威尔第的歌剧《奥菲欧》的片断；你只拧开了黑铁制的落地台灯，你隔着玻璃门可以看见马尔斯莉在饭厅里摆餐具，你端详对面墙上那两幅皮拉内西的铜版雕刻画，一幅是《监狱》，一幅是《建筑物》；自从你和塞西尔交往以来，你买了一些拉丁和意大利作家的作品装了一书柜，从中你挑了纪尧姆·比代版的《埃涅阿斯纪》[①]第一卷，翻到第六曲的开头。这时雅克琳走了进来，她右手的食指和大拇指上都有墨迹，她在壁炉另一边的椅子上坐下，靠近法国作品的大书柜，她交叉着双手，有几分局促。

"你这次旅行顺利吗，爸爸？"

"挺好，亲爱的雅克琳。你呢，你挺乖吧？"

"你又见到那位太太了？"

"哪位太太？"

"你明白，就是以前来过的那位。"

"你是说达尔瑟拉太太？"

"噢！我不知道她姓什么，你管她叫塞西尔。"

"见到了。你问这个干吗？"

"她不久还会来吗？"

"我想不会吧。"

昂里埃特推开玻璃门招呼你吃饭，她神气古怪地看着小姑娘，小姑娘脸红了，哭了起来，躲进洗澡间里洗手指头。

这一场小戏意味着什么呢？只是天真无邪的偶合吗？她脸红，流泪，逃跑，仅仅是因为你和她母亲的态度使她不知所措？她这样问你难道是故意的？想证实一下她那个小脑瓜里的猜测，想从你嘴中套出别人不知道的情况，或者更多，当然不能这样继续下去，遮

---

① *The Aeneid*，古罗马诗人维吉尔的史诗作品。

遮掩掩，敷衍搪塞，对自己和自己的出路感到一种可耻的羞愧，这都无济于事，这孩子几年前那么热爱你，刚才她走近你时也那么亲热，尽管她尽力模仿她姐姐玛德兰，装出一副大人的样子，但直到现在她还是深深爱着你，或者，在她身上已经出现一丝蔑视你的迹象？

这就是你躺在床上思考的问题，尽管你感到旅途疲劳，但傍晚在罗马酒吧间喝的那三杯浓茶使你不能入睡。

车窗外，雨越下越大，大滴的雨水打着玻璃窗，慢慢顺流而下，形成一道道斜斜的溪流。英国人将报纸合上，又塞进口袋。在走道外侧，在模糊颤动的电线下方，你看到这里那里有朦胧的一团团东西，那是爬满山坡的无叶葡萄藤中的房子或是树。

不过现在行了，大功告成，你自由了。

当然还有许多小问题要处理，要再过几个月才能稳定下来，不过已经冲过了第一关。

后天，星期日早上，近九点钟的时候，你在蒙泰德拉法里纳街五十六号的五楼醒过来，这时太阳已经透过百叶窗照进室内，你听到的将是意大利人的声音。

首先，你得离开塞西尔的房间，那时她一定已经起床了，她会递给你一壶热水，于是你从相通的门走进旁边那间屋子，对外人来讲你是在那里过夜的，你进去把床单弄乱，并且漱洗。

然后你们便在罗马的街上相会，如果天气相当好，你们便出城，也许到哈德良别墅去吃饭，你从来不曾在秋天去过这个地方。或者，要是她愿意，去海滨也可以，由她决定，这一天由她做主；

要是下雨的话，她可能又带你去看彼得罗·卡瓦利尼[1]的《最后的审判》，这是她向你揭示的第一个罗马的奥秘，这幅壁画是在特拉斯特维雷的圣塞西尔教堂里，每个星期日上午十一点钟，经教堂的耶稣会神父的特许，人们可以进去参观。

在这个季节，黑夜来得相当快，罗马也不例外，所以你们很早就回到她的房间，她给你精心准备晚饭，因为她喜欢显一显她的烹调手艺，这样一来，你们便可以早早睡觉了。

第二天是星期一，早上九点她必须到法尔内塞宫去上班，不只是第二天得上班，好多天她都得上班，直到她接到迪里厄旅行社的聘书，提出辞职并且获准；你得到中午才能见到她，所以上午你便一个人去逛某个博物馆或某处古迹，再过些时候她就不能陪你逛了，那时，当你再来罗马旧地重游时，就仿佛在庆祝和纪念你俩爱情的初期，你可能会去看看车站对过公共浴室内的博物馆[2]，看看利维娅的饭厅和鸟雀栖息的神圣果园，你甚至会去梵蒂冈，如果你在那里还没有看完你想看的一切，塞西尔从来没有陪你去过梵蒂冈，一来因为时间不合适，二来因为她不愿意，而你去正是为了她，你要仔仔细细地参观这些她从来没有看过的大厅，揭开覆盖其上的那一层讨厌的、歪曲的岩层，好向她传达你所领会的这些装饰大厅的画所要表达的内容。

再者，参观梵蒂冈，明天上午去一次，如果必要的话，下星期一再去一次，将是很久以来你头一次在没有塞西尔做伴的情况下独

---

① Pietro Cavallini（1250—1330），意大利画家。

② 此处指建立在公共浴室废墟上的国家博物馆（Museo Nazionale Romano），里面陈列有罗马皇后利维娅（Livia Drusilla）府邸中的壁画。

自参观罗马古迹，再过些时日，她去巴黎和你团聚，她不再在蒙泰德拉法里纳街迎接你，那时你就不得不永远独自游览这城市了，而这一次也将成为你在这一层面意义上的首次独自游览；你这次参观梵蒂冈仿佛是举行一次仪式，宣布塞西尔将离开罗马。

总之，如果你不充分利用这两个上午来参观，那么可能得过很长时间以后你才能再有这种机会，因为，显然你不会经常有这样四五天的闲工夫，而且，当塞西尔离开罗马以后，你多半也就没有这种兴致了。

你担心“永恒的城市”从此对你来说将显得空荡荡，你会怀念那个曾经吸引你来罗马、留你在罗马的女人。很可能从此以后你只有一个愿望，那就是，公事一办完就赶紧乘头班车回去，连周末也不过了，如果碰上星期六，你就乘十三点三十八分的火车回去，乘头等车，或者如你所愿，乘卧铺，上星期天你乘的也是这趟车，它比星期一的晚班车要快得多，而你打算乘星期一的晚班车是因为它有三等车厢。

你决定下午要到那处处是帝国古迹的城区去，可以说那里除了古帝国遗迹外，一无所有，现代化的城市和巴罗克城市退得远远的，让古迹孤独地留在广漠的天地间。

你将穿过古罗马广场，走上帕拉蒂尼山，在那里，几乎每块石头、每堵砖墙，都将使你想起塞西尔的某句话，想起你曾谈到或听到的某件可以告诉她的事情；你从塞普蒂米乌斯·塞维鲁的宫殿向下俯瞰，这时耸立在松林中的卡拉卡拉浴室的钩形塔上已是一片黄昏景色；你从维纳斯和罗马神殿走下来，你将看到暮色渐浓，圆形竞技场内的夜色越加深沉，然后你走过君士坦丁凯旋门，沿着马克西穆斯竞技场走上圣格雷戈里奥街和切尔基街；在夜色中你将看见左边的维斯塔神庙和另一面的雅努斯拱门；于是你又回到台伯河边，顺河一直走到基乌丽亚街，回到法尔内塞宫，在那里你大概只要等几分钟，塞西尔就会出来。

在走道外侧驶过一列长长的货车，在瓢泼大雨下货车依稀难辨，最前面的是煤车，后面几个车皮装着长梁木，还有没完工的汽车，没有喷漆的车身，一个挨着一个竖在那里，仿佛钉死的昆虫的翅鞘，接着便是带棚窗的牲口车，带小梯子的油罐车，装满了修路用的铁锈色的燧石的平板车皮，最后驶过了装有车床转塔和灯的末节车，这一切都不是贴在你车窗下驶过的，而是在稍远的地方。新婚夫妇默不做声，埋头读书，他们的腿伸到你的座位下。教员现在站在走道里，靠在铜杆上吸烟。又一个车站过去了，你来不及看清车站的名字。

你左边的教士站起身来，合上祷文书，把它装进黑书套，然后放到自己的座位上，说声“对不起”，从你面前走过去，他把滑动门推开一点，从你右方侧身挤出去，随即在你的后方消失了。现在是十一点；还有十一分钟火车就该停在第戎了，他是上第戎去的吗？他年纪应该在三十五岁上下；强壮有力，甚至有点性急；他神情烦躁，似乎对还得长久待在那个角落里感到烦躁。他是看完了祷文书呢还是看腻了？黑袍是多么好的伪装！当然，黑袍标志着某些东西，然而，这一声明背后可能掩盖着多少伪装！比方说，怎么能够知道这是一个耶稣会神父还是一个中学教员呢？是农村的本堂神甫还是城市教区的副神甫呢？披在他身上的有层层褶纹的黑袍表明他是神职人员，基本上也能说明他一天做多少次祈祷，说明他主持弥撒，然而，黑袍上没有任何迹象可以告诉你他的生活方式如何，他大部分时间用来干什么，他接触的是些什么人。

他去哪里？从他的举止来看，去的地方也许比第戎远，但不会太远，因为他的全部行李只有这个黑文件包；他为什么要出门呢？多半不会像你一样是为了去看一个女人的；他也许是回家，比方说，去看他的老母亲；他们大概和别人一样也常常有假期；他们这些人大概有时也可以出门玩玩，不过，在这个季节……他这次旅行大概也不是为了工作，至少，不是为了他生活里的某件对你而言与你的工作等同之事；很难看出他为什么从巴黎去第戎，莫非他是个知识分子，他去巴黎做报告或是到国立图书馆去查阅文件，上星期一你也许在黎塞留街国立图书馆附近和他擦肩而过，只是你未留意罢了，不过，他那模样不像知识分子。

法律教员朝你转过身来；他回到车厢；他坐下来；他看表；他摘下眼镜，从口袋里掏出一个镜匣，从里面取出一块羚羊皮，又擦起眼镜片来。

如果说从人的脸上，比方说这个人的脸上，看不出什么东西的话，那么，根据人们的衣着，根据他们在看什么书，根据他们的动作举止，一般也能猜到他们是属于教员或钻研古籍的那类人；可是，在他这里，道袍、圣油、祷文书掩盖了一切。

如果说他这次多半不是去罗马，那么他也许已经去过了，或者他也许非常想去，去看看他的教皇，混在那一大堆穿黑袍的人群里，在大街小巷他们像嗡嗡响的成群苍蝇，其中有胖的，有瘦的，有稚气未脱的，也有年老体衰的；他所熟悉的罗马，或者他要熟悉的罗马，一定与塞西尔两年以来向你介绍的罗马迥然不同。

新郎从阿西米勒意大利文课本上抬起眼睛，看到他对面的座位空着；他身旁的新娘也不再埋头看妇女杂志了；她翻着那本蓝皮指南；她打开一张地图，你认出这是一张罗马地图。

你缩回腿，好让教士回到车厢里来；他重新拿起座位上的祷文书，但是没有打开；他将书塞进衣兜里，望着窗外的雨景。

他脸色不快，他那筋骨突出的手指紧张地捏在一起，这又该如何解释呢？是因为一种潜在的深深不满呢，还是因为他对自己服装所代表的职业抱有某种怀疑，对自己选择的道路感到某种遗憾，他不敢承认这条道路对自己不合适，甚至不敢直截了当地承认这条道路对谁来说都是条死胡同？也许他只是碰到点无关紧要的暂时困难，阴影突然笼罩着他，这是和他去巴黎探望生病的亲戚这一假设完全吻合的，要不然他是巴黎人，现在去布尔格或马孔探望生病的亲戚。

也许，使他如此紧张的不是回忆，而是担心，他脸上的阴影并不是过去的而是未来的，也许他也要做出决定，也许就在这一刹那，或者刚才那一刹那间——他没有像你所想的那样重新读起经文来，而是带着厌恶的神气将祷文书重新装进兜里——也许就在那一会儿，他实现了一次飞跃，比你这次旅行的意义还重要得多，也许他已决定放弃祈祷和这身衣服，也许他会一无所有，但他将脱胎换骨，获得自由，而在此以前，自由使他胆战心惊，不寒而栗。

他安然自若，咕哝着；他将穿一辈子黑袍；他一定是哪个中学里小小的学监；他整天一定忙于惩罚那些和你儿子年龄相仿的孩子们，他们尊敬他，因为他的足球踢得十分漂亮。

教员坐在你对面，一直盯着他左手的窗户，这时他大概看到了什么信号标记；他站起来，穿上大衣，夹起皮包，而英国人也穿上雨衣，提起皮箱走出去了，你敢打赌，他一定是伦敦酒商的采购员，他来这里是为了洽谈购进一批新上市的葡萄。

铁轨和电线逐渐增多；第戎的头一批房屋远远在望。

你很想活动活动手脚。你在里昂车站买的那本小说至今还未打开，它一直放在长椅上，在你座位的左方；你把它挪到你的座位上，让它替你占座。

卷　二

四

你刚才走出车厢时，一股潮湿的寒气向你袭来，你至今还感到冷飕飕的,你又看了一遍车厢外挂着的那块金属牌，它挂在走道的车窗下面，正在你身后，上面确实写着第戎、莫达纳、都灵、热那亚、罗马、那不勒斯、墨西拿和锡拉库萨，那对度蜜月的新婚夫妇也许正是要去锡拉库萨，他们放下你面前的车窗，探出头去看铁轨，看另一辆在越来越大的雨点中缓缓远去的火车。

他抬起头；干干的头发上闪着雨点，他的头发和先贤祠广场十五号你家饭厅里那张木桌的颜色一样；而她抖抖几绺刘海，手指插进她那好似十一月阳光的头发里去，塞西尔解开发辫时也总是这样抚摸她那一条条光彩熠熠的黑鳞蛇，多少年前，年轻时的昂里埃特也是这样做的。

教士从书套里又取出了祷文书，将书套随便放在长椅上，仿佛扔掉似的，隔不远就是你留在那里占座的小说，你把小说又拿起来，翻了一会儿，一个字也没看就把它放到架子上，你是用大拇指翻书的，你上学的时候，总是用大拇指来翻那些电影小册子，不过这次不一样，你知道，你不是想让那些画在快速翻页中活动起来，而只是想在火车和车站的嘈杂声中听见这种像雨声一样轻微的翻书声。

他穿着黑袍一直安然坐着，黑袍的褶纹像熔岩石雕像的褶纹一样，固定不动，他转脸不看雨景中的道路和悬吊的电缆，也许他对这些太熟悉了，也许他觉得这些太沉闷了，他那粗大的食指夹在尚未褪色的红色边页中，使书页皱了起来，你坐下的时候，他的眼光和你的眼光相遇片刻，但是他打量的不是你，而是在你对面，在刚下车的教员的空位上坐下来的那个人，他是在你去月台上看车牌的那会儿进来的，他还没有脱去不太湿的浅灰大衣，他肯定是意大利人，不仅是因为他从衣兜里掏出了意大利的《新闻报》，主要还是因为他那双踩在呈菱形波浪状的长条暖气铁片上的尖头皮鞋是黑白两色的。

年轻夫妇把车窗拉上，又坐了下来。

一个穿一身黑衣服的女人走进车厢，她神色紧张，小小的个子，满脸皱纹，戴着一顶饰有大圆头针的薄纱帽，她一只手提着一个草箱和一只筐，另一只手牵着一个约摸十来岁的小男孩，男孩也提着一只用洋红色围巾盖着的篮子，他们两人总算在你和教士之间坐了下来，女人不禁长长嘘了一口气。

你听见扩音器里走了调的声音正结束那冗长的报告："……尚贝里、莫达纳、意大利，请旅客们上车，注意马上就要开车了。"最后一扇车门砰的一声关上了，发出一种低沉的声音；火车开动了。

他那双鞋的白皮子上有几个圆圆的泥渍，很显眼；这大概是他离开意大利时带着的唯一一双皮鞋了，他动身时天气很好，也许和你一样是上星期日动身的。

戴着帽子、穿着白上衣的餐车人员出现了，他来出售中午第一批去餐车用饭的蓝色餐券，那对夫妇买了两张，他又出售再过一个多小时第二批用饭的粉红色餐券，你和意大利人都买了粉红色餐券，意大利人的年龄似乎和你相近，但多半没有你阔气，他也许是第戎的哪家公司在意大利的代理，专门经营芥末或克洛-伏约葡萄酒进口业务的。

他脖子上的围巾和他的旅行包都是一模一样的钴蓝色，旅行包放在行李架上，那里原先放着墨渍点点的深红色皮包，法律教员当初曾经从皮包里抽出过黑色粗布面的书，这大概是他从系图书馆里借来的吧。

那么他，他带了些什么随身用品呢？大概有一把电刮须刀吧？你对电刮须刀始终不习惯，除此之外，至少还带着一件睡衣，几件只有意大利才生产得出的漂亮衬衫，还有几双皮拖鞋，它们装在丝套里，就像在科尔索大街的橱窗里看到的那样，此外，当然还有文件啦，证件啦，五颜六色的打字纸啦，计划啦，预估单啦，信件啦，发票啦。

黑衣女人坐在肯定要在下一站下车的教士身旁（在那对衣着鲜艳的年轻夫妇对面，他们形成多么奇怪的黑色的一对），她揭开放在她和小男孩中间的那只篮子上的围巾，小男孩坐在你左面，已经等得不耐烦了（他很像几年以前的托马），悬着两条腿来回踢碰着。

热夫雷-尚贝坦车站已经过去了。在走道里，你看见穿白上衣的餐车侍者从一个车厢出来又走进下一个车厢；在另一面，玻璃窗上重新盖满了大滴的雨珠，雨珠缓缓地、迟疑不决地往下流，形成一大束不规则的斜线，它们时而分叉，时而汇合，通过玻璃窗，你看到一辆幽灵般的奶车在轮廓模糊的景物中远去，而在朦胧的深褐色的背景前，景物更显得阴暗。

星期一晚上，当塞西尔从法尔内塞宫出来时，她的眼光将四处寻找你，发现你正站在一个形似浴池的喷泉旁，倾听着潺潺的水声，一面瞧着她穿过几乎空寂的广场，在夜色中向你走来，那时，在鲜花广场上，一个商贩也不剩了，你们只有来到维托里奥·埃马努埃莱街上才会重新看到灯火和城市的繁忙景象，看到叮当作响的电车和霓虹灯招牌；既然你们在吃饭前还有一个小时，你们多半不会走这条十分熟悉的路，相反，你们会长久地、慢慢地、转弯抹角地在阴暗的小街上穿行，你用手臂搂着她的腰或者搭在她肩上——如果这对年轻夫妇在罗马停下的话，他们也会这样漫步的，如果他们是一直去到锡拉库萨的话，他们也会这样漫步的，罗马早熟的青年情侣每晚都是这样漫步街头的——而你们将汇入这双双对对的四散的人流之中，仿佛进行了一次恢复青春的沐浴，你们沿着台伯河走，不时地靠在栏杆上看着低而黑的水面上那波光中摇曳的倒影，浮桥上有人在跳舞，清风送来平庸无奇的乐声，你们一直走到圣安杰洛桥，桥上的雕像线条如此优美，在白天显得无比洁白，但你们却觉得它们是些古怪的牢固的墨渍，随后你们将穿过另几条阴暗的街道，又一次来到你的罗马的那条通衢大道，一直来到纳沃纳广场，广场上贝尔尼尼的喷泉灯火通明，你们在特雷斯卡利尼餐厅的露天座坐下，在那个时刻，露天座已经很凉了，很可能桌子都收回去了，那么你们至少可以在餐厅找个离窗最近的地方坐下，问侍者要上等奥尔维耶托酒，然后你向塞西尔详细叙述你下午做了些什么，这首先是让她明白，即使整个白天你们两人几乎一直不在一起，但你这次来完全是为了她，让她明白，你这次来决不是斯卡贝利公司要你出差，因为对你们两人即将开始的新生活来说，不仅一开头就绝对不能有丝毫谎言，连谎言的一丝影子也不能有，你向她叙述下午做了些什么，同时也是为了最后一次和她谈论罗马，在罗马和她谈论罗马。

确实，既然她这就要走了，而且一旦做出了决定，确定了行期，办完了手续，也就是说星期一晚上，或者至多再过几个星期，下次你来罗马时大概就是你们最后一次在罗马相聚了，对你来说，你几乎感到她已经离开了罗马，因为她将用另一种眼光来看她已熟悉的这个城市，不再去探索它，而是将它更深地埋在她的记忆中。

这么说，从今以后，你们两人中你倒成了罗马人了，而你要求她在离开之前，在她因生活在巴黎而淡忘之前，尽可能地让你利用她所熟悉的有关罗马的知识，你还要求她利用最后的时光，利用这次停留（必要时，她可以在离开大使馆以后休息几天）来参观你所喜爱而她还未看过的东西，首先是梵蒂冈博物馆里不管怎样都是很有意思的东西，到现在为止，她一直不愿意走进梵蒂冈，不仅是因为她对天主教教会抱有普遍的厌恶（仅仅这一点理由是不充分的），而且因为自从你们相遇以来，尽管你诚心诚意地表白自己思想没有框框，但在她看来，她似乎也有道理认为，梵蒂冈代表着阻止你和昂里埃特分手的那一切东西，代表着使你不能重新开始生活、不能摆脱逐渐衰老状态的那一切东西。

如今，通过你的决定，通过你这次专程为她来罗马，你完全可以证明你已经打破了枷锁，因此，对她来说，这些圣像和雕塑就不再是她想和你团聚就必须克服的障碍，不再是她想使你解脱就必须拆毁的壁垒，如此一来，她现在能够而且必须去看它们，尽管梵蒂冈、梵蒂冈的门卫和游客肯定使她十分不快，但这样做正是为了使你们在罗马的共同生活、你们在这一地点的心心相印更为牢固，你们的爱情在这里扎了根，而这一爱情将去向他方，去到你们双双视为是不可剥夺的故土——巴黎，它将在那里成长开花。

在走道外侧，透过雨水纵横的车窗往外看，有什么东西驶近，和火车交叉而过，然后消失了，你根据它特有的铝光猜出这是一辆油罐车。一阵稍稍更为强烈的震动使一只衣袖上的扣子撞着了金属杆，发出清脆的响声。在湿漉漉的车窗外，在水光粼粼的景色中，昏暗的三角形房顶和钟楼在转动。

记得那天，你和塞西尔离开你们吃饭的特雷斯卡利尼餐厅时，天气好极了；如果不是有点凉，简直就像在八月份一样：河流喷泉在阳光下喷着水。

她埋怨说你将扔下她一个人，埋怨说她将独自消磨这个星期日下午，而你竭力安慰她，你向她解释为什么第二天早上你必须到巴黎的公司里去上班，不，你不能拍电报说你晚一天回去，多留一会儿又有什么用，而且那样一来，你就得乘二十三点三十分的火车，也就是下星期一你回巴黎时将乘的那班车。

“可我呢，我会扔下一切和你一起去巴黎，只要每天能见着你，哪怕只有五分钟，甚至偷偷地看你几眼。呵，我知道，我只不过是你在罗马的女伴，我真糊涂，还爱着你，还总是原谅你，你说你心里只有我，我居然还信以为真，尽管我看到的正好相反。”

于是你向她保证，说你正在尽力给她找工作，说只要有机会你就把她带回去，你将和昂里埃特分手，平心静气地分手，你们两人将生活在一起。

如果说你现在确实做了决定，你确实向周围的人打听，并且找到了你想找的工作，如果说你当时和她说的一切现在都成为了事实，那么，在当时，你在这方面还没有采取任何行动，这一切还是种不确切的初步打算，而你一直拖延，从这个星期拖到下个星期，从这次旅行拖到下次旅行。

她看着你的时候完全明白这一点，她那忧郁的微笑，你觉得很不公正，她也正是因为明白这一点所以才不做声，只是朝圣安德烈大教堂对过的出租汽车站走去，因为时间不早了，你得回奎里纳尔酒店去取箱子。

到了特米尼车站，你从九号 marciapiede① 登上头等车厢，找到一个顺方向靠走道的边座，将报纸和意大利侦探小说放在座位上，这些书报是刚才在大钟指着十三点三十分的时候，你在透明的大厅里买的，你把皮包和箱子放在座位上面的行李架上，然后你走下火车去吻塞西尔，她又一次问你，想让你换一句答话（现在答话确实换了，不过当时你并不知道，当时你没法安慰她，满足她）：

“那你什么时候再来？”

而你回答她的是她早已知道的话，是在那次逗留期间你早已对她重复过一百次的话：

“唉，十二月以前来不了。”

现在，这一点已不符合事实；而当时，她仿佛突然有了预感，对此刻正在发生的事情有了预感，她的忧郁顿时消失，她笑了起来，火车开动的时候她向你喊道：

---

① 意大利文，人行道，月台。

“好，一路顺风，别忘了我。”

而你看着她逐渐消失在远方。

接着你走进车室坐下，对面挂着一张彩色照片，上面是西斯廷小教堂壁画的一角，一个被判下地狱的人使劲用手捂着眼睛，照片下方的座位一直空着，直到巴黎，而你专心读起《叛教者尤里安书信集》来。

车过比萨的时候，太阳已经落山了；你去餐车吃晚饭时，热那亚正在下雨，你看着玻璃窗外面的雨滴越来越多；凌晨一点左右，车过边界，然后电灯灭了，你舒舒服服地躺下，第二天早上五点才醒过来；你掀开右边的蓝窗帘，看到车站的灯火划破了仍然深沉的夜空，火车在减速，你看清了车站的名字：图尔尼。

在始终是雨水模糊的车窗外，一个转过了四分之一圈的方格信号标志仿佛出其不意地突然打破了那一排很有规律的电缆高架的节奏，叠放于前。更剧烈的一下震动使你右手下面烟灰缸的盖子跳动起来。在走道外侧，车窗上流着一道道雨水，很像威尔逊云室①里极其缓慢、摇摆不定的粒子轨道，窗外，一辆盖着篷布的卡车在公路上的黄色水洼中穿行，溅起大量泥水。

这一次你将不用去奎里纳尔酒店，饭后也不用匆忙了，因为你将回到蒙泰德拉法里纳街五十六号去消磨黄昏，回到塞西尔即将离开的、因而你只能再去一两次的房间里去。

---

① cloud chamber，一种辐射探测器，由苏格兰物理学家威尔逊（Charles Thomson Rees Wilson）发明。

你们的话题将是如何安排你们未来的生活，她将如何在巴黎安置下来，这一点目前还没有完全解决，所以你愿意等到最后一分钟再和她谈，而关于这一点，你已经可以向她提出好几种设想：比如，在没有合适房子以前不妨暂时住到先贤祠广场十三号那个女佣的房间里去，只是住得这么近有诸多不便，要不然去找家旅馆，旅馆当然决不会像你们两人所想望的那样，但是可以考虑在那里住几个星期，然后，从一月份起，住进马代尔家那套房子，他们要去美国待一年，一定会同意让你们在这期间住在他们家里，不过对他们要有所提防，不能将实情和盘托出，因为，尽管他们公开表示赞同，你不知道他们心里到底是怎么想的，最后，到二月份，杜蒙搬到马赛去，他那一小套房间才能腾出来，房子既不大，也不舒适，也不朝南，不过，没有别的办法，你们还是能够把它收拾得像个样子。

你将告诉她“情况就是这样”，你将再次面临新婚夫妇面临的问题，但是在今后几天里也许会出现其他的可能性，你将仔细注意报纸上的广告，万一看到什么合适的房子，你立刻决定，甚至马上雇人开始刷房子，那么，等她来时一切都已就绪。

你们两人都将躺在她那张床上，躺在方尖碑和凯旋门的照片下面，你们相互爱抚，尽管事情尚未最后决定，你们仍然谈论着该买什么家具，该置什么厨房用具，说着说着常常沉默，然后，很快地，太快了，你就该去付房钱，就是隔壁那间房的房钱，你没有在那里睡过觉，那两天早上你都只是用手把床铺弄得凌乱，然后你们就该去车站了，不是走着去，因为你有箱子，尽管你说它不重，你们坐出租汽车去，而你们肯定得在圣安德烈大教堂门口或者银塔广场上等相当久，因为快十一点了，出租汽车很少。

在明亮的车站，你登上挂着“比萨—热那亚—都灵—莫达纳—巴黎”牌子的一个三等车厢，想在那里寻找并保留一个像你现在一样的顺方向靠走道的座位，然后你将走到月台上塞西尔身旁，也许她会再一次问你：

“你什么时候再来？”

但她将用完全另一种声调，将怀着完全另一种想法，而在那个即使分离也无损于幸福的黑夜中，你会用和上星期日下午完全一样的话来回答她：

“唉，十二月底以前来不了了。”

但是你的声调截然不同，你边说边笑，对你们那即将实现的幸福，对你们终身的结合深信不疑，你不再感到不自在和恼怒。

直到最后一分钟，你还在吻她，因为这一次时间很晚，开车的时刻又不方便，你根本不用担心会被斯卡贝利公司哪一位有影响的人物认出来，哪怕是巧上加巧他近在咫尺；汽笛响了，你才走上车阶，你将放下车窗，看着塞西尔奔跑，她向你打手势，直到她气喘吁吁、因奔跑和激动而满脸通红地停下来，火车离开了车站，她的身影逐渐缩小，你这才坐下来准备度过这不舒服的一夜，你没有心思看书，因为你心里充满了她，在你所有的旅伴的脸上，在罗马—图斯科拉纳、罗马—奥斯蒂恩瑟、罗马—特拉斯特维雷这些郊区车站的月台上等车的所有旅客的脸上，你看到的都是她的眼睛和嘴唇在对你微笑。

接着，有人会要求熄灯。

雨势渐微，玻璃窗上已不像刚才那样模糊一片，你看见一辆和你的汽车很相像的十五匹马力的黑轿车，车上溅满了泥，挡风玻璃上的刮水器闪着光，汽车很快离开了大路，消失在一座仓库后面，消失在走道外侧的葡萄园中，餐车侍者这时正摇着铃从走道里走过来。方丹-梅尔屈雷车站过去了。

年轻夫妇抬起头，他的旅行经验一定比她丰富得多，所以他说他们完全不用忙，等铃声再次响起时再去餐车不迟。

你瞧瞧表：十一点五十三分，也就是说再过四分钟就到沙隆了，离吃饭还有一个多小时。

坐在你对面的小男孩在咬一块巧克力，巧克力开始融化，弄脏了他的手指，于是穿黑衣的女人从袋里掏出一条手绢，再过几年，昂里埃特也将穿上阴沉得叫人难受的一身灰衣服，比这黑衣服好不了多少，只是稍稍讲究一点罢了，黑衣女人一面擦着小男孩的手，一面责怪他，接着又从篮子里拿出一包用银纸包着的饼干，撕开银纸拿出一块饼干给孩子，这也许是她的儿子，或者孙子，或者侄子，或者别的什么人，孩子让饼干的一小碎块掉到送暖的、颤动着的地板上。

教士从祷文书上抬起头，捂住一个呵欠，左手搁在窗台上，用一根指头敲着那个“俯身窗外危险”的金属牌子，然后，两肩紧靠在椅背上仰坐着，接着又坐直身子，继续阅读，这时，沙隆的头几栋房屋已经来到眼前。

刚才占了你座位的那个人又回到车室里来了，他穿上黑雨衣，像个醉汉似的在两排座位中间摇晃；他失去平衡，猛然抓住你的肩头才勉强站住。

此刻是静止和沉默，沉默中听见几声呼叫声、吱嘎声、摩擦声；玻璃窗上的雨滴不再颤动，雨也不再下了。

推销员轻松自如地从行李架上取下他那蹩脚的皮箱仿制品——

四角加固的发红的纸箱，那里面大概装着他的样品：刷子？罐头？维修用品？

一般来说，他们出差的时间是比较短的：他们一段一段地走，从一个城市到另一个城市，而在他们推销的地区附近都设有落脚点。你在外省的推销员，谁也不用为斯卡贝利公司作如此长途的旅行；他们的工作从来不需要他们去巴黎，而是由你派视察员去他们那里，但是眼前这个人肯定不是哪家公司的视察员。也许这是一家经营不善、胡乱兜售低劣商品的小企业，要不就是他去度假（挑这个季节去度假！）或者去探亲，或者也是去看一个女人，一个什么样的女人？她住在哪条肮脏的街上？哪套简陋的公寓里？

至于那个用报纸裹着的小包，里面也许是吃的，是头天晚饭剩下的甜食，他不能整天拿在手上，带到客户那里去，也不能寄存在火车站，人家不会收的；可是为什么不收呢？也许他在这里有朋友，也许他和妻子和孩子住在这里（是的，他也戴着结婚戒指，就和你、和被他挡住的那个年轻丈夫、和你对面的意大利人一样），他自以为巧妙地骗过了他的妻子，其实，什么事吸引他去巴黎，她心中全然有数，她往往由着他撒谎，不加反驳，只求息事宁人，但间或她也大发雷霆。

在门口出现了另一个和他同一类型的男人，也提着一样的箱子，只是年纪比他稍大一些，脸色更红，肩更宽，他向那人喊着说他这就去，一定是刚才他在隔壁的车室里遇见了这个人，并且在他旁边找了个座位，所以才把你喜欢的座位还给你。

你身边的小男孩使劲啃着面包，面包切成了两半，中间露出一片火腿。

一个穿着湿漉漉的稻草色大衣的年轻士兵走了进来，神色局促，他把行李——一只漆上颜色的木箱举到行李架上，挨着意大利人坐了下来。

汽笛长鸣；车站的路标、长椅向后倒退；噪声和颠簸又开始了。已经出了车站。几辆汽车等在与铁道交汇的公路上。眼前是沙隆的最后几栋房屋。

人们开始络绎不绝地去吃饭，他们没有穿大衣，手里拿着蓝色餐券，朝着活动餐厅走去，这时铃声又响了回来。

年轻的新娘第一个站起来，将蓝色的意大利指南搁在长椅上占座，对着镜子拢拢头发，拢完了便和丈夫一同走出车室。

寡妇从篮里拿出一块格吕耶尔奶酪，切成薄薄的小片；教士又合上了祷文书，把它装进书套。

大瓦雷讷车站过去了。在走道里，你远远瞧见穿着白衣、戴着帽子的侍者的背影。窗子因下雨又开始模糊起来，在窗外，小学生们正从一所学校里飞奔出来。

车室里还有两个人在张着嘴睡觉，一男一女，在天花板上的灯罩里，一个蓝色小灯泡发出微光；你站起来，打开门，到走道里吸一支意大利香烟。过了图尔尼，田野上就一片漆黑；一块块长方形的灯光从车厢的窗口投射到斜坡上，小草在灯光中滑动。

你梦见了塞西尔，这是个十分不愉快的梦，她那疑虑和责怪的面孔又在梦中折磨你，你们在特米尼车站告别时，她就是这副面孔。

如果说当初你迫切需要离开昂里埃特，难道主要不就是因为她的一言一行、一举一动中永远含着谴责？莫非今后你在罗马也将看到这种责怪的面孔？在罗马你也许再也得不到休息，再也不能投身到明朗、新鲜、坦率的爱情中去恢复青春了？难道衰老已经开始蚕食你身上你以为能免受侵蚀的部分？这么说，你将在这两种责备、两种怨恨、两种对你的懦弱的谴责中左右为难？难道你将让这条细细的裂痕逐渐扩大？两年来，随着你每次出差罗马，幸福的大厦不断升高，日益巩固，越来越美丽，而这条细痕会毁坏整栋大厦，使之化为废墟。使你憎恨的另一张面孔上那块猜疑的疥癣，难道你要让它在这张面孔上生根扩大？而它之所以长大，只是因为你没有胆量采取果断的解脱行动，将它切除。

当然，那一大块隐伏的溃疡使昂里埃特的脸像戴上了一个可憎的面具，特别是破坏了她的嘴，使她几乎成为哑巴（所有她说出的话都仿佛来自日益加厚的墙壁的另一面，来自沙漠的另一头，而中间隔着日益茂密的带刺的灌木丛），使她那两片嘴唇在习惯性地接受你的亲吻时变得像石头一样冰冷和粗糙，面具破坏了她眼睛的表情，仿佛使它蒙上一层使物体变形的眼翳，如果说你原先迟疑着不敢将这块溃疡切除，那是因为你像外科医生施行手术一样，害怕看到那即将切开的鲜肉，害怕那么多日积月累的痛苦一下涌出来。

然而，只有经过一番清洗，这个可怕的、化脓的深伤口才能结疤，而如果你继续等待，腐肉将蔓延开来，感染的危险会更紧地包围你，甚至连塞西尔的整个面孔也将染上这种疥疮……

责备的不祥阴影已经沉重地压在她那张面孔上了。应该在这两个女人中间进行选择，或者，更确切地说，既然你对选择谁主意已定，那么就应该使选择的结果明朗化，说出来，公诸于世，那么，昂里埃特的痛苦，孩子们的困惑不安，只得由它去了，因为这是唯一的痊愈之路，能使他们得到痊愈，使你得到痊愈，而这也是使塞西尔安然无恙的唯一办法；然而，要下这个决心真是难而又难，你手中的刀颤抖得多么厉害!

呵，要不是在巴黎有这么多令人不快的事，有这么多使你无法自拔的、杂乱乏味的事，你可能还会把这件事拖到下星期，拖到下次出差；你还会努力敷衍下去，你是胆小鬼，昂里埃特原先是这么看你，塞西尔当时也开始这么看你，不过现在她不会这样想了，因为你终于迈出了这一步；你的拖延本会继续推迟你自己的幸福，尽管当时这一呻吟在追逐你，这一求援的呼唤在催促你，尽管那曾在梦中折磨你的脸当时又显现出来，在斜坡上、在长方形车窗灯光照耀下逃遁的草丛中显现出来，但当时你努力不去想这张脸，虽然这声令人心碎的、焦虑的汽笛在你心中凄厉地回响，你也试着想不听到它。

你回忆起她在月台上的最后笑容，想从中寻求援助，但也枉然，因为你仿佛听到在下一次，也就是你十二月份出差时，她也这样笑，只是笑得更为刻薄，接着，以后每次分手，笑声里都会带着嘲弄。

为了避开这一笑声，使它减弱，使它在远方消逝，你窥视黑夜，在黑夜中，树木房屋这些更深沉的黑影像大群牲畜一样贴着地皮飞奔，接踵而来的车站，以及车站上的灯光、字牌、大钟，吸引了你的注意力：塞讷塞，大瓦雷讷，沙隆长长的空月台，这趟车在那里没有停，方丹-梅尔屈雷，吕利；后来，你看腻了，盼望睡意来临，便回到你那头等车室，关上门；你掀开右边窗上蓝窗帘的一角，看到了车站的灯光，由于火车还在慢速行驶，你还来得及认出字牌，这是沙尼。

车窗上的雨滴现在更细了，窗外驶过的村庄大概是塞讷塞吧。

教士站起来，取下行李架上的文件包，拉开拉锁，把祷文书塞进去，然后又坐下。在暖气铁皮上，有一小块饼干夹在菱形格子中心左右摇晃，在它的这一面是黑衣女人的鞋，那一面是年轻士兵的鞋，年轻士兵解开大衣，分开双膝，手肘撑在膝头上，朝走道里张望。

你在三等车室里醒过来，塞西尔坐在你对面睡觉，顶灯的蓝色灯泡发出微光，有三个人还在打盹，他们是旅游者。

随后，你在黎明的曙光中看看表，还不到五点；天空洁净无云，火车每驶出一条隧道，天空就越显得澄蓝。

在走道外侧，你在两座丘陵中间看到了太白星，你认出这是塔尔奎尼亚车站，这时靠窗坐的人摇晃着脑袋，伸伸懒腰；有人把窗帘的扣环解开，窗帘便慢慢地自动卷了上去，逐渐变成橘红色的阳光开始涂在塞西尔的面孔上，使它线条分明；塞西尔动了动，坐直身子，睁开眼睛看了你一会儿，但没有认出你，她在纳闷，在问自己她这是在哪里，随后她便对你笑笑。

你想到昂里埃特头天早上躺在你床上的那种蓬头散发疲惫不堪的神态，而她呢，她那黑发辫没有解开，可以说纹丝不乱，只是由于夜里车的晃动，由于在椅背上的摩擦而稍显松散，它在晨曦中晶莹发光，像一个给人无限快感的、丰富多彩的黑色光轮，这光轮围着她的前额和双颊，使她的皮肤、嘴唇和眼睛像几乎没有褶的丝绸一样闪着光泽，她眨动着眼睛，有一刻它们显得茫然若失，但很快就炯炯有神，而且还多了一点东西，多了一种信赖的愉快，这是头天晚上还没有的，你感到这种变化的原因是由于你。

“怎么？你一直待在这里？”

你摸摸扎手的下巴，你对她说你一会儿就回来，你朝与火车行驶方向相反的一面走去，一直走到头等车室，那里现在是空的，而你在巴黎上车时就是坐在那里的，你将行李取下来放在椅子上，从里面取出一个装盥洗用具的尼龙袋去刮胡子，刮完以后你又穿过好几节车厢走回来，这些车厢里的窗帘几乎都卷了上去，几乎所有的乘客都醒了，你一直走到塞西尔身旁，在这段时间里，她也变得容光焕发，她紧了紧发辫，又涂了口红，而你那时还不知道她叫什么名字。

罗马—特拉斯特维雷，台伯河，罗马—奥斯蒂恩瑟，在晨曦中闪闪发光的切斯蒂乌斯金字塔，罗马—图斯科拉纳，马焦雷门，密涅瓦医药女神庙，然后是特米尼光亮透明的大车站，你帮她下了车，帮她提着包，你们一同穿过大厅，你请她吃早饭，透过透明大玻璃墙凝视着瑰丽朝阳下的戴克里先建筑的废墟，你坚持要她搭你的出租汽车，这样，你就第一次来到蒙泰德拉法里纳街五十六号，来到这个当时对你几乎是陌生的街区。

她没有告诉你她的名字，她也不知道你的名字，你们没有谈到再见面，可是，当司机经过民族街，将你送到奎里纳尔酒店时，你已深信有一天你还会见到她，这次巧遇决不会到此告终，等再见面时你们就会正式交换姓名身份和地址，你们就会约定一个地点相会，她很快就会使你深入到她走进的那座罗马式高房子里去，还会使你深入到这整个街区，罗马城中你还不熟悉的这整个地段里去。

整整一天，在你散步和谈话时你常常想起她的脸，整整一夜，你魂牵梦萦，第二天，你不由自主地去蒙泰德拉法里纳街转转，甚至还在五十六号门前守候了片刻，就如同你明天将做的那样，你希望她出现在窗口，后来，你害怕自己出丑（你有很久没有这样做了），尤其是你害怕她见你这副模样会不高兴，感到别扭，而且会把你当作不识相的人打发走，你害怕自己由于性急而坏了事，断送了一切，所以你无可奈何，只好离去，努力将她忘掉，不管怎样，你决心让命运来安排下次会见。

在暖气铁皮上，士兵的鞋踩碎了那块小饼干。教士从口袋里掏出钱袋，数起他的钱来。窗上的雨滴现在稀疏了，窗外那座教堂和那个村庄越来越近，你知道已经到了图尔尼。

天花板上顶灯里的蓝色小灯泡仍在发出微光。空气浊热，你呼吸困难；另外两个乘客一直在睡觉，脑袋左右摆动，就像被大风吹得摇来晃去的水果一样，后来，其中一个醒了，这是一个矮胖的男人，他站起来，跌撞着朝门口走去。

你竭力摆脱萦绕心头的塞西尔的面孔，于是你巴黎家里的情景便向你袭来，你竭力驱赶它们，这样你工作时的情景又涌上心头，你是逃不脱这个三角圈的。

应该再拧开灯，使你能看看书，或者能专心致志地盯着什么东西，可是在暗处有这么个女人，你不知道她的眼睛和五官长得怎么样，也不知道她的头发和衣服是什么颜色，可能你在头天晚上看见过她走进车室，不过你忘记了，这个模糊的身影蜷缩在顺方向靠窗的角落里，躲在被她放下来的椅扶手后面，你只听见她那均匀的呼吸声有点沙哑，你不敢惊动她。

从半掩的门里射进一束发黄的光线，黄光中灰尘乱舞，光线使你的右膝盖从黑暗中显露出来，并在地上投射出一个梯形光影，而梯形的角却被走回来的那个胖男人的影子遮住，变得残缺不全，他倚着滑动门站在那里，他的右腿、右袖、衬衫的旧边、袖口上的象牙纽扣，还有那只伸进兜里掏民族牌香烟而不是高卢女人牌香烟的手，这一切，你都看得见；你看着缕缕青烟冉冉上升，迂回缭绕，要进入车室，但终于散去，这时车身猛然一震，这告诉你已经到第戎了。

沉寂中不时传来几声孤立的嘎吱声和车轮滚动声，女人醒过来了，解开身旁窗帘的扣环，往上拉了几厘米，露出一条细细的灰色地平线，因为车外已经不那么黑了，在火车又开动以后，这条细带变宽了，明亮了，但是还没有出现黎明的彩色。

不一会儿，透过毫无遮拦的车窗，你看到了多云的天空，雨滴开始在窗玻璃上画着小圆圈。

天花板上灯罩里的蓝灯已经熄灭了，走道里的黄灯也熄灭了；一扇一扇的门陆续打开，乘客睡眼惺忪地从里面走出来；所有的窗帘都卷了上去。

你一直走到餐车，但没有喝到提神的浓饮料——名贵的意大利咖啡，而只喝了一杯用浅蓝色厚瓷杯盛着的发黑的水，再加上你在别处从未见过的古怪的长方形面包干，它们每三片包在一张玻璃纸里。

窗外，在雨中闪过了枫丹白露森林，那里的树叶仍然浓密，它们被风吹落，慢慢地掉下来，一簇一簇地，好像是成群的大红色和黄褐色蝙蝠，这些树在几天之内就失去了一切华丽的外表，刚才火车驶过的时候，朴实无华的枝梢上只剩下颤抖的星星斑点，只剩下几丝痕迹，使你想起当初一片浓荫的盛况，连林间空地和荆棘丛中也绿草如茵，由于这一切在移动，越过高矮丛林，你仿佛看见一个高大魁梧的骑士的身影，他身披褴褛的破片，而这原是一身华丽的服装，衣服上绽开的金属绶带和饰带就好像他披着的暗红色头发，他骑在马上，马的黑骨隐约可见，仿佛是烧焦的山毛榉上潮湿的枝叶，马的肉在飘动，纤维脱落，一长条一长条马皮一开一合，哗哗地响，你看到了这个犬猎队队长的身影，你好像还听到那句著名的哀怨："你听见我了吗？"①

接着便是巴黎郊区，灰色的墙，扳道工的小屋，纵横交错的铁轨，郊区火车，车站，大钟。

窗上的雨点越来越稀，窗外的景物看去比刚才清楚得多，在天上一个亮点下面，有房屋、电线杆、土地、从屋里走出来的人、一辆双轮马车和一辆小小的意大利汽车，意大利汽车行驶在你上方的桥上，和铁道交叉而过。走道里来了两个年轻人，他们已经穿上大衣，手里提着皮箱。塞诺藏车站过去了。

教士从钱袋里掏出车票，数了数钱以后又把钱包放回到黑袍兜里去，然后他扣上袍子，把围在脖子上的毛线围巾拉拉紧，把他没法完全关上的、鼓鼓的文件包挟在腋下，这时在他身后闪过了马孔的头几条街道，然后，他扶着金属杆，把他的大鞋抬得高高的，从黑衣女人前面，从士兵和小孩中间，从翻阅报纸的意大利人和你中间走过去，走出去，在玻璃窗前呆住不动，一直到火车完全停住。

在这两片劣等皮革中间，除了祷文书外还装着什么东西呢？是书？也许是教科书，如果他是中学教员，如果他一会儿就回去吃饭，如果下午两点他还得给亨利或托马这样的男孩子上课的话，或

① 此处指传说中在枫丹白露森林中出没的骑士，作法王犬猎队队长装束，骑马驰骋，一面用含混不清的声音呼喊。

许是他要批改的作业，比如改得满篇红的听写练习：零分，极差，零分，批分下面划上一道，还打上惊叹号，附上评语“请家长签名后退回”，或者是叙述文“给一个朋友的信，向他讲述你的假期”（不，他们早就开学了，这种题目总是开学后的第一篇作业），“请想象你是一家意大利打字机公司驻巴黎的代表，你写信给罗马的经理，向他解释你为什么决定度假四天”，评语：“有思想，但条理不清”，“注意拼写”，“句子太长”，“离题太远”，“你永远无法使你的意大利经理同意这样的理由”，或者是“请想象你是莱昂·德尔蒙先生，你写信给你的情妇塞西尔·达尔瑟拉，告诉她你在巴黎给她找到一个工作”，评语：“看来你没有恋爱过”；那么他呢，他对恋爱又知道些什么呢？

也许他正受着爱情的折磨，也许他正在情欲和同教会决裂的恐惧中不断徘徊，他预感到在尘世只有情欲才能拯救他，但同教会决裂将使他一无所有。

“请想象你打算和妻子分居，你向她写信说明缘由”，评语：“你对人物体会不深”。“请想象你是耶稣会神父，你写信给会长，告诉他你打算退出耶稣会”。

有人打开了走道里一扇窗子，传来扩音器里背书式的声音，相当清晰：“……尚贝里、圣让-德莫里耶讷、圣米歇尔-瓦卢瓦尔、莫达纳、意大利，请旅客上车……”

这些既不穿大衣又不提皮箱的乘客，一定是第一批用餐完毕后从餐车回来的，他们中间果然有那对年轻夫妇，他们走了进来。这时月台上一个职员砰的一声关上车厢的门，火车开动了，年轻女人像风中的小桦树，在行李架之间来回晃动。

寡妇从筐里挑出一个红苹果削了起来，一片一片地递给小男孩，小心翼翼地将削下来的果皮放在摊在她膝上的一小张破报纸里，完事以后便把报纸卷起，揉成一团扔到椅子下面，在这之前，她还用报纸擦擦小刀，把它合上，装进手提包，接着她就挪到窗边，坐到教士的空位上，于是，小男孩也离你远了，他吮着手指头，嚼着苹果，现在整个车室里充满了苹果的气味。

蓬德韦勒车站过去了。走道里，两个年轻人手肘撑在玻璃窗前的铜杆上正在相互点烟。在暖气铁皮上，年轻丈夫左脚的浅黄色绉胶底鞋几乎盖住了全部被踩碎的饼干的浅黄色痕迹。

在火车上相遇后又过了一个多月，你差不多已经把她忘了，九月或十月里的一天，阳光灿烂，天气相当热，那天晚上你独自去科尔索大街一家饭馆吃饭，你喝了一些价格昂贵但质量很差的酒，白天你又在斯卡贝利公司处理了一些相当棘手的问题，为了轻松一下，你去梅鲁拉纳街拐角、梅塞纳斯会堂对过的电影院里看一部法国片子，叫什么名字你记不清了，在售票口前，你遇见了她，她简单地向你问好，你和她一起上楼，女引座员以为你们是一起来的，给了你们两个相连的座位。

电影开映以后，天花板慢慢拉开，你不盯着银幕，而盯着这一块蓝色的夜空，它逐渐扩大，满天繁星，一架闪着红绿航行灯的飞机在星星中间穿行，一阵阵微风吹进了这个放映厅。

散场后，你请她和你一起去吃冷饮，出租汽车载着你们驶过圣马利亚马焦雷教堂和四喷泉街，来到韦内托街，在车上你告诉她你的姓名、你在巴黎的地址以及她在罗马什么地方可以找到你；然后，由于你看到了衣着鲜艳讲究的人群因而心情十分兴奋愉快，你便请她第二天去特雷斯卡利尼餐厅和你一起吃午饭。

因此，第二天早上，你在去斯卡贝利总公司以前，先去大邮局发了一份电报，告诉昂里埃特你得星期一才能回巴黎，随后，将近一点的时候，你坐在露天座的桌旁看见她从广场的另一端走过来，广场上有些小男孩正泡在河流喷泉里，他们和闪闪发亮的巨人雕像相比，显得微乎其微，如果你当时读过卡瓦尔坎蒂[1]的诗，你就会说由于她光彩夺目，空气因而也颤抖起来。

她在你对面坐下，把手提包和帽子放在旁边一张藤椅上，两只细长的手在洁白的桌布上伸开来，桌上，陈设在玻璃杯之间的鲜花在庇护、赞同、激励着你俩的美妙的阴影里轻轻地摇曳，那是从高大的旧房子上投射下来的阴影，它将这个昔日的皇室竞技场切成截然不同的两部分。

你们两人都看着眼前的场面：人们谈笑自若地跨过阳光的门槛，使衣服上的颜色或闪亮或熄灭，使黑发和黑衣上突然闪出意想不到的褶纹和光泽，使原先只是一片白亮光带的地方出现了奇妙的深浅浓淡不同的色彩。

你们两个一同赞赏着这个广场、这个喷泉、这个带有两个椭圆形钟楼的教堂，它们仿佛是赛诗会上的对歌，你们第一次谈到罗马的古迹，从十七世纪的古迹谈起，她想让你看看“迷人的地方”，所以整个下午是由她带着你做了一次很快就变得甜蜜的、长长的漫游，让你参观当时你还不熟悉的博罗米尼的全部教堂。

在暖气铁皮上，报纸团一直滚到意大利人鞋边。年轻军人那身稻草色大衣现在已经干了，他站起来走了出去。有个人顺着行车方

[1] Guido Cavalcanti（约1255—1300），意大利诗人。

向走，往这里探探头看是不是他的车室，确认搞错了后便走开去。

那还是冬天，但处处都挤满了人，那也是在马孔和布尔格之间这个地区，也差不多是在这一时刻，你们第一批吃午饭，饭后回到三等车厢去找你们两人的座位，昂里埃特说还得往前走，她是对的，可你还是推开一扇扇的车室门（轻而易举地，你现在的力气可真是不如当年了），你就像这位先生一样探探头，发现错了便缩回去。

来到你们的车室时，你也差一点缩回头去，因为车室里的全部乘客都换了：现在那里坐着一家人，四个孩子占了你们原先的座位，他们正把你们留下来占座的书小心地、整整齐齐地排在上方的行李架上。

你们在走道里等着，看着田野、葡萄园和黑色的小树林，头上的天空很低，很阴沉，车到布尔格时开始下雪，雪花贴在玻璃窗上，粘在窗棂上，你们一直到尚贝里才找到座位坐下来。昂里埃特靠窗坐，你坐在她旁边，就像这对年轻的新婚夫妇一样，只是你们的座位是顺方向的。

雪已经停住，但在乳白色的天空下，山、树、屋顶和车站的房顶上都是白皑皑的一片，冰凉的玻璃上的水蒸气越来越厚，必须不断地擦拭。

夜间车过边境，暖气的温度未调节好，勉强有点热气，你们两人都裹在大衣里，她把头靠在你肩上睡了。

又有一个人逆着行车方向走过来，在门口探探头然后走开。年轻的军人回来坐下。他无意中朝那个在铁皮上摇晃的纸团踢了一脚，把它踢到座位下面。

后一次出差时，你事先写信告诉她你什么时候到，这是你给她写的第一封信，和今天的信完全不同，风格从“亲爱的夫人”变为“亲爱的塞西尔”，然后又变为情侣们的亲昵称呼，“您”变为“你”，客套话变成了送亲吻。

正如你向她所要求的那样，她的回信在奎里纳尔酒店等着你，她让你去法尔内塞宫门口等她，她可以带你去特拉斯特维雷一家她熟悉的小饭馆，如果你有兴趣的话。

习惯成自然；你每次去罗马都与她见面；不久就是秋天，然后是冬天；你们谈起过音乐，她给你弄了音乐会的票；她开始为你注意电影院的节目，好安排你在罗马的一切娱乐活动。

她使博罗米尼成为你们两人初次出游的领路人，当时她对这毫无察觉，她不是有意的（你们彼此为了对方而研究罗马时才发现这一点）；在这以后，你们又有过许多别的领路人和守护神；有一天，你在博尔盖塞宫附近一家出售珍贵旧书的小书店里看到一本以废墟为题材的皮拉内西画册——不久以后塞西尔就在那里给你买了生日礼物《建筑物》和《监狱》，这两幅画现在还挂在先贤祠广场十五号你家的客厅里——当时你把那本画册翻了很久，它和在帕尼尼那幅画中出现的那些出自想象的画的题材大致是相同的，在冬天你们去看了所有那些砖石成堆的废墟，你们逐一查考，仔细观看。

终于有一天晚上——你们在去过阿皮亚大道后，你们在风里感到很冷，你们在切奇利娅·梅泰拉的陵墓[1]附近时，在落日的景象

---

① Mausoleo di Cecilia Metella，位于阿皮亚古道的古代陵墓。

前惊呆了；城市和它的围墙都浸沉在一种杂有尘土的鲜红色雾气中——她向你提出好几个月以来你一直在盼望的邀请，请你去她那里喝茶，于是你便走进蒙泰德拉法里纳街五十六号的大门，爬上高高的四层楼，走进达·蓬特家那套房子，那里有黑色的碗橱，罩着流苏花边套的安乐椅，广告日历，其中有一张就是介绍斯卡贝利公司的，还有些圣像，你走进她的房间，那里别具一格，清新悦目，房间里有摆放着法文和意大利文书籍的书柜，她在巴黎的照片，花条纹的床罩。

壁炉旁有一堆劈柴，你对她说你负责生火，可是自从战争结束以来你就没有干过这种活；所以你花了很长时间。

现在暖和了；你靠坐在一张安乐椅上，喝着她端来的茶，茶一下肚你便感到无比舒服；你全身感到一种美滋滋的疲乏；你看着明亮的火焰，看着玻璃罐和陶器罐上的火焰反光，看着离你很近的塞西尔眼中的火焰反光，她已经脱了鞋，在长沙发上躺下来，正撑着手肘往烤面包上抹黄油。

你听着刀子在硬面包心上擦动的声音、炉膛里劈柴烧着的声音，空气中有烟和烤面包掺和在一起的轻微的香味，你又恢复了年轻人的羞涩；你觉得接吻仿佛是一种无法回避的、命中注定的行动；你猛然站起来，她问道：“你怎么了？”

你一言不发地瞧着她，目不转睛地盯着她的眼睛，你轻轻走近她，你感到身后似乎拖着一个沉甸甸的东西；你在长沙发上挨着她坐下，你的嘴唇还得挪近可怕的几厘米，你的心绷得紧紧的，就像一件正在被人拧紧的湿衣服。

她丢掉了一只手中的刀子和另一只手中的面包，于是你们便像团聚的恋人们那样动作起来。

在暖气铁皮上，你看见一个苹果核从一个菱形格跳到另一个菱形格。在走道里，餐车侍者又一次摇起小铃。波利亚车站过去了。

年轻的军人站起来，小心翼翼地把他唯一的行李，那件涂成褐色的、带金属柄的胶合板箱子拿下来，走出室外，意大利人也接着走出去，不过朝着相反的方向，几步以后他就被从另一间车室里出来的、走在他后面的两个女人挡住了，这时布尔格的头几座房子已经来到眼前，在你对面只剩下那对年轻的新婚夫妇，在他们上面的行李架上放着一对完全一样的漂亮的浅色大皮箱，手把上有一个签条，上面很可能写着他们去的城市的名字，也许是西西里吧，如果你能旅行一趟来庆祝你的假新婚，来庆祝你和塞西尔这类似新婚的状况，那你一定愿意去西西里，那里现在几乎是夏天。

她的箱子里除了化妆用品，除了妇女用来修饰指甲的那一整套复杂的工具以外，一定还有使她露出胳膊的浅色无袖裙衣，她的胳膊将晒成古铜色，而在他们和你同时离开的巴黎，她的胳膊却一直藏在衣服下面，现在仍藏着，而且将一直藏在衣服下面，直到旅程结束，也许他们会在罗马停停，在那里待上一整天，晚上才乘车走，那趟火车行驶时将发出比眼前这趟车更大的响声，而速度也更慢，摇摆得更突然，晃动得更频繁、更剧烈，这样再过二十四小时，他们将精疲力竭地到达巴勒莫或锡拉库萨，一到那里，不管是晚上还是早上，他们将看见像克劳德画[1]中那样的、美丽无比的金黄色的海面，及其深处碧绿的和紫红色的海水，他们将呼吸充满各种芳香的沁人心脾的空气，这一切将为他们洗尘，使他们心旷神

① 此处指法国画家克劳德·洛兰的名画《夕阳下的海港》（*Port de mer au soleil couchant*）。

怡，于是他们彼此看着，仿佛是一对刚刚完成一项丰功伟绩的胜利者；箱子里一定还有游泳衣和大浴巾，那天晚上或第二天，也就是星期一或星期二（那时你已经踏上归途，你已经在莫达纳越过边境），他们将用毛巾擦身，然后躺在沙滩上。

黑衣女人已经吃完了午饭，因为小男孩正在吮一块薄荷糖；她打开窗子把纸扔出去，车窗上只有很少几滴雨水，这时几乎是空旷的月台逐渐静止不动了，木头车厢，空中的电线，地上则是与之对应的铁轨，地平线上的灰色小房子。

叮叮的铃声又靠近了，你站起来长长地吸了一口潮湿的空气，朝两个皮箱上的签条瞟了一眼，上面果然写着锡拉库萨，你又瞧了一眼车室四角的照片：山景、卡尔卡松的船以及在你座位上方的星形广场凯旋门，你把离开巴黎时在里昂车站买的那本小说从行李架上拿下来放在座位上，然后走出室外。

五

你走进车室时，将你刚才吸的雪茄剩下的一截塞到门框上的烟灰缸里掐灭，你朝着星形广场凯旋门那张照片下的座位弯下身，用左手的两个指头笨拙地将小说夹起来，它却又掉了下去，因为发生了一次更为猛烈的晃动，使你踉跄了好几下，差一点抓不住座位。

你没有想到在马孔喝的那半瓶酒会在你身上产生那么大的效力；当然还有那支雪茄、那杯白兰地和你在饭前情不自禁地要的波尔图葡萄酒，一般说来，你独自一人是从来不这样的，再加上疲劳，当然，是在巴黎这个被缩短的礼拜中产生的疲劳，因为在处理斯卡贝利公司的日常事务时，你不得不比往常更迅速，最后你还不得不劳心费神地对你将来的生活终于做出意义重大的决定，而你在家里却还得保持沉默，在家人面前还得继续扮笑脸，自从你基本上确信你很快就会和家庭分居以后，你对这个家更是无法忍受，而你原先以为既然知道这事长不了，你对这些就会漠然处之。

可爱的托马眼睛瞪得圆圆的，他看着你用手把被暖气铁皮弄脏、弄皱的书页抚平，并且掸去上面的尘土。

你这又开始你熟悉的游戏了：给你的每一个旅伴起名字。不过托马这个名字对在座位上来回折腾的这个小男孩不合适，因为他比你的儿子小得多；最好管他叫，比方说，安德烈吧；拉着手领他出去的那个女人是波利阿特太太；至于那对年轻夫妇，不，不用文学里的名字，简简单单，叫他们彼埃尔和，等一等，不能叫塞西尔，叫阿涅塞挺好，博罗米尼在纳沃纳广场上盖的教堂就叫做阿科内圣阿涅塞教堂。

你又合上书，把它放到架子上，然后你坐下，这时意大利人回来了，面孔比刚才更红，你得给他起一个他们可能特别喜欢的古色古香的名字，阿米卡雷？这不够罗马味，尼禄？图拉真？奥古斯都？

可是谁告诉你他是罗马人？你准备拿多少钱和自己打赌，打赌他一定在都灵下车，在那儿他妻子给他准备了热腾腾的晚饭（他也戴着结婚戒指），有面条和红酒（或者他也许瞒着妻子，告诉她他明天才回来，这样他将在家里撞见另外那个人），或者必要时他会在热那亚下车，下车睡觉。你还记得那个大教堂里罗曼风格的三角楣，上面雕有殉教者受火刑的场面，在都灵还有那个瓜里尼修建的、由交叉的拱架托住的圆顶，那是献给圣洛朗的，这么说，在这两种情况下，洛伦佐这个名字对他都十分合适。

波利阿特太太已经把侄子领回来了，让他坐在食品筐旁，她从筐里拿出那个几乎空空的薄荷糖袋。

在你的想象中她出生在阿尔卑斯山一个又潮又黑的城里，她父亲是银行出纳员，晚上到家便精疲力竭，但他还背着妻子和咖啡店的女招待相好，全家人都是新教徒，星期日到神殿去哼哼赞美诗，她小学毕业后学竖式钢琴，音阶练习弹了好几年，十八岁那年她陪母亲第一次去里昂，她在区公所的客厅里跟一个声乐老师学跳舞，她在新年舞会上遇见一个回家度假的医科大学生，他带她去咖啡店，后来她又见到他，送他到车站，她买了一张月台票，目送最末一节车厢消失在远方，

她开始偷偷给他写信，事情被察觉后她在钢琴前做了一番解释，家里人决定去了解一下，了解的结果令人满意，从此，通信就成为公开的了，

她于是看起小说来，她的文笔也因而有所改变，她又买了一支口红，像护身符似的藏在手提包里，还时不时地关在房里试着打扮自己。

等他毕业以后他们才订婚，等他服完兵役后他们才结婚，然后他们去巴黎度蜜月。

诊所生意兴隆，接着战争来临，她丈夫没有留下孩子就死了；从那时起，她就再没有离开过老家，除非去布尔格看她哥哥，她哥哥是银行职员，盼着当上出纳员，他有两个男孩，三个女孩；最小的男孩安德烈身体不太好，大夫说他需要休息，所以家里决定让他去姑姑家。

尚德里约车站过去了。在走道外侧，窗玻璃上现在只有十几滴正在蒸发的雨水，窗外的天空低沉而灰暗，湖面上呈现出一片淡淡的金黄色。

火车将沿着海岸行驶，有人会要求熄灯，你要是能在某间车室里找到一个靠边的座位，那么，你会稍稍掀开靠近太阳穴的窗帘，也许你将看到月光在水波上荡漾，在那个明媚的白日过后，夜空将总是明亮的。

那时，一切都将说过了、做过了，一切都将准备好了，甚至连

日期也差不多确定了；你们将完全和解，嗯，岂止是和解，你们将比任何时候都更融洽无隙；你将不再担忧了，之前尽管你有种种理由满怀希望，这种担忧还一直在折磨你。

疲劳，不过这是另一种疲劳，因为在罗马的逗留会使你十分放松，尽管车上不舒服，哪怕所有的座位都有人，但那时你再也不发愁睡不着觉了，而今天晚上，你肯定睡不踏实。

火车将在奇维塔韦基亚停一停，黑夜中你也许能猜到火车在过塔尔奎尼亚车站，随后你便闭上眼睛，在摆脱了一切噩梦后，你将能预先体验一下未来的生活，而这次旅行为未来的生活打开大门；在梦中，你将去探索那片在你做出艰难决定后要跨入的国土。

车到热那亚，天还没有亮，车站上的嘈杂声会把你吵醒；你到走道尽头去刮胡子，你去餐车吃早饭，车到都灵时，你已经从餐车回来了。

然后你慢慢爬上阿尔卑斯山，在朝阳的直射下，山峰的白雪光亮耀眼，你穿过白皑皑的森林，它位于陡峭深谷的悬崖之上，车室里将是一片反光，明亮清新的光线将引起共鸣，它将使所有的旅客，包括睡得最不好的旅客，都浸沉在庄严的欢快气氛中，然而，在所有这些面孔中，没有一张面孔像你的面孔那样显露出一种宁静的欢乐，一种得到解放的胜利的神情，就连莫达纳的海关人员在你眼中也将变得很有人情味。

翻过了山头，当然，天空将不再那么明亮了，你吃午饭时，大概会下雪，或者你将穿过云层，窗玻璃因水蒸气凝聚而模糊不清，然后，下山的时候，雪变成雨，森林又将是黑色的，天空越来越灰暗。

你很快将到达现在你所在的这个地区，这个湖畔，不过方向相反，你将坐在皮箱下面，但箱子里已经没有现在那件熨得十分平整的干净内衣了，干净内衣将穿在你身上，而箱子里放的将是你现在穿着的那件内衣，脏而皱成一团。

窗上的水珠现在消失了，在窗外，你看到艾克斯莱班车站放慢了速度，停住了，一节罗马—巴黎列车的火车头朝相反的方向驶过去，然后是全部的车厢，这正是你星期一晚上要乘的那班车，它将在星期二下午这个钟点经过这里。

上星期日你瞧着桌上那只打开的皮箱，那是在奎里纳尔酒店你的房间里，房间面朝热闹的民族路，电车的嘎吱声和小摩托车的启动声已经在早上吵醒你好几次了，你瞧着从箱子里露出来的皱皱的衬衫袖，你是穿着这件衬衫从巴黎来罗马的，由于你没有别的干净衬衫，你只得又穿上那件你从蒙泰德拉法里纳街五十六号回来睡觉前脱下的衬衫，那件和别的衣服一起搭在床旁椅子上的衬衫，你自言自语，正如你在类似的情况下多次自言自语一样，你说下一次旅行一定要随身带两件换洗衬衫，而不是一件，可是你这一次又忘带了。

太阳已经照着对面那座房子的最上面的两层楼；你把露出来的衣袖折过去，关上了箱子，一切准备就绪，再过一会儿等你来取皮箱去车站时，你在饭店只需停留片刻就可以了。

头天晚上你和塞西尔在一起待了很长时间，你舍不得离开她，你知道不能在她那里睡到天亮（可是当时你觉得这一切毫无道理），你走出门时已经快十点了。

你知道塞西尔肯定醒得比你早，她等你等得不耐烦了，一定吃过了早点；所以你走进一家酒吧间，在那里不慌不忙地喝了一杯caffè-latte，吃了几块意大利人称作羊角面包的果酱馅点心，于是你来到蒙泰德拉法里纳街五十六号时已经快十一点了，达·蓬特一家人都做弥撒去了，塞西尔一人在那里，满脸不高兴，她给你准备了那么多东西，茶、烤面包等等，因为你头天晚上跟她说你很愿意这样……可是，你头天晚上轻声对她说过那么多话，所以你把这个也忘了。

在暖气铁皮上，有两个苹果核紧挨着你的左脚，静止不动。

一年多以前，比这个季节稍微早一点的时候，一个星期日傍晚，你们慢慢地喝过了茶，窗子和百叶窗敞开着，越来越微弱的红色太阳光照着对面那座房子的挑檐，你们两人都背对着墙，并排坐在长沙发上，空气中弥漫着烤面包的气味，她的头倚在你肩上，头发擦着你的脖子，你用手臂从后面抱着她的腰。

街上的喧嚣声越来越清晰，屋顶上方那一块玫瑰色的天空颜色渐深，随后，云彩编成的饰带松散开来，露出头几颗星星。

路灯灯光将墙壁照成金色，不时有车灯掠过，房间里越来越暗，手表在你的手腕上闪着磷光。

在二十三点三十分的火车开车以前，你们还有时间，你们两人都乘这趟车，因为她终于决定和你一起去巴黎，但是凉气突然使你打了一个寒战。

在她那个当厨房用的壁橱间里，你借着小炉子和小洗碗池上的灯光，将她刚刚洗过的盘碟杯子擦拭干净，然后你关上窗，这时她收拾完行李；而你的行李已经叫人送到车站寄存处了。

维托里奥·埃马努埃莱大街像往常一样嘈杂，但是街那边却是惊人地沉寂，纳沃纳广场几乎是空空的，河流喷泉在黑夜里喷着泉水，咖啡店和饭店的桌子都收进去了。

在和眼前一样的三等车室里，你坐在顺方向靠走道的角落里，你看着她，灯一灭她就睡了，头搭在你肩上，仿佛她对火车如同对自己房间那样熟悉，而这是因为你在她身边，第二天你们一起吃饭，饭桌上正好只有你们两人，你们谈论着第一次相遇的情景。

在暖气铁皮上，你的两只脚和对面意大利人的两只脚形成一个四边形，那两个苹果核在一条槽沟上被踩碎，白色的果仁从绽开着的薄薄的核里露了出来。

在那张小圆桌上，它恰好和长沙发一般高，沙发上铺着你前一次来罗马时给她买的那床十分好看的颜色十分鲜艳的条纹毯子，毯子铺得平平整整，但她屈着腿跳上去把它弄皱了，她背靠着墙，头发压在巴黎凯旋门的照片上，在这平庸无奇的拿破仑建筑物的上方，在白云悠悠的广阔天空里，仿佛蒙上了一层乌黑而纤细的云彩，她用脚指头蹬掉了拖鞋，将光脚放在五颜六色的毯子上，脚指甲上还有头天涂的红指甲油的斑斑点点（在这个季节，她在巴黎就不能再这样干了），

在那张小矮桌上，桌上铺着锦缎花纹的台布，上面有着缩写的名字，肯定不是她以前的丈夫的名字，他没有钱添置一整套全新的桌布、被单等，那是她父母，或者甚至是她祖父母的名字，有一次吃早饭时，她曾在这张桌上给你讲过（但详情你已经忘了），

桌上放着那把擦得锃亮的银茶壶，你知道里面有半壶凉茶，还

有海外产的盛牛奶的陶器罐、玻璃糖罐、两个精致的大杯子，其中一个杯底已经脏了，淡灰褐色的液体上飘着十几个小黑点，还有一个花盘子上平放着四片烤面包，旁边是镀镍的烤面包器，盛满黄油的椭圆形小盘，装果酱的小杯子，

在那把金属茶壶上，有一缕十分明亮的光线在幽暗中像星光一样闪烁着，因为百叶窗只开了一条缝，所以只有一丝阳光射进来。

“现在什么都凉了。你要不要我在火上热热水？”

可是，显然她不会找这个麻烦的，她的身子直挺挺的，嘴上毫无笑意；再说，你也根本不想喝茶。

“我知道我来晚了，我原来以为你把这些都收拾起来了。我喝了一杯咖啡。”

你把百叶窗开大了，于是桌上的一切物品，还有她的指甲，都发出亮晶晶的光；你从站着的地方看到床头上那两张巴黎风景照片的玻璃框，它们成了两面镜子。

窗外，艾克斯莱班车站动起来，远去了。

在十一月底那个短短的下午，你在沿着布尔歇湖行驶一段以后，将经过这个尚德里约车站。太阳，或者更确切地说，阳光，因为一过国境你就将见不到太阳了，阳光变得越来越弱；到达布尔格时将是黄昏，到马孔时天色漆黑，所有这些城市和村庄，你透过布满雨水的玻璃窗看到时，这些地方大概只剩灯、路灯和招牌了。

所以，你在勃艮第将什么也看不见；潮湿而寒冷的黑夜将沉沉地压着万物，也渗透你的全身，那时你将驶近巴黎，你将度过一个比前一星期更为艰难的星期，因为，既然已经做出最后决定，就必

须尽量小心翼翼地保持沉默，直到计划付诸实现，必须继续若无其事地生活在这个女人——昂里埃特身边，生活在你的家庭里，必须戴着沉默安详的假面具等待塞西尔来到巴黎。

怎么，你居然如此软弱？你一到家就老老实实将全部真情告诉她岂不是更好？难道你的决心如此脆弱，在你估计到会出现的责难、埋怨和各种诱惑面前你竟然会败下阵来？

不，你害怕的不是昂里埃特的眼泪；她会流泪吗？

不会的，她的反应将阴险可怕得多：她保持沉默，不仅是她的眼神，她的全身上下、她的一举一动都将表明她鄙视你；过些时候她就会问你："你在这里待到什么时候？"于是你只好走了。

接着将是孤独的巴黎旅店生活，这是使你十分恐惧的事，而那种处境将使你对她的任何进攻、任何计谋都无法招架，上帝知道这些进攻和计谋是多么巧妙，上帝知道她对你的盔甲和体质上的弱点是多么了解。

几个星期以后，你将回到她那里去乞求原谅，你将在她眼中、在你眼中、在塞西尔眼中，成为彻底的失败者，甚至你将不敢再见塞西尔。

不，任何过早的解释都会使你精心策划的逃遁归于失败。

为了成功，你必须充分意识到你是多么软弱，你必须采取一切措施来防止这种软弱，因此只有一个办法，沉默，撒谎，就这样来维持几个星期，可能几个月；把自己想象成强者，那就等于自取灭亡。

然而，你为了成全爱情而不得不审慎地采取的这个决定又是多么屈辱和艰巨，它是如此艰巨，以至你迫切需要再次坚定决心，以至你在星期二晚上驶近巴黎时更应该紧紧抓住那些无可辩驳的、令人不快的理由，因为和塞西尔在一起的日子会增加你的力量和勇气，你会感到飘飘然，面对即将来临的幸福你也会感到飘飘然，所以你很可能情不自禁地想立刻一刀两断。

因此，你必须做好准备，准备对付这需要撒谎的几个星期和几个月，你必须有这种毅力，要保持沉默，耐心等待，你必须小心翼翼地保持和护卫你心中的爱情，为了进行这场长期的抵抗，你精神上必须有所准备，当你在餐车吃晚饭时，你透过玻璃窗往外看，黑黑的玻璃窗上可能有着上千滴雨珠，每滴雨上还带着使人迷惘的一点微光，车窗的亮光所到之处，从一片漆黑中出现了盖满烂树叶的斜坡，出现了枫丹白露森林里上百株不完整的树干，在树干之间你仿佛看到一条巨大的灰色马尾巴，它像一条被光秃的树枝划破的模糊不清的披巾，在车轴的转动声中你仿佛还听见马蹄声，还有那声如怨如诉的呼唤，充满了愿望和恳求："你在等什么？"

在走道外侧，在已干的脏玻璃窗外，你再也看不见天空，只看见山坡，房屋顺着山坡到处散布着，一个骑自行车的人从一条弯弯曲曲的小公路上直冲下来，他那浅灰色雨衣的下摆成一横线，在他身后飞扬着。沃格朗车站过去了。

波利阿特太太站起来，对着镜子整理头上的黑帽，将乌亮的扣帽发针往头发里按按，叫彼埃尔帮她把草箱子拿下来，于是他把蓝皮指南交给阿涅塞，她合上书，手指插到书页中间，这样，他翻到书末刚才看的那段文字时就不费事了，而那两条书签，那两条没被利用的薄薄的蓝丝带垂在那里，它们随着整列火车的晃动，合着铁轨接头处震动所产生的持久而轻微的节奏在轻轻摇摆。

波利阿特太太把大包小包都集中在椅子上，也就是教士走了以后她占用了的那个顺方向的靠窗座位上，她给侄子安德烈扣上大衣，他乖乖地让她扣，她又把他那条小披巾扯扯紧，从篮子里拿出一把梳子给他梳头，这样一来，你就看不见阿涅塞和彼埃尔的面孔了，彼埃尔已经坐下，他肯定又接着看书了，不，只有你一个人看得见他的左臂，而从他左臂的动作看去，他大概正俯在妻子的膝上往窗外瞧，透过脏玻璃窗看着尚贝里的头几座房屋。

他们两人是怎样认识的？像你和塞西尔那样是在火车上相遇，还是像你和昂里埃特那样是同学？不，这不太可能，他上的是一所工程类高校，而她上的是装饰艺术学校或者卢浮学校，也许她在大学攻读英语，他们头一次相遇是在朋友家；他请她跳舞，这并不是因为他跳得好，不过他总算使她不那么胆怯，不再有那种使她动弹不得的自卑感了，这一点所有的人都看得出来；她笑了，别人也开始拿这件事来向她打趣，她想使自己不要脸红，但每一次她都感到有股热气涌上双颊。

他第二次见到她时正是夏天；他明显感到当他走进来时她几乎一惊；他把她带到一间比较安静的房间里去，他们走到阳台上，面向巴黎的一条大街；在他们下面，汽车的灯光交织成一片，摇晃的梧桐树叶簌簌作响，有时声音比较响一些，仿佛有人在叹息。啊，她自己很清楚，她恋爱了，她一下子就闯进了这个领域，这个她曾在所有的书本和电影里都看到过的、在远处闪闪发光的、好像是可望而不可即的领域，她自问她真的征服了这个彼埃尔，这个漂亮小伙子？这可能吗？她表示怀疑，因为有那么多姑娘也像她那样只想去讨他喜欢；她不敢轻信，她一言不发，甚至也不看他一眼，以免将来大失所望，而他呢，他不知如何是好。

你对这一切多么熟悉：他们郑重其事地到俱乐部或电影资料

馆去看你和昂里埃特也曾在街区电影院里看过的那些影片；他还带她去过一两次地下酒吧间和餐馆；他们和父母谈了这件事；昨天他们在教堂结了婚；昨晚他们累得要命，因为家里宾客盈门，有那么多朋友要接待。

而现在，一切顺顺当当，尽管昨晚他们睡得不多，他们休息得还是不错，他们感到已经把那些乱七八糟的家具统统抛得远远的了，

而在他们内心深处，他们真心诚意地发誓彼此要忠贞不渝！这些幻想能够维持多久呢？

呵，如果他们知道你这次为什么旅行，如果你告诉他们在你和昂里埃特一起旅行时，你也是他们这个年龄，当时你以为随着孩子们的出世，你们这种情投意合的状态会继续下去，孩子们会使你们更加亲密，如果你告诉他们后来发生了什么事，一切是怎样恶化的，你为什么坐在火车上，你又不得不做出怎样的决定以求决裂，以求得到解脱，你的面孔，你那一动不动的微驼的身影，不会使他们感到毛骨悚然吗？

你难道不应该去破坏他们的宁静吗？你去把这一切统统告诉他们，叫他们别以为自己是幸运儿，说你当年也真心实意地相信这一点，叫他们从此刻起就应做好分手的准备，你要摧毁他们的偏见，这种偏见来自他们那个和你一样的阶层，在他们的情况发展到像你目前这样的困难阶段时，这种偏见将会长期使他们无法做出决定，使他们无法得到解脱，到那时，在你的昂里埃特身上所发生的一切都将发生在这位阿涅塞身上，那时，她的一举一动都将带着那种无法解释的蔑视，使她在他眼中变成一具僵尸，而那时，他也必须寻找另一个女人来重新开始他的生活，他要去寻找另一个看上去完全

不同的、永葆青春的女人。

火车停住了。波利阿特太太使劲将车窗放下；月台在这一面。她把行李交给彼埃尔，麻烦他等她下车后递给她，她拽着侄子安德烈，说声“对不起”，拖着两只脚从你的脚和洛伦佐先生的脚中间滑出去。

走道里有两个大约十六岁和十八岁的青年，他们闪开让道，然后走了进来，他们穿着带拉锁的皮夹克，手里拿着书包。

你看见那个寡妇的手，向上伸着接草箱，接草提包，接刚才从里面拿出那么多东西的食品筐，这只干瘪的手将东西抓得紧紧的。你看不见她身边的小男孩，他也许不是她的侄子，她也许不是寡妇，她不叫波利阿特太太，小男孩的名字多半也不是安德烈。

那两兄弟在他们刚刚离去的座位上坐下来，年轻的那个靠在开着的窗边，他们的书包放在头上的行李架上，他们拉开夹克的拉链，而阿涅塞这时瞧着他们，她希望能有像他们这样漂亮活泼的男孩，她心里想：等彼埃尔到了盯着我瞧的这位先生的年纪时，我们已经是老夫老妻了，我就会有几个儿子，和这两个孩子一样，不过还要文雅一些，因为我们会使他们受到良好教育，这要比他们在尚贝里任何一所学校里受的教育要好得多。

两个大声说话的意大利工人把他们的背包取下来放在自己膝上；现在，所有的座位上都有人。

两种语言的三场谈话在四周同时进行，你也无意去听个明白，在这些谈话声中响起了含糊不清的扩音器的声音，它宣布就要开车了。

于是又开始那熟悉的声音和晃动，窗外的景物向你奔来，向从你的长椅一直延伸开去的那条线奔过来，过了这条线，景物就看不见了；风刮进来，空气突然变得干燥。彼埃尔又关上窗。

车驶出城的时候，检票员用钳子敲着窗玻璃。大家都不说话了，将票递过去。

希南莱马尔什车站过去了。窗外，在覆盖着山坡的越加浓黑的森林的顶端，已经有了少许积雪。

在秋天美好的朝阳下，你俯身瞧着下面一辆满载木炭的沉重的大车，它正在艰难地拐着弯。确实，即使在罗马，冬天也要来临，这个周末很可能不如上个周末暖和；你照理应该住进的那间房会是冰凉冰凉的，而在旁边，在塞西尔的房间里，几乎整天都有暖烘烘的火。

你感觉她的手在抚摸你那已经稍稍秃顶的脑袋，她支着手肘坐在旁边对你说：

“你知道，这一切多么愚蠢！你说你每回来都得住进那家可笑的奎里纳尔酒店，夜里你还总得回去，真叫人遗憾，你像是一个住校的小学生，或者是个士兵，从军营里翻墙溜出来，可是第二天一早还得回去赶早点名。

“我看你真有点这股劲，尽管你一再为自己辩解。要是真像你所说的那样，这一切都是假象，要是你对我不是在撒谎，那你怎么能够继续对她撒谎呢？

“你别解释了。我知道你爱我，你说你越来越受不了她，你这不是假话。我知道，你什么也不用说，你想说什么我都背得出来，你会说关键不在她，而在于斯卡贝利公司，因为它不会同意……是呀，你早跟我解释过了，我责怪你，只是为了逗你，气你，为了你的懦弱这才对你进行报复，不过我完全原谅你的懦弱。

“但是，要是有一天你能摆脱这一切，嗯，隔壁的房客，就是用这老式门闩闩住门的那间房的房客，我今早听说他这个星期要搬走了。我只要和达·蓬特家说一说就行了，让他们把房间租给你。他们肯定会同意，（你是我的表兄，是吧？）那样，我们两人就可以安安稳稳了。

“刚才我听见他出去了，我肯定他还没有回来，咱们去瞧一眼吧。”

她拉开门闩，稍稍费了点力气；她推开那扇门，门上的合页吱呀作响。

百叶窗还关着；房间里那张大铁床还没有收拾整齐，一只箱子敞开着，衣柜上零散地摊着各式各样的领带和袜子，近旁有一个支在三脚架上的铁皮盆，还有水罐和桶。

那时你就去想明天要发生的事，可当时你并不知道你这么快就能实现这件事，你还没有去做这件事的计划，当时你只认为有可能性，不过还非常遥远，但你还是乐于这么去想上片刻，来迎合塞西尔的异想天开，你想象自己的衣物也这么乱七八糟地摊在那些家具上，摊在那几张罩着大红丝绒椅套的旧安乐椅上，压脚被和毯子下面是为你准备的被单，可是你不会弄脏它，你明天不会弄脏它的，你只是将它揉皱，让别人以为你在上面睡过，而这扇门整夜都将开着。

在暖气铁皮上，刚刚进来的那几个人的湿鞋留下了几道泥水印，很像风雪来临前的乌云，你端详着乌云中的星座，那是些极小极小的星星，是刚从粉红色纸或棕色硬纸的车票上钳下来的。

检票员查过你们的票。你和塞西尔一起回到你们的车室，你们彼此挨着坐下，就像彼埃尔和阿涅塞那样，你们不说话，你像他一样看书，你原先留下一本书占座，你回来时又拿起那本书，你现在记不清是什么书了，不过，书中肯定谈到罗马，而且你还不时指着书中一段给她看。

可是，你的眼睛很快就不再盯住这些词句了，当火车行驶在你此刻正通过的地区时，你隔着车窗望着向后飞逝的群山，你在问自己：为什么不能永远如此呢？为什么我总得离开她呢？的确，这是迈出了一大步；我总算带她和我一起走出了罗马，我们的共同生活这一次总算突破了边界，而以前我们不得不将它禁锢在狭窄的边界的那一边；我每次来罗马，特米尼车站一向是我们分手告别的地方，这次总算将这条边界往前推进了；往常我在巴黎十分痛苦，因为我远离了她，因为我们中间隔着千山万水，而这一次在巴黎逗留的整个期间，我知道她就在那里，我可以常常看见她。

当然，你当时感到无比幸福，仿佛打了个大胜仗，但也夹杂着几分忧愁，使你发愁的是这只是迈出了第一步，而你对何时能够走完这整段路程心中无数，分离只是暂时被推迟了，边界只有这一次被突破，而在你下次去罗马时，一切又将依然如故，你们又必须在特米尼车站分手告别，这一次仅仅是例外，情况并不是真的有了改变。

而你以前没有想过，没有想过如此重大的改变；你满足于双重生活；你在巴黎时便去想你在罗马的时光，但是你从来还没有严肃地想过你有可能去改变你在巴黎的生活。

而此刻，你已在想那种可能性，这由不得你，你最初觉得它只是一种可怕的疯狂的诱惑，但它慢慢渗入你的全部思想，而你也渐渐习以为常，它无时无刻不在纠缠你，已使你感到昂里埃特可憎可恶。

你们两人肩并肩地完成这次罗马—巴黎之行，这是多么冒失的行动！原先一切都很平静，而现在呢，不行，这样太不够味了，你知道她也是这么想的，那种可能性也会去纠缠她，你知道她会十分巧妙地努力使这件事继续下去，即使不是说永远维持下去，起码也是在职业和社会地位所允许的条件下尽可能地频繁相见，并使这一关系长久地维持下去，那种可能性会使你最终只接受她一人，使她和你终于得到美妙纯洁的爱情，得到一种新的自由，而在这之前，你这段经历只能使你对新自由产生一种贫乏可怜的感受，这感受支离破碎，残缺不全，一向只是你生活中的插曲而已。

那种可能性再过一年就将变成现实，你已经决定要实现它，你正在实现它。

你们离开了尚贝里；你们看见沃格朗过去了；你们在艾克斯莱班停下；你们两人一起走到走道里看着湖水。

一个男人在门口探探头，左右瞧瞧，发现自己认错了车室便走开去，消失了。

特米尼车站通常是你和塞西尔两人的共同生活告一段落时的边界，也是一年以前你们两人暂时突破的边界，而你大概是在三年以前到达这个车站的，当时你还没有去过蒙泰德拉法里纳街，当时你在罗马是感到孤独的，那是一个冬天的早上，太阳还没有升起，你的旅伴是一个因旅途而感到疲劳的昂里埃特，那时你还爱着她，或者，至少你还不知道你正在开始和她疏远，因为还没有人可以和她相比，显然，轻蔑已经开始在昂里埃特身上起作用，她老了，变得很冷淡，有了隔阂，因此破坏了一切，但是她看在被一再延期、而她又如此向往的旅行的分上，原谅你的一切，她看在她渴望旧地重游的这座城市的分上，原谅你的一切，和你现在一样，她那时也想在罗马恢复青春，但未能如愿，她寻找和战前时期——那是她唯一的、也是最后一次看到这座城市——连在一起的绳扣，然而，绳子已成乱麻，并已损坏，

你们乘出租汽车到奎里纳尔酒店，你们在那里预订了一个双人房间，它比你后来住的所有单人房间都宽敞、漂亮、舒适，后来你每次向看门人要钥匙时，总是要想起这个房间，因此，正像塞西尔清楚指出的那样（而你直到现在才意识到），这家饭店仿佛是昂里埃特设在罗马的堡垒，每当你住进饭店，深夜归来，特别是当你清晨醒来逐渐认出四周的家具时，这座堡垒便不动声色地、偷偷地使你的思想转移到她身上，哪怕是在恨她这么紧紧跟随你时也是如此。

她很高兴在你的名字旁边写上她的名字。你们叫人把早饭送到房间里。百叶窗还关着，室外很冷，不过那天暖气还不错。她脱鞋在床上躺下，于是你们两人都等着天亮。

唉，她原来对这一再延期的旅行怀着多大的喜悦，抱着多大的希望，多少年来，她一天天在失去你，她多希望在罗马之行中重新找到你，从而消除你们两人之间的隔阂，这隔阂在你每次归来时都会加深一层，因为你每次归来，你们彼此更感到失望，因为你每次归来，你们的区别就更为明显，你的生活越来越自由幸福，罗马的空气使你充满了希望，而她却在压抑下，却在巴黎的重负下越陷越深，因为你每次归来，她都会觉得你在巴黎又进一步背叛你自己，

你的职务使你的经济变得越来越宽裕，当然，它没有超过某种规定的限度，但你也越来越想视而不见工作里的荒谬之处，你每一次宴请新结交的商界朋友，就又失去一点你的骄傲和往日的主见，你渐渐变得像他们那样压低嗓门笑，学着他们那老一套做法，不管是道德还是不道德的，学着用他们爱用的词儿称呼职员、竞争者和主顾，你堕落了，你拜倒在这一制度面前，而在过去，你至少会谴责这一制度，过去你仅仅是和它妥协，但在口头上还是否定它的，在后来的一段时间里，你在与她交谈中还能否定它，而现在你却越来越盲目地陷进这一制度里去，你每回都说这是为了她，为了使她住得舒服，为了这一套漂亮房子，为了使孩子们吃得好，为了使她对你无可抱怨（你当初是用讽刺的口吻这样对她说的），这一切使你离你自己、离她越来越远。

而她也很清楚，她知道在罗马的街道、花园、废墟这些景物上，寄托着你全部梦想的不可思议的魅力，你梦想得到的正是你在巴黎放弃的一切，她知道，对你来说，罗马象征着真实，你在那里度过的一部分生活是与她无关的，因此她盼望你将她领进这片光明之中。

唯一不幸的是，这一切当时都只是富于魅力的梦想，都还处于非言语所能表达的模糊状态中；你什么古迹也不知道，你什么也没有研究过，你没有对这些倾注过丝毫的热情，你对一切都没法解释。

呵，她以为你对这座城市的了解比她强上万倍，以为你爱这座城市是出于你对它的了解，其实，只有塞西尔才能教给你这些知识；因此，当你和她在那个冬天漫步街头时，她向你提出那么多问题，而你无言以答，每次的无法作答都使你感到你自以为找到的避难所其实无法保护你，她在你身旁，她想弄明白，她向你求援，但她被你抛弃了，你很快就感到她永远也不可能了解罗马的这些街道，它们对你来说通常都具有某种意义，她永远也不可能证实，甚至不可能听到罗马的街道对你的倾诉，而你觉得那些话语就像漫不经心看到的拉丁文一样，只要你有心，只要你从容不迫地加以考虑，解释起来应该是轻而易举的。

在你的沉默和无言以答面前，她厌烦了；突然之间，她对以前深深喜爱的东西统统感到厌烦，第一天刚过完，你就从她那疲倦的眼神里清楚地感到这一点，她真想走开，你也真愿意她不在身边，那么，在罗马，一切将在你眼中再次显得轻松愉快。

开始下雪了，在罗马这还是你头一次、也是唯一的一次看见下雪，那次下的不是像此刻所下的这种使山色迷蒙的大雪块，而是一着地就融化的雪花，街道变得泥泞不堪，而且，顷刻之间街上变得冷清，寂静无声，只有几个行人把外套领子扣紧，匆忙赶路。

她得了感冒，星期天一整天不得不躺在床上，而第二天你又必须去斯卡贝利公司，在那里待上几乎一整天，所以她只好一个人上街，她不知去哪里好，烦闷地逛了一个又一个教堂，在每个教堂里背上十几段数念珠的祷文。

无论如何她也想看看教皇，而你却不肯去；你也不想阻拦她；她回来时显得局促不安，但眼中闪烁着一种狂热。在那里重又和在巴黎一样，你们只是在吃饭时、晚上睡觉时才见面；动身回巴黎时你们两人都松了一口气。

要是你和昂里埃特没有在严冬、在寒潮期间如此愚蠢地来到罗马就好了，只是因为这次旅行已经多次延期，因为你有点恼火，所以才决定走一趟，一劳永逸……但是，要是你当时已经认识了塞西尔，如果她已经带着你探索了这座城市，打开了你因这座城市而变得丰富多彩的内心世界，那么当时在雪里、雾里、雨里，难道就没有办法去发现某种奇迹吗？

不过要是在你和塞西尔相遇之前没有那一趟不吉利的旅行，那你会如此热恋这个塞西尔吗？如果那时你已经认识她了，那你还会如此冷淡昂里埃特吗？那你现在还会坐在这列火车里吗？

当然，一切都会是另一个样子，而且，也许早就……

一个垂着长长白胡须的上了年纪的意大利人从门口朝室内瞟了一眼。

湖上笼罩着一层薄雾，云层变厚，下起雨来，雨点越来越大，车窗变得模糊起来。

你们两人回到车室又坐下来，你拿起你的书，而她靠在你肩上；但是你无心看书，因为你感到这次越过边界不仅仅只是暂时的，而且还没有你原先想得那么好，你觉得在这半个多月里，你和塞西尔待在一起的时间要比在罗马时少，你只能有时去看看她，还得加倍提防，你感到即使是这一次，那条边界也只是往后推了一点，而并未取消，分手的地点将在巴黎，而不在罗马，将是你们到达时的里昂车站，而不是动身时的特米尼车站。

你合上书，而塞西尔正在全神贯注地阅读，她低着头好看清楚字迹，因为汝拉山区正在下雨，黄昏已经降临到勃艮第地区，所以天色较暗，她的身体不再碰着你的身体。 你们两人谁也不说话。

呵，那时就已经（现在你才明白；而那时你只是感到局促，感到莫明其妙的焦虑，仿佛有个东西，有个厌烦和冷漠的恶魔正夺去你的灵魂；直到现在你才明白，因为事后你早就忘得一干二净，因为前几个星期你避免重温这种回忆，因为你没有时间，那么多操心的事不容你去分心；只有在你这段休息期间——秘密旅行期间，而这趟旅行不是给斯卡贝利公司办事，因此你已将公司的业务置于脑后了——只有到了这段空闲的假期，那段回忆才涌上心头，因为前几天你不愿意考虑任何可能使你产生怀疑的事，你唯恐对你终于做出决定的这一出路产生怀疑，怀疑它是否确实存在，是否现实，怀疑这种幸福和新生是否近在咫尺），

那时就已经维持不下去了，就已经解体、松弛、恶化了，那时就已经开始分手了，不但没有暂时越过边界，不但只是将它往后推了，而且这次推后要比你一贯想的短得多，其实它只是一种延伸罢了：你们不是在特米尼车站上，在转瞬即逝的一刹那间分手告别，而是缓慢地、痛苦地、一丝一缕地分开，这种分离在整个旅途中持续着，可是你们并不清楚发生了什么事，尽管你们一直坐在一起，你们所到的每一个车站，屈洛，布尔格，然后是马孔，博讷，都意味着你们相距更远了，就像过去每一次的分离那样。

你当时目睹这种对自己的背叛而无能为力，在车室里，法语交谈逐渐取代了意大利语交谈，时时伴之以片刻的沉默，同时，在你脑中，罗马的街道、罗马的房屋，还有这些街道房屋中在塞西尔面孔周围的罗马人的面孔，都随着火车驶过的每一公里而缩小范围，逐渐为另一些形象所代替，那是昂里埃特和你所有孩子面孔周围的那些面孔，还有你在先贤祠广场十五号住宅周围的那些房屋和街道。

车过第戎，你们一同去餐车吃晚饭，这时你的眼中露出一种悲怆的神色，仿佛你已感到你们两人都已沉入孤独的困境，天各一

方；你说些短而热情的话，你装出很幸福的样子，想以此来避免或掩盖这种不忠、这种流放，因为它们正悄悄来到你们中间，使你们咫尺天涯，而你好比是一个将女友尸体抱在怀中的未婚夫，抱也无用，她那骗人的躯体只能增加你的痛苦，只能证明你确实失去了她，她已经开始变了，变成幽灵，在她逗留巴黎期间，对你来说，她将自始至终是个幽灵。

在走道的窗口，火车灯光投射出的长方形微弱光框迅速掠过树干、斜坡和枯枝，你和她说话，以便驱散包围她的越加浓重的黑影，你不停地说，几乎不等她答话，仿佛稍一沉默，她就会消失，顷刻之间你就会面对着另一个女人、另一个你无话可说的陌生女人似的，你和她讲的主要是关于犬猎队队长的传说，他出没在高大树林和阴暗的岩石之间，他向四面八方发出同样的呼唤，但谁也听不清他在喊什么，他用一种很久以前的古老的音调说话，他可能在喊："你在哪里？"你向她这样说着说着，直到火车抵站。

在暖气铁皮上，洛伦佐·布里尼约尔的脚挪动了一下，弄乱了由粉红色和棕色的星星构成的小星座，并且盖住了其中的一部分，报纸揉成的小球被踢了开去，它在车座下几经周折才来到这个地方，现在又被踢到沟槽的另一面，沟槽上面是滑动门——车室的边界。

不要再去想老早的那次和塞西尔的巴黎之行了，还是去想想明天在罗马的事吧！

"即使我想出办法专程来罗马看你，也决不能让斯卡贝利公司知道我住在这里……"

“哎，怎么了，他们就不让你在朋友家住住？你怕他们查你的住址，怕他们调查这座楼房的舒适程度？”

“他们当然会这样干，也许会想办法瞒过咱们，不过，这也不一定，但无论如何我得提防这一手……即便如此，达·蓬特这家人……”

“算了吧，别以为他们那么天真，在这个城市里，他们那颗天主教徒的良心要寻求安慰还不是轻而易举的事，这附近就有好多有罪皆赦的教堂，清早走进一家教堂，譬如说，耶稣教堂吧，进去念叨几段祷文，就万事大吉了。你还真以为我们骗过了那几双锐利的老眼？他们对我们一清二楚，他们祝福一切。我敢担保他们一定派孙儿、孙女去盯过你的梢，看看你在哪里上班，住在哪里。对他们来说，只要面子上过得去就行，当然面子上一定要过得去。要是有女邻居来看他们，而我们又不在家，老奶奶或者她妹妹就会领着邻居参观整套房子，特别是我们那两间房，这样她就有机会解释说你是我的表哥，你睡在这张床上，而现场也证明了她的话，因为来客一定也是个眼光锐利、爱管闲事、多嘴多舌的女人。他们愿意我们尽可能地避着他们，就担心我们不谨慎小心。

“来吧，我肯定他们会同意的，只要我们的举止行动像过去那样，他们决不会妨碍我们；相反，他们会照顾我们，包括他们的孙儿、孙女和侄子在内，这些人有时来这儿，当然，谁也不会对他们说什么，但他们能猜得着，他们闻得出空气里这种味道，他们擅长言谈，也懂得沉默，他们会让我们一直住下去，还会羡慕我们。”

你们两人正站在亮房间和暗房间交界的门框处，她对你低声说这番话，她不是凑到你耳边，而是凑到你嘴边，她的嘴唇时不时碰到你的嘴唇。

“我在这里住了好几年，他们一直对我很好，尽管他们对我不拘礼节，尽管他们认为必须对我讲使我厌烦的一套又一套的大道理，他们的思想里有很多方面，特别是他们的宗教思想，我到今天还没有搞清楚。

“不管怎样，不管他们是想到还是没有想到（我看他们还是想到过的，正因为这样，我住在他们这里觉得很自在），他们的天主教教义和那一队队教士所传播的完全是两回事，那些教士活像是些大苍蝇，在罗马的面孔上慢慢地到处爬。

“不管怎样，他们知道（这点看得出来；你要是像我这样了解他们，你就会明白的，因为每次我们出门，我隔着厨房玻璃门向他们打招呼的时候，他们都用不寻常的神气看着我们），他们知道我们问心无愧，或者他们至少认为我们问心无愧（不，我这可不是在怪你；我知道你也这么想，或者，至少你努力这么想，为了消除你这个不痛快的眼神，我得赶紧再说一句，你有时也真做到了这一点，但愿我能这样说，你越来越经常地做到了这一点；是呀，你确实有进步，我们共同生活了两年，尽管很少在一起，我是很好地帮助过你的，你得承认，我确实帮助了你，使你越来越像一个自由而诚恳的人，你虽然有地位，有妻室儿女，有巴黎的住所，但你仍然梦想成为这样的一个人），他们认为我们问心无愧，至于这是出之他们的宽宏大量还是其他原因，他们才不管呢。啊，这种深入的谨慎的同谋关系对你大有好处！”

于是，她吻你，情深意长，随后她推开你，关上门，门的合页又吱呀响，她重新插上门闩。

“你要是还不拿定主意，还不让他们给你保留这间房，再过几星期，房间就肯定会租给别人了，再过几星期或是几天……”

“他什么时候走？”

“大概星期四吧，要不就是星期五，呵，我知道我讲了好多傻话；情不自禁吧，这在我是少见的事。我明白，你下次来罗马还得每夜离开我，还得去你那个酒店里过夜，而在这堵墙的那一边，将会有一个陌生的新人。该吃午饭了吧。”

维托里奥·埃玛努埃莱大街像往常一样熙熙攘攘，圣安德烈大教堂开着门，在另一面的小街上人头攒动，人们做完弥撒出来，有穿着白衣裙的年轻姑娘、穿着浅蓝色西服的年轻小伙子、穿着黑衣的老年妇女、束着各色腰带的忙忙碌碌的修士。

纳沃纳广场上那么多桌子都不见了，你上次来它们还在那里，一群群的人在广场上谈论着，广场周围有三四辆小摩托车在嬉笑叫闹声中相互追逐，每辆车上坐着两三个人，这就使宽阔的长方形广场恢复它作为竞技场的原始用途。

河流喷泉在阳光下闪烁。要不是天气凉爽，简直就像在八月份。你们走进特雷斯卡利尼餐厅。

车窗外雾气越来越重，你感到雪还在继续下着，不过稍稍稀疏了一些。又闪过一个车站，你看不见站名。

你挺直了身体，由于腰酸背痛你已经疲乏不堪，你心想还得在这个硬座上熬一整夜。你看表，才三点半，还有将近一个小时才到边境，还有十四个小时才到终点。现在又驶进一条短隧道。

两个男孩中的一个，年长的那个，想走出去，亨利，再过一两年，亨利也要到他这个年龄，不过穿得讲究些，更有风度一些，因为你会让他受到更好的教育，当然他没有这样壮实，不过这不碍事，既然他能得到那几张文凭，你和他母亲分居，这不会妨碍你继续和他见面，在你愿意的时候，在你们两人都高兴的时候见面，而不是在晚饭桌上履行那种沉闷的义务，不是在那种吵闹而无法忍受的同住场面中见面，这不会妨碍你继续督促他的学业，将来再替他找个好工作，尽可能支持他，

这不会妨碍他在你和塞西尔定居以后来看望你，来你家吃饭，而且找一个昂里埃特不在家的日子带你去先贤祠广场十五号，让你看看他房里的陈设；

你和他母亲分居这件事不会妨碍你在过了一阵子后有时还去看望她，你知道这不会妨碍你去看望她的；你将不让塞西尔知道。

又驶过一个稍长一点的隧道。

你应该将注意力集中在你跟前能见到的东西上，这个门把，这个物架，这个装着行李的行李架，这张山景照片，这面镜子，这张港口和小船的照片，这个带着盖子和螺钉的烟灰缸，这幅卷起来的窗帘，这个电灯开关，这个警报器，

把注意力集中在车室里这些人身上，集中在这两个意大利工人，集中在这个洛伦佐 · 布里尼约尔先生身上，集中在阿涅塞和彼埃尔身上，他们开始打呵欠，他们在彼此的太阳穴上轻轻吻了几下后又干劲十足地重新埋头看书，集中在那个男孩、两个男孩中年轻的那个身上，他正用衣袖擦着玻璃窗上的雾气，

为了使你内心纷乱的思绪平静下来，为了结束这种危险的、对新旧往事的杂乱的追忆；

别再想亨利了，想想刚出去的那个年轻人，或者想想他那个坐在窗旁的弟弟，可以肯定，再过几年，托马也不会像他，你可以管他叫安德烈，既然寡妇的侄子已经下了车，这个名字现在没人用，圣安德烈 · 德拉 · 瓦雷，你一直喜欢这个名字，你一定会给第三个

儿子起这个名字（但是在雅克琳以后，你就不要孩子了），想想这两个男孩吧，他们大概是回到山村老家去，他们一定是在尚贝里一所技术学校里，要不就在一所商业学校里待了一个星期，这个星期终止于星期五中午，这是因为他们家里出了什么事，还是因为他们的父母早上打电话叫他们回去？也许他们每天晚上都回家，而今天，只是因为老师生病，所以下午的课给取消了？

又过了一个隧道；天花板上的灯亮了。

坐在你旁边的意大利工人解开他背包上的带子，从包里拿出一个首饰盒，打开来，让他的同伴看一串黑玻璃珠项链，这是给他妻子还是给他情妇的礼物？你努力想听懂他们的谈话，但他们说的是你很生疏的方言。

男孩中年长的那个又回来了。窗外没有风景；玻璃窗变黑了，闪着反光，因为正通过隧道，接着玻璃窗又是雪白一片。

你还是到走道里吸支烟，一边用衣袖不时擦擦窗上的雾气往外瞧吧！

你又拿起放在搁板上不看的小说，将它放在座位上。

六

应该进去了；法国警务人员马上要来了。

你把烟头塞到烟灰缸里掐灭，发觉你身上只剩下八支烟了，你拿起座位上的书，将它放回到物架上。你的一举一动显得十分紧张。

洛伦佐先生的护照是绿皮的，阿涅塞和彼埃尔的护照崭新，有蓝色的硬壳面，坐在那两个男孩子位子上的两个意大利人的护照已经有些磨损，但是用得最旧的自然数你的护照了，这是老式护照，深褐色，封皮很薄，你从一九五〇年起就用它，而且已经两次延长有效期了。

火车停下来，天气显得更加闷热。你知道到了莫达纳，但窗上雾蒙蒙的，所以你什么景物也看不见，那也许是一片雪景。

漫不经心的法国海关人员走远了，阿涅塞和彼埃尔宽慰地彼此看了一眼，身穿灰绿制服、靴子上沾着冰冷的污泥的意大利人员让那两个工人解开他们放在原来座位上的背包，于是你看见他们拆开一包包衬衫、短袜和小礼物，洛伦佐先生则用厌烦的目光看着这个场面，一面用那翻开的护照朝脸上扇着，你不时地看见护照里面他的照片，你终于从反面认出护照上的姓名：埃托雷·卡尔利。

坐在窗边的那个人叫安德烈，但是你来不及看下去；另外那个人的姓名是以“蒂”结尾的。

海关手续办完，便响起关门声和汽笛声，火车启动了，随后又停住，剧烈地晃动了一下，这才真正开车，火车进入了塞尼山隧道。

灯一下熄灭了，一片漆黑，只剩走道里一支香烟的红点，它的反光几乎难以察觉，一阵寂静盖住了那种睡着时才有的沉重呼吸声，以及在看不见的拱顶下回响的车轮的隆隆声。

你看看表上的小绿点和指针，才五点十四分；突然，你不由自主地感到害怕，有件事可能会影响你，可能会影响你终于做出的重大决定，那就是你还要在这里待十二个小时以上，除了短暂的离开外，你要一直待在这个像有鬼怪纠缠的座位上，待在你自己的示众柱上，到罗马以前，你的内心还要受十二小时以上的酷刑。

重见光明以后，人们又谈起话来，但是噪音和头痛像是一道铁栅门，越来越把你和他人的谈话隔开；车窗渐渐变成灰色，接着，一下子变成白色。

彼埃尔用手帕在窗子中间擦出一块明亮的地方，你突然从那里看见车站闪过的一角，你很熟悉，这是巴多内基亚车站，在走道外侧，你也隐隐约约开始看到什么，浓雾使得矗立在天边的山的轮廓也模糊起来。

下星期二，当你为了这趟三等车旅行感到疲惫不堪时，当你拿出钥匙打开先贤祠广场十五号你那套住宅的房门时，你将看见昂里埃特一面缝衣服，一面等着你，她会问你这次旅行可顺利，于是你就回答她：“和往常一样。”

那时你可千万别露马脚，因为她会使劲打量你，当然，她不会相信你这句话的；难道她还不知道，不知道你这次旅行不同往常？你能向她藏起你那凯旋而归的笑容吗？能够使她对真正发生的事、对你所采取的决定始终一无所知、无法预料吗？你必须做到，一定要做到，这样才比较保险。

下星期二，当你到达巴黎先贤祠广场十五号以后，她一看见你就会明白的，明白她的害怕和你的愿望都将变成现实；你用不着告诉她，你瞒不过她，那时她会想尽一切办法让你说出详情，她会问你塞西尔该什么时候来，可是你也不知道是什么时候，你那时还不知道，你对她说你不知道，这是实实在在的真情，但她却不会相信你，她会用别的话或沉默来盘问你，于是你只有一个办法来摆脱困境，那就是一五一十地向她解释这一切是怎样发生的。

当然，最好是她一无所知，在塞西尔来到以前她什么也没有猜到，不过，既然她已经知道了……

下星期二，你将看到昂里埃特一边做针线活一边等你，你不等她提出任何问题就对她说：“我对你撒了谎，你猜得对，我这次去罗马不是为斯卡贝利公司办事，正因为如此我才乘八点十分的火车，而没有乘那趟最快最舒服的车，那趟车没有三等车厢；我这次去完全是为了塞西尔，为了向她证明我最后选择她而放弃你，为了告诉她我终于在巴黎为她找到了一个工作，为了叫她来，为了让我和她能永远生活在一起，她好给我带来那种不同寻常的生活，而这是你不能给我、我也不能给你的；我承认我对你是有罪的，这当然，我准备接受、准备承认你的一切责难，你愿意说我有多大错误，我都承认，只要这能稍稍使你感到宽慰，能减轻这个打击，不过现在已经太晚了，木已成舟，无法改变，这次旅行已是既成事实，塞西尔就要来了；你很清楚，你失去我，这没有什么了不起，你用不着痛哭流涕……”

可是，你知道她决不会流泪的，她只会一言不发地看着你，让你滔滔不绝地说下去而不插嘴，你说够了就会自动停住，那时，你才发现你是在你们的房间里，她已经坐在床上，她正在缝东西，时间已经晚了，你因旅行而十分疲乏，广场上正下着雨……

下星期二，当你走进她的房间时，你确实会向她讲这次旅行，你对她说：“我去罗马是为了向塞西尔证明，我要选择她而放弃你，是想让她来巴黎和我永远生活在一起……”

于是，在你身上响起了你那惊惶失措的声音，它在发牢骚：呵，不行，我费了那么大劲才采取的决定，可不能让它就这样垮台；难道我不是坐在这列火车上，朝着美妙的塞西尔驶去吗？我的意志和愿望原先是那么强烈……必须刹住我的思想，我必须镇定下来，将围攻我的这些形象统统打败。

但现在已经来不及了，这些形象就像锁链一样在这次旅行中变得更为牢固，它们随着火车稳当的运动而展开，尽管你尽力想挣脱它，尽力想分散你的注意力，好专心想想你已无法控制的那个决定，这些锁链却将你卷入它们的束缚之中。

你叫做彼埃尔的那个人，刚才你来不及看他护照上的真名，他不再隔着玻璃窗往外瞧了，因为火车驶进隧道，载着你奔驰的那列长长的火车的噪声又变得低沉起来，仿佛这声音是从你自己身体内发出的；在车窗上只能看到这些物体和这些人脸的模糊的影子。

十四点三十五分；太阳从左面照进特米尼车站；明天，后天，星期一，天气都不可能再那样暖和、晴朗。那是夏季的最后一块绿洲，它给即将失去光彩的美妙的罗马之秋涂上一层金黄色。

你像久别后重见地中海的游泳者那样，一头扎进这座城市里去，提着皮箱，步行来到奎里纳尔酒店，那里的服务员们用殷勤的笑脸迎接你。

那一次你不是度假；三点钟你在斯卡贝利公司有约会，你在那里一直待到六点半以后，天气那么好，于是你无法拒绝去维托里奥·韦内托街露天雅座喝上一杯的念头，当时塞西尔在等你，因为你按定期旅行的惯例，那一次也事先告诉她你要去罗马，你约她从大使馆出来以后去老地方——法尔内塞广场那家小咖啡馆见面，但是往常你总是比她早，六点钟就会到咖啡馆。

等你最后来到咖啡馆时，自然已经没有人了。不，没有给您留话；经常和您一起来的那位太太，当然见到了，不过她没有待多久，她朝哪个方向走就不知道了。

蒙泰德拉法里纳街，她的窗口亮着灯。给你开门的是老达·蓬特太太，她立刻喊道："Signora, signora, e il signore francese, il cugino."①

"呵，你总算来了。我正在想你是不是出差改期了，不知道出了什么事。"

她还没有脱大衣：你们立刻又下楼，一面在昏暗的楼梯上吻抱。

塞西尔知道带你上哪儿去，去特拉斯特维雷一家小餐馆，她的同事们说那里味美可口，她也想尝一尝，但是从台伯河小岛走显然

① 意大利文，小姐，小姐，法国先生，您表哥来了。

不是捷径，再说你们又在小巷里迷了路，因此回来时你便没有上楼去她房间。

这儿是隧道出口了，火车的声音变得比较清脆，但是黑夜即将来临，你隔着雾气已经消失的玻璃窗看到，在山上不同的高度，有些小灯亮了。在暖气铁皮上，你发现菱形图案好像是道栅栏，从那里升起了一股热气，好像是从暗藏着的炉子里发出来的。

大约也是在这个季节；也是个黑夜，天下着雨；你们两人一言不发地走出里昂车站；在那漫长的旅程之后，你们又累又冷。

人行道上站着许多人，你们不得不等了一会儿才雇到出租汽车。城市没有一丝愉快的欢迎的表示，而这却是你的城市，是她寄于无限希望的城市，是她热切渴望再一次重睹的城市，在她眼中，你是这座城市的使者，可以说是它的王子，因此，当她看见你突然淹没于人群之中，看见你和那些极不愉快的、久而久之叫人难以忍受的芝麻小事纠缠不清，她便不由自主地感到失望，她本希望只要有你在场，她就可以免去所有这些麻烦。

你将她送到事先给她选定的旅馆，在拉丁区，当然不会离先贤祠广场太近，免得昂里埃特常常碰见她，这家旅馆在奥德翁街，非常安静，相当舒适。

按理说，她本该上楼到房间里去梳洗一下，然后再下来找你，你们便可以一道去圣日耳曼德佩一家舒适的咖啡馆去消磨一晚上，可是她累得不行，而你，你原先也过高估计了自己的体力和精力，于是你们便在街上分手，约定第二天在你办公室门口见面，一道去吃午饭。

你提着皮箱走着，顺着亲王殿下街走，就好像你来到了一座陌生的城市，举目无亲，正在寻找一个安身之处，这使你回想起多年以前，那时你既不富有（如果你现在可以说是富有的话），又没有结婚，就好像你一下子丧失了那构成你立身之本的、构成你的稳健和你外表的一切因素的东西似的，你觉得这条街出奇地长。你穿过寂静无人的先贤祠广场，钻进电梯以后才松了一口气，才恢复镇静。

昂里埃特听见你的钥匙在锁眼里转动，便从她正在做针线活的客厅里走出来。

“你的火车误点了？”

“没有，哪里的事，我送一位在罗马和我有交往的太太去旅馆了。她一直对我很好，我想我们应该请请她，这是礼貌。她说她很想认识你，认识孩子们，等等。哦，找个晚上吧（她在这里要住半个月左右）。星期一或星期二家里没有客人，我给她去个电话，问她愿意哪一天，然后再告诉你。

“我再也不乘这趟车了，太累，在罗马也节约不了多少时间（下午和晚饭的时间），我跟他们说了，下一次，如果我在罗马吃晚饭的话，我就第二天再走。对了，明天我不回家吃午饭。”

在越来越透明的玻璃窗的外边，在越来越阴暗的天空下，在山上，在原野上，越来越多的村庄亮起了灯，但火车进入隧道，隆隆声又变得低沉起来。在窗子外面，你身旁的那扇门的影子映在朝后飞驰的黑岩石上。

你在奎里纳尔酒店窄小的房间里被摩托车和电车的响声吵醒。

你推开百叶窗，等待天明。

斯卡贝利公司的日程排得并不太满，你顺顺当当地在一点整来到法尔内塞广场的小酒吧间。

一个周末献给了博罗米尼，另一个周末献给了贝尔尼尼，还有一个献给了卡拉瓦乔[①]、圭多·雷尼[②]、中世纪前期的壁画以及早期基督教艺术的镶嵌画；特别是你们还用几个周末去尽力探索帝国各个阶段的遗迹，如君士坦丁时期（君士坦丁凯旋门、马克森提乌斯大会堂、卡皮托利尼博物馆中君士坦丁那尊巨像的残片），安东尼时期，弗拉维时期，恺撒时期（那时的殿宇、帕拉蒂尼山上的宫殿、尼禄的金屋），在这几个周末，这东一堆西一堆的庞大废墟引起你们的遐想，使你们去想这些古迹过去的盛况，这座城市当初威震天下时的形象；因此，当你们漫步在古罗马广场上时，你们不仅置身于可怜的石块、残缺的柱头、巨大的砖墙或墙基之中，而且还置身于你们所共有的异乎寻常的想象之中，它每次都变得更具体、更确切、更真实。

当你们跋涉、朝拜、寻求于一个又一个方碑间时，你们明白，要对罗马进行系统的探索，就必须参观一座座圣保罗教堂，一座座圣乔万尼教堂，一座座圣阿涅塞教堂，一座座洛伦佐教堂，这样才能深入了解并勾勒出和这些名字有关的圣像，抓住这些圣像并利用它们，这无疑会使你对如此被错误理解的基督教世界本身，对这个不断崩溃、腐化、并在你头上倒塌的世界有十分奇特的发现，而你正试图在它的首都就地清除它的废墟和灰烬，但是你不敢对塞西尔

① Michelangelo Merisi da Caravaggio（1573—1610），意大利画家。

② Guido Reni（1575—1642），意大利画家。

讲得太多，你知道她不想理解你，因为她怕你传染她，因为她有着罗马人的迷信。

上个月，你们活动的中心是彼得罗·卡瓦利尼，上星期五，在法尔内塞广场的小酒吧间里，你们在去银塔广场吃午饭之前（因为那不是周末，你们不能走远），你说很奇怪，你们从来没有探寻过米开朗琪罗作品的残片，进而收集他在这个城市里活动的遗物，就像伊希斯①和何露斯把俄塞里斯的肢体收集起来那样。

于是她笑起来：

“我明白你想说什么，自然是西斯廷小教堂啰，你想用这一手让我非去我深恶痛绝的梵蒂冈不可，它像癌一样寄生在光辉自由的罗马的侧面，它是一包脓，却愚蠢地打扮得金碧辉煌。

“你连骨髓都被基督教腐蚀了，尽管你一再否认，你的虔诚愚蠢极了，哪一个罗马女厨师也比你思想开明。

“噢，我早料到有一天你会提出来的，不过我很害怕这种迷惑人的药，它使我失去了许多东西，此刻正使我失去你，所以，我不会干蠢事的，我不会进去，何况是和你一起进去，我不会走进那几堵该诅咒的围墙中去，那里的一切只会助长你的懦弱。”

她那模样实在可爱，她笑她自己，笑她那股无名火，她亲亲你，试试她对你的威力怎样，因此，要对她解释说她完全弄错了，试图和她讲道理，那都是根本不可能的，也毫无意义。

“不过，你要坚持的话，我们可以去看看《摩西》，还有，你知道吗，就在我家旁边的圣安德烈大教堂的侧殿里，收藏有米开朗

① Isis，古埃及女神，她在儿子何露斯（Horus）的协助下，收集了她丈夫及哥哥俄塞里斯（Osiris）的尸体。

琪罗主要雕像的复制品，都是很久以前的。”

火车的声音变了，提醒你已经出了隧道。阿涅塞一只手轻轻敲着那块薄薄的“俯身窗外危险”的金属牌，掩住了一个长长的呵欠。乌尔齐奥克拉维埃车站过去了，车站办公室里灯火通明，一盏路灯照着站名牌。

贝雷蒂，或者佩雷蒂，或者切鲁提，不，是切雷蒂，你在他的护照上看到的是个“蒂”，他说声“对不起”，走了出去，和一个穿着白皮长大衣的女人交臂而过，她肯定是意大利人，脚上穿着一双十分精致洁白的鞋，他的同伴安德烈将放在你身旁的背包拿起来，放在自己的双膝上，他多半知道，多半感到快到目的地了，他们两人很可能都在都灵下车。

阿涅塞和彼埃尔向穿蓝上衣的餐厅人员买了两张第一批用饭的餐券，你要的是第二批用饭的餐券，这是出于习惯，你不愿意从晚饭后到熄灯以前，到顶灯中央的小蓝灯泡发出宁静的暗光以前，留有一段相当长的空闲；你饿了，但并没有坐不住；你饿了，但并没有胃口，你需要的是葡萄酒或烧酒；在这种饥饿中夹杂着烦闷和厌恶，当然，你最好再等一等，等到实在饿了。

这时，法塞利，不，法塞蒂，或者，马塞蒂又说着“对不起”走了进来，挨着安德烈坐下，然后把他那个放在彼埃尔和洛伦佐中间的背包拿过来放在膝盖上，洛伦佐这回没有订座吃饭，就是说他要在都灵下车了，他的妻子在那里等着他，一听见他的钥匙在锁眼里转动，她就会赶紧将 pasta① 放进煮沸的开水里，开门的钥匙此刻

---

① 意大利文，面条。

他正拿在手中，它和一把夹子一起套在一个环上，他正用夹子剔指甲，那个女人的年纪多半和昂里埃特差不多，也许他女儿也在等他，她比玛德兰稍大一点（因为他一定比你结婚早），大概已经给他添麻烦了。

女儿一面等他，一面摆桌子，不，也许她不在家，她借口说要去一个女友家吃饭，其实是去男朋友那里，她母亲对她说："真是的，赶上你父亲从法国回来这个日子……"这就惹得她大哭一场。

卡内蒂或者帕内蒂打开背包上的口袋，从里面掏出刀子、面包、黄油，向安德烈递去一片涂上黄油的面包，安德烈打开一个纸包，里面有薄薄几片色拉米香肠。

他们都要下车了，这三个意大利人；他们将迈着几乎一样齐的步伐在月台上走，一直走到售票口，到了那里，两个工人真诚地大声和洛伦佐说"再见"，仿佛他们是老朋友似的，然后他们各奔东西，很可能再没有机会见面了，也许哪一天他们会在街上擦肩而过，但毫无觉察。

明天上午，他要在办公室里处理一批没有及时答复的信件，将近一点钟时他才能回家吃午饭，他让女秘书和他一起留下，好在那台老式的斯卡贝利牌打字机上打信件，她要求换打字机已经有一年了，他们两人都不会有什么好情绪，大概正是由于想到这一情景，再加上疲乏和饥饿，他刚才还十分安详的面孔变得紧张起来。

他剔过指甲，便把那串钥匙放回兜里，抬起眼睛稍稍不安地瞧你一眼，好像你就是他的老板似的，好像他害怕你对他这小小的修指甲动作有什么看法。（这和他某一秘密有关？他感到泄密了？他如此关心他的两只手，并不是为了他妻子，而是为了另一个人，那个人将到售票口来等他，会和他一起去圣卡洛广场上一家餐馆吃晚饭？）

你在他望着你的那双眼睛里突然看到了惊讶和几乎是怜悯的眼色，好像你的脸变了样，好像你脸色疲惫，眼神惶恐不安，好像从他上次端详你到现在，你一下子变老了好几年；他转过脸去。

餐车的职员摇着小铃，和一个穿黑衣裙的女人擦肩而过，女人是意大利人，弓着背，就像库迈瘦瘦的女先知①，就像老达·蓬特太太一样。彼埃尔已经好久没看书了，他合上书，站起来，对着镜子整理一下领带，从你脚上迈了过去。

布索利诺车站过去了，在逐渐深沉的黑夜中出现了一片灯火。阿涅塞也跟着走出去。火车进入隧道，隆隆声又变得低沉起来。

你付了饮料钱，转身对她说："我们也许还来得及在午饭前去一趟。"但是，当你们来到维托里奥·埃马努埃莱大街时，大教堂的门关着，所以你们到晚上才进去，侧殿里光线又很暗，可以说你什么也没看见。

太阳已经落山，被一阵冷风卷起的一团团紫色的尘土在无轨电车的轨道上旋转；你们加快脚步，想在晚饭前去圣彼得锁链教堂看看，因为你觉得这个时刻最合适。你记得你已经看过《摩西》（这是和昂里埃特一同来罗马时看的？），当时，在一片漆黑中，只有这座雕像受到强光的照射，这使《摩西》头上的角仿佛真是两只发光的角。

大门是关着的，罗马已进入黑夜，群星在梵蒂冈上空闪闪发光，雾气从街巷里升起来，那里亮起了灯光和招牌，而屋顶则沉入

---

① 即史诗《埃涅阿斯纪》中的女先知西比尔。

黑暗之中，在一片嘈杂声中可以听到刹车声和扳道岔的嘎吱声，还有另一种喧闹，那是从门窗里传出来的管风琴的乐声和压低的歌唱声，这说明里面正在举行仪式。

你们围着教堂走了一圈，穿过修道院的花园，看到教堂里正在举行圣体降福仪式；祭坛被香烛和灯泡照得通明，香烟缭绕，有些女人跪在殿堂深处，念念有词；有好几个外国人站在那里瞧《摩西》，它像古代罗马神的雕像一样，好像涂了一层油或一层溶化的黄色油脂。

塞西尔用手拉着你，你们便回到叫人讨厌的卡武尔街上。

“明天再来吧。”她说。

“可明天我们还有好些别的东西要看哩。”

“除了你的先知、女先知、《审判》、《创世》①以外，你还要看什么呢？我们是不去那儿的。”

“比方说，看看戴克里先公共浴室里的天使与殉教者圣母大殿，还有修道院。”

“那座可怕的圣布鲁诺雕像，不知出自何人之手？”

“那是乌东②的作品，最好看他在巴黎的作品。从艺术方面看，应该说这个布鲁诺是最叫人难受的圣徒了。”

“从别的方面看呢？”

“我不知道。反正他得不到我的信任。”

“那有些圣徒还是得到你的信任啰。你得像躲避瘟疫一样避开圣体降福仪式，要不你就去你那宝贝的圣彼得教堂，那个大的教

---

① 此处均指梵蒂冈西斯廷小教堂中的壁画。

② Jean-Antoine Houdon（1741—1828），法国雕刻家。

堂，去看圣体降福仪式，去体验，去品味，那样才能一劳永逸地看个够。可就别让我陪你去，我在trattoria[1]等你，等你结束这次可怕的体验后，我再来给你打气，你睡时我会守着你，你会梦见庞大无比的圣布鲁诺，当然我不能照料你一整夜……亲亲我。”

“别在这儿，去pizzeria。”

有几个工人正靠在桌上玩塔罗纸牌，其中一个完全喝醉了。

“还可以看看柱上的基督，在神庙遗址圣母堂里，那好像是罗马唯一的一所哥特式教堂。”

“那是世界上最难看的教堂了，它在我们那一区，从法尔内塞宫出来正好去那里。”

“然后咱们去皮亚门附近吃饭，不过，教堂里只有一侧陈列着他的作品……”

“一会儿查查我那本战前出版的蓝皮指南。另外，还有些别的东西，我还没有见过的别的东西，在一座别墅里，离这里大概相当远，那里有一幅pietà[2]，你感兴趣吗？”

就这样，第二天你们雇了出租汽车去圣塞韦里诺别墅，可是你们到了那里，看见门上写着它每星期一十点到十二点之间才开放。

于是你们用全部时间来安安静静地端详圣彼得锁链教堂的《摩西》像，那时离圣体降福仪式还早，离太阳落山时间还早，你们单独待在十分寒冷的空殿堂里，没有聚光灯；雕像站在那里，仿佛是阁楼上的幽灵，而尤其是，你走了一处又一处，一幅幅作品看过去，却总感到缺少一点什么基本的东西，你伸手就可以得到这种东

① 意大利文，小饭馆。
② 意大利文，圣母怜子图。

西，但是，有塞西尔在场，你就没法看见它，而你又不愿意和她谈起它，你明白她也在想这个，你们两人都被那些先知和女先知，被那不在场的《审判》所缠绕，你们两人都意识到这次出游是多么荒谬，你们都沉默不语，一点也不需要露出相同的失望心情，一点也不需要说："是的，《摩西》像，不过除此之外……"因为你们都明白，除了《摩西》像以外，罗马还有别的东西，你们痛苦而不光彩地感到不好受，这种不好受是你们共同的懦弱引起的，你们在圣塞韦里诺别墅前吃了闭门羹，自然很恼火，但你们很快就默不做声了，因为你们明白，不管那幅 pietà 多么感动人，它决不能解决问题，填补空虚。

在蒙泰德拉法里纳街，她在做饭，你躺在长沙发上翻阅《时代》，她忽然转过身来，一面用三色条纹抹布擦手，一面对你说：

"有时候，罗马真使我感到厌倦……"

"你下次度假是什么时候？"

"是呀，只是度假。你，你到这间房里来只是为了度假。你到罗马来只是为了去斯卡贝利公司，过一会儿你还得回到你的酒店去。但愿我能相信你，但愿你能向我证明……"

（你今早八点十分乘上这趟火车正是为了给她这个证明。）你们两人都熄灯躺下以后，你的眼睛还不时瞧瞧你手腕上的表的那些发光的数字，她轻声对你说："明天早上别来太晚了，我准备好茶和烤面包。"你便吻她，没让她往下讲，但是第二天早上你却忘了。

在窗外，现在大地和地心深处一样，完全是漆黑一团（只是在隧道里，火车才发出和原来一样的声音），天空中只剩下几道绿光，几片还能分辨的云彩，云彩中间露出几颗星星，还有山坡上房屋的灯光，公路上车灯的光亮。

在巴黎，那时塞西尔正在度假，而你没有，也差不多是现在这个季节，你在办公室里熬过漫长的钟点，一直挨到下午，仿佛你只是普通职员而不是经理，你走出来便看见她在下面，在雨中等着你，她穿着一件带风帽的浅黄色雨衣，两手插在兜里，叉开脚站在那里。

“什么鬼天气！”

“你不亲亲我？”

“在这里不行，在这一带不行，亲爱的。很抱歉让你在雨里站着，下一次……”

“嗨，那有什么关系？别的时候，你就得和你妻子一起吃午饭了……”

“并不是每天如此。”

“但也差不多。”

“我不只是和妻子一起吃饭，还得和别的人吃饭谈生意，在罗马时也那样。”

“那你陪我吃饭的时间就更少了。”

“你在这里得待两个星期……”

“我知道，可时间过得很快。咱们又要乘火车……”

“先别想这个。咱们去哪里？”

“在巴黎我听你的。”

“去的地方有的是。你想上哪儿？”

“随你领我上哪儿，我只希望这一次不同寻常。”

“去右岸还是左岸？”

“右岸有你的工作，左岸有你的妻子，很难做出决定。”

“那么去岛上吧，不知道那里有什么饭馆，不过一定找得着。来，上车。”

你越过轻松自在的塞西尔的侧影，隔着雨淋淋的玻璃窗往右瞧，看到卢浮宫的拱形狭廊，然后是卡鲁塞尔凯旋门，还有远处依稀可见的协和广场的方尖碑，然后，你沿着塞纳河行驶，便看到高耸在万家屋顶之上的圣母院的灰色塔楼。

你们来到一家临河的小饭馆坐下，桌上摆着红白方格的餐巾。

“我和昂里埃特谈起了你……”

“怎么？”

“呵，我什么也没有对她说，你放心。我想你愿意认识她吧，愿意看看我的家，我的孩子，再说，我们不是一致同意，既然有一天总得告诉她……总得告诉她的，是吧？”

“是的，当然，总得告诉她。”

“既然有一天总得告诉她，那么最好利用现在这个机会让她慢慢有所准备，我们一直讲要避免轩然大波，是吧？”

“是的，是的，我们一直是这样讲的。”

“那么，你们必须见见面。你会欣赏她的，会这样的。一切都会顺利，她会看出你的优点，那样一来，将来向她解释的时候，事情就便当得多。”

“当然，事情就便当得多，对你来说。”

“你为什么挖苦我呢？这个主意是我想出来的吗？我倒愿意谁也不知道你来巴黎。你不是亲口对我说过多次，说没有理由感到不妥，说其实一切都简单明了，应该面对现实，应该完全抛弃我无法摆脱的那种宗教和资产阶级教育给予我的思想方法？这些话，你不是对我说过上百次吗？所以我跟她谈到有一位住在罗马的女士，我告诉她你的名字（我记不清有没有告诉她你的名字），我说你曾经为我帮过大忙，我们应该请请你，这是礼貌……”

“那她是怎么想的？”

“她是怎么想的，我不知道。她跟我说星期一或星期二请你，这时间对你最合适了。她肯定有几分戒心，不过也很好奇，她受的是宗教的和资产阶级的教育，她一定在想……是呀，她受的是宗教的和资产阶级的教育，而她根本不想摆脱这种影响，相反，多年以来，这种影响越来越强烈，越来越束缚人，越来越阴暗，我认识她的时候她可不像现在这样，正是这个原因，我受不了她，我多么需要你，因为你代表解放，这一点你也明白。但是我必须尽量少伤害她，因为还有那几个孩子，因为……你知道因为什么。我深深爱你，正是因为你很了解这一切，因为这都是你对我说的，因为你觉得这一切很简单，而我和你在一起的时候，也觉得很简单，但是和她在一起的时候却……啊，她什么也不说，特别是现在，她什么也不说，不过，她不需要说什么，和她在一起，一切都那么复杂，既荒唐又无法叫人忍受，你明白我的意思吗？”

“完全明白。”

“那你为什么非得让我费这番口舌来解释呢？当然啦，你要是不愿意来，就不来好了，她决不会生气的。”

“我当然要来，我愿意来，我要看看那座房子，那几扇朝着先贤祠圆顶的窗子，看看你的家具，你的书籍，你的孩子，你的妻子，我当然想知道她的面孔是怎样的，她的沉默是怎样的，她那副轻蔑生硬的笑容是怎样的，你很少对我描述这些（因为你在罗马很少和我讲起这些，你将你的巴黎生活统统抛得远远的，好像你希望它不存在，至少对我来说不存在，好像你愿意自己在我眼中仅仅是一个与我相会的男人，可惜我们难得相会），你很少描述，但你用的字眼、你的缄默、你的恼怒，我是忘不了的，我想看看这个女人长得什么模样，才使你如此难分难舍。”

“你别嫉妒，你没有理由嫉妒呀。”

“我不嫉妒，我怎么会嫉妒呢，我明明知道是我使你变年轻了，只要看看你在罗马是什么样子，在巴黎这儿又是什么样子，我就明白了。我不嫉妒，我要去和她较量，到妖怪的窝里见妖怪。”

“妖怪？这是个不幸的可怜的女人，她想拖我和她一道沉到那烦闷的深渊里去。”

“我要去看她，看这个可怜的女人，你可以对她说，我星期一去，她将接待我，我会很出色地扮演自己的角色，我会摆出一副直爽的贵妇人的派头，我会观察她，她也会观察我，我们彼此会客客气气的。”

“你要客客气气的。”

“我们两人都会客客气气的。你会看到我多么了解她。我会把你当作一个交情很浅的熟人，当作一个我确实帮过忙的人。”

“她不会猜到什么吧。”

“她什么也不会流露出来。”

“千万别笑。”

“你不会想笑的。你不会用亲密的你来称呼我，这我放心。尽管你是位经理先生，你还像个孩子，至少当你和我在一起的时候，正因为这个我才爱你，因为我想使你变成大人，而她并不知道要这样做，尽管你表面上看起来是个大人。她已经使你快变成老头了，你是不承认这一点的，这当然喽。你别管我们。我们会举止得体，一切都会顺顺当当。你瞧吧，我会欣赏她，她也会看出我的优点。而你呢，当我们亲热说话的时候，你会坐立不安。最后我会对她说这个晚上过得太好了，于是她会请我再去，我就接受。你瞧，我可不像你想的那样，我丝毫也不恨她，我什么时候向你流露过我恨她呢？”

“那么，星期一去，说定了？”

“说定了。”

你们再没有话要说了。等待这次见面吧。现在该动手吃端上来已经很久的冷盘了。你得快一点，一小时已经过去了。你啃着自己盘中的橄榄，一面瞧着玻璃窗外，雨水打在十五匹马力的黑轿车上，背景是圣母院的半圆形后殿。

在暖气铁皮上，你觉得菱形格子像大蛇身上的鳞片一样在蠕动。现在只有村舍、汽车及火车站的灯光划破玻璃窗上的影子，那个最年轻的意大利工人的侧面以及他身后的车室在窗上的映影显得短暂而易逝。

抵达热那亚时，天刚破晓，地中海上的黎明是那么阴暗，那么寒冷，接着天空便明亮起来，你度过了难熬的一夜，如今还腰酸背疼，你在这瓢泼大雨之夜穿越了罗马的田野，除了间或出现的火车站以外，没有一丝光亮，而火车站几乎都是空荡荡的，只听见行李搬运车忙乱的往返声，还有几声吆喝声，吆喝的人或者看不到，或者正拿着摇晃的提灯在雨中的月台上远去，这一夜，你可以说没有合眼，你时时看表，计算还有几个小时才天亮，还有几个小时过边境，还有几个小时第二天才天黑，你计算什么时候到达巴黎，什么时候你才能在先贤祠广场十五号的家里躺下来，你自言自语地轻声念着那一串车站的名字，你已经背得出这些站名，至少背得出主要车站和停靠站的名字，还有因某件小事或者因历史上某一事件、某个古迹而为你所知的车站，你瞧着昂里埃特不安稳的睡眠，她渐渐靠近你，她紧紧偎着你好暖和一点，她的头靠在你肩上，你抚摸她的头发，多少年来，也许自大战以来，你就没有这样抚摸过她，而好几年以前，你们头一次谈到去罗马时，你就渴望能在阳光灿烂的罗马抚摸她的头发，你一面抚摸她一面想，今后也许只有在她沉睡时你才能真正占有她，真正接近她，罗马本该将你俩结合在一起，而现在，由于这段不顺利的逗留，由于这次重度蜜月的尝试归于失败，庞大的罗马插足你们中间，将你们隔开，而你觉得自己十二万分眷恋罗马（你从未像那次远离罗马时感到罗马如此强烈地吸引你，你抚摸着这个女人而又恨她，是她夺去了你的罗马，使你与它分离），你现在热切渴望了解和研究罗马，这个睡不安稳的女人正靠在你肩头低声埋怨，而事实证明你已无言以对，她埋怨自己空欢喜一场，当然她没有能力帮助你，因为在这个领域里，她对你寄托着希望，她感到自己已逐渐被排出这个领域之外，而她等着你将她领进去，以便重新找到旧日的你，大战前你们两人做第一次旅行时她所认识的你。

天空终于明亮起来，浓云散开，因为虽说一过比萨，雨就停了，但浓云还一直沉重地低悬着，正如巴黎这个季节的天气一样，浓云使风景和平滑如镜的海水的颜色都变了样。除了车轮和铁轨不断发出低沉的声音之外，除了金属物品不断震动的声音之外，车室里静悄悄的，每个乘客都睁开眼睛，伸伸手，捏着脖子左右晃动，搔着满头乱发。

冬日强烈的阳光终于穿透了这个满是缺口的毛茸茸的阴暗的表层；你们终于说起话来了；她说：

“咱们挑了一个糟糕的时候去罗马。”

你知道她这是极力想原谅你，为了不想对你说出你存心挑这么个糟糕的时间是为了让她失去再一次来麻烦你的愿望，你知道她也竭力想忘掉这几天，虽然她心里明白这是不可能的，因为这次旅行的失败只不过证实和突出了她已从你身上所感到的一种失败，并且她早已经为此责怪你了，这次失败所造成的隔阂只不过证实和突出了你们中间已经存在的隔阂，多年来她也明确意识到这种隔阂在增长，她本想借助这座城市来遏止它，她猜测，过去那些漫长岁月里的你一定是藏在这里，但其实它只藏在梦想中而已，这是个悲剧，而从现在起，这就是明摆着的事了，它藏在一个你根本不想解释清楚的梦想中，所以她对你表示轻蔑是有道理的。

在她那深邃的目光里，终于出现了一丝微笑，它击中了你；她试图一跃而越过深渊，使伤口愈合；她和你谈起巴黎，谈起在她父母家里盼望着你们归去的儿女；你们之间又有了话可说，谈经常谈的事，虽说这再也不能使你们两人中任何一人感到满足，但这已经算是不错了，而把这一类的话继续谈下去在当时是绝对必要的，因为，除此以外，你没有别的东西，你当时还没有任何选择的余地。

你们驶过都灵；你们越过的正是眼前被夜幕笼罩、而当时却是在阳光下明媚的景色，这些白雪皑皑的丘陵，然后是高山，但当你们穿过条条隧道往山上爬的时候，窗玻璃蒙上一层水汽，水汽变成了霜，你刚才所看见的消失在暮色中的全部山谷和村庄被一片白色密林遮住了，有个孩子正用指甲在上面划着字母和图像。

过了边境，通过海关以后，窗玻璃又变得清澈透明，到汝拉山区时下起雪来，接着又下起雨来，到马孔时天已黑了，车一公里一公里地慢慢向前进，疲乏再次猛烈袭来，令人难以忍受，昂里埃特的面孔又重新变得严峻而忧虑。

到了枫丹白露森林，犬猎队队长向你呼喊："你疯了？"你们穿过森林时，你多么盼望赶紧回到巴黎，回到你的房间，回到你的床上！当你们两人都在床上躺下以后，她轻声对你说：

"谢谢你，不过我累极了，旅途时间太长了。"

她在枕头上转过身去，一下便睡着了。

你也明白，她感谢你，不是由于你带她去了罗马，因为你根本没有真正带她去，而是由于你把她带回了巴黎，在这里，如果她最终会远离你的话，她至少还有这几个儿女、家具、房间，还有她习惯了的事物，还有她所赖以生存的基础。

一个男人出现在门口，一个老头子，他左右瞧瞧，猛地转过他那像以西结[①]一样的满是络腮胡子的面孔，定神看了一下玻璃窗上他那十分清晰的影子，影子微微颤动，被远处倒驰的几点灯火划破了。

那是星期六，你们当然都很高兴能再会面，能彼此吻抱。

"你重新习惯巴黎了吧？"

"第二夜我就习惯了。我走在街上，仿佛从来没有离开过巴黎似的。当然，一切都和原先不同了，店铺的颜色变了，而且买卖也

① Ezekiel，公元前犹太人先知，罗马西斯廷小教堂中有他的画像。

变了，有一家黑灰色的针线铺现在成了红颜色的书店，不过，这就好像是种节日的装饰，为了欢迎我似的。”

“我原来还想带你去逛逛，让你看看这一切，就像你向我介绍罗马一样。”

“我盼的正是这个。”

“可你不是很熟悉了吗？”

“我全忘了，全得重新看看，只有在重见这些事物时，不管它们变得陈旧还是变得崭新，我才能回忆起来。你一定知道许多我从来没有去过的好地方……”

“我怎么知道哪些地方非常好呢？”

“多怪的问题！你带我去吧，不管你带我上哪儿，我一定会发现某件我曾爱过的东西，某件我曾在罗马模模糊糊地想望过的东西，或者我会发现某个新的理由，让我对这么快就回去感到遗憾，因为，当你不在那里的时候，我在那里感到非常孤独，现在我已经傻傻地依恋你了。”

晚秋季节一个风和日丽的日子，你们顺着歌剧院大道走。

“卢浮宫里有些新馆，你一定没有看过，不过我们不能在博物馆里消磨这个下午呀。”

“我们不是博尔盖塞别墅和巴尔贝里尼宫的常客吗？”

“那是在罗马。”

“难道在巴黎我就不该像你在罗马时那样吗？”

“那就应该同样仔细地研究这座城市了。”

“那我就该常常来，在这里待得更久，在这里定居下来，这样我才相信你的鉴赏力，相信你的愿望总有道理。你是在什么时候看过那些新馆的？”

“至少有一年，也许两年了，我记不清。”

“而今天，因为我在这里，你想再去，因为我在这里，你又不敢再去，怕我厌烦。我对绘画又不是一窍不通，你干吗忽然害怕起来？干吗有顾虑？难道你突然觉得我是个陌生人？我们不是兴趣相投吗？你在罗马的时候总是说：‘一定得去看看某某教堂、某某废墟，去看看立在田野里或立在房屋之间的某块石头。’你的声音充满激情，你的眼睛闪着光，仿佛在宣告一件即将实现的大快事，你的神情严肃，不容旁人提出半点小小的异议，我不总是跟着你去，不但顺从听话，而且还兴致勃勃吗？”

“这只是因为你完全可以不用我陪，独自去卢浮宫。”

“你为什么要我一个人去，而不要我和你一同去呢？你为什么觉得我妨碍你？”

“我只是想使你高兴，何必说这些叫人伤心的话呢？你决不会妨碍我，这难道还用我对你说吗？”

“永远不会？任何地方都不会？”

“妨碍我的是其他的一切，即使你在巴黎，在我身边，昂里埃特也将我们隔开。如果你也使事情复杂化，我怎么能显得从容自然呢？”

就这样，饭后你们参观那些展厅，几乎没有交谈一句话，只有当你们来到罗马的雕像前，来到克劳德·洛兰的风景画以及你们非常赞赏并认真观看的帕尼尼的两幅作品前，你们这才说起话来。

和她分手以后很久，晚上你躺在床上，躺在已经入睡的昂里埃特身边时，你才想起你原来说第二天开车带她去郊区的，这件事你却忘得一干二净了，你只是简单地对她说：“星期一再见。”

星期一，她绝口没有提这件事。她打扮得很漂亮。她一走进客厅，她们两人便彼此打量、观察，仿佛是两个即将扭打在一起的角斗士，而你，你等着爆发一场口角，你胆战心惊，你在倒酒的时候，手簌簌直抖，你只得像火车餐车里规定的那样，用手拿着酒杯倒酒，仿佛整个饭厅都在颤动，仿佛随时会发生巨大的震动，会发生进站时的急刹车。

只有玛德兰和亨利和你们一起吃饭（托马和雅克琳在厨房里吃过饭已经上床了），他们看看那位太太，又看看你，他们欣赏她，他们一声不吭，尽量规规矩矩，把肉切成很小的小块慢慢嚼，仔细擦擦嘴才喝上一口，你那一反常态的笨拙使他们困惑不解，他们感到这位女客身上有点什么对你来说非同寻常的东西，感到你这种状态正是由于她，他们意识到你惶恐不安，警惕小心，他们不明白你为什么要害怕，所以他们也害怕起来。

只有昂里埃特仿佛什么也没有觉察到，她微笑着，按铃，指挥女佣，有条不紊，她和塞西尔一样和蔼可亲，由于你沉默不语，她说话几乎和塞西尔同样多，同样得体，她谈罗马，讲她的几次罗马之行，并且对塞西尔提出了各种各样的问题，询问她的家庭、住处、职业，使塞西尔说了一些你还不知道的情况。

使你担心害怕的口角并没有发生，你逐渐意识到她们的谈话着实巧妙，她们的微笑有点假，在她们相互的关心里带有几分策略，不仅如此，你还意识到她们面对面时，彼此确实毫无敌意，这两个情敌相互赞赏，此刻她们的眼里相互还流露出一种真诚的敬意，除了你之外，她们没有任何彼此憎恶的理由，而你却陷于焦虑和缄默之中不能自拔，所以，她们的注意力便逐渐从你身上转移开去，她们的思想离你远去，她们相互靠近，和谐一致，结成对付你的联盟。

带着一种恐惧的心理你目睹了这个奇迹：塞西尔，你的救命恩人，她背叛了你，站到昂里埃特那边去了；在她们的妒忌中，有一种共同的感情——蔑视慢慢显露出来了。

于是，你要干预这件事了，你想结束这种难以忍受的谅解。呵，危险一点也不是由于她们再也不能忍受对方的假敷衍而厮打起来，危险在于这一虚假的表情今后可能变成塞西尔的真面目，变成她内心真正的感受。

昂里埃特，在你为她购置的城堡里，在你的家里，她是不会放弃任何特权的，正因为如此，你才把她的情敌带去，你希望她能让步，希望她承认自己的失败，承认这个失败是理所当然的，因为她的情敌漂亮、年轻、机智，使人精神振奋。不，她看不起你，但她不会放弃你。

如果她说服了塞西尔，让塞西尔明白犯不上从她手中将你夺过去，那你会遭到什么呢？而这样的事正在开始，刚刚开始，刚刚开始，还只是一个刚出现的影子，但是，如果这两个女人待在一起，影子会不可避免地、无法挽回地逐渐扩大。昂里埃特最后会占上风，不是在战斗中占上风，而是通过感染敌手而占上风，不是对付她，而是对付你；她们两人都会责怪你，都会感到难过和失望；她们两人联合起来就能征服你，你是废墟，是尸体，是继续履行毫无价值的、丑恶可恨的职责的貌似活人的尸体，她们两人都会不出声地哭着，都很恨你，她们为她们希望的破灭和你爱情的虚伪而哭泣。

在楼梯口，轻松自如的昂里埃特恳求塞西尔过三天再去玩，塞西尔热情接受了邀请，不管她怎么想，唉，这种热情无疑出自真心，你被深深地刺伤了！但是你当时没办法对她喊道：“别接受，我不愿意你再来！”几分钟以后，你开车送她回奥德翁街的旅馆时，事情已经定了，木已成舟，无法挽回。

“你千万别以为星期日晚上非去不可，我们完全可以找一个借口。”

“不是这么回事，我们在这里见面的机会不多，这个办法倒很简单。你瞧，我不是对你说过，一切顺顺当当，分手的时候我和她成了好朋友，我甚至还使她再次邀请我，我看这算是高招吧。”

“你真了不起！”

“她也了不起，不是吗？她的思想比你开朗得多，你得丢掉幻想，因为你在她眼中并不是重要得了不得。邀请我的是她，而不是你，她这样做不是为了使你高兴，不是的，她这样做不是因为她那么热烈地爱着你，以至于她在放弃你时会去亲吻将你夺走的女人的脚。她只是简简单单地邀请我。不过，她让你完全自由，这一点难道你还不明白？”

你停了车，到了旅馆门口。

你很想跟她说：“塞西尔，我爱你，今夜我想和你在一起，”可是，不行，这不可能，你不是在罗马；得租一个房间……

她吻吻你的前额。她后来又到你家来了好几次，你对她和昂里埃特在一起也习以为常了。你心想这一切都无关紧要。你没有时间去想这件事。就眼前来说，事情这样进行，可以说是很顺利，这才是主要的，不是吗？最后一个星期，你们两人一次也没有单独见过面，她和一些亲戚又联系上了，而你，你确实有许多约会，要和别人一起吃饭。

在暖气铁皮上，菱形格子晃动着，相互脱开，格与格之间的沟槽仿佛是通向酸性火焰的隙缝；菱形格子弯曲着，尖端愈来愈细，然后便是黑糊糊的一片，其中有跳动着的糕点屑、污垢、泥渍、被踩碎的食物以及在座椅下面颤动的碎纸的纸边。玻璃窗上的映影愈加频繁地被车外的灯光切碎，这是都灵的郊区。在仍然空寂的走道的尽头，你看见阿涅塞走了过来。

洛伦佐先生穿上他的灰大衣，但是另外那两个意大利人，那两个工人却安详地待在座位上，膝头上放着关上的背包，他们抱着两臂继续乐滋滋地交谈着。

你心里想：这是一年以前的事了，那次旅行，我没有忘记，但其中的细节我却是忘记了，因为当时我一心只想到回程，只想到在回去时，事情就差不多办妥了。

洛伦佐先生提起他那只绿皮箱，将报纸塞进大衣兜里，侧身让阿涅塞先进来，阿涅塞对你微笑；跟在她后面的彼埃尔让洛伦佐先生先出去。

熙熙攘攘的月台放慢了速度，同样，闪光的路轨，路灯，阴暗的圆拱门，几个引人注目的“都灵”站牌，叫嚷着跑来跑去的搬运工人，推着饮料车的妇女，这一切都放慢了速度。

你感到口渴，但你得等一会儿再喝点什么；你饿了，不过得等餐车人员来摇铃，很快就会摇铃的，因为那对夫妻已经回来了。

你心里想：我不知道如何是好；我不知道自己来这里干什么；我不知道要对她说什么；如果她来巴黎，我就会失去她；如果她来巴黎，对她和我来说，一切都完了；如果我让她去迪里厄那里工作，我每天从办公室的窗口就能望见她，我就不得不抛弃她，她的状况将大大不如她在罗马时的状况，在罗马，不管怎么说，她认得不少人。别想这个了，顺其自然吧。此刻应该盯住眼前这两个幸福的年轻人，他们刚吃完晚饭，面孔上还留着酒饭的热气，他们又拉起手来。

阿涅塞和彼埃尔，你们今夜怎样睡觉呢？那两个意大利工人是不是很快就下车？要是没有别人上车，你们就可以躺下来，而且，为了让你们躺得舒服，我从餐车回来就去别的车室里待着。你们得一直坐到锡拉库萨么？

这段时光对你们来说将多么美好！你们将漫步海滨，你们日日夜夜都融洽无间，相敬如宾，彼此赞赏不已，你们认为孤独的围墙终于倒坍，明天星期六，你们也许仍然坐在火车上，你们精疲力竭，但却异常兴奋，你们将发现那不勒斯，你们将欣赏帕埃斯图姆废墟，星期日你们也许已经在暴君狄奥尼西奥斯[1]的城市里住了下来，住在一家朴素而优雅的旅馆里，你们的窗前是葱绿的花园，星期一，你们还待在那座城里，而我呢，在这几天里，我又干什么呢？我如何是好，该给哪个男圣徒、哪个女圣徒烧香呢？

当你们度假归来，回到巴黎，严峻的生活的滚筒会重新将你们卷进去，压扁，你们将在哪里安身呢？再过十年，你们，你们的融洽，你们的欢乐，还能剩下多少呢？这种欢乐蔑视疲劳，而且将它酿成美酒，你们已经开始品尝这种美酒了。当你们有了孩子以后，当你，彼埃尔，你的职业和我的职业一样愚蠢、甚至更为愚蠢时，当你步步高升，手下有着一大批职员，你为了维持公司付给他们十分微薄的工资，而你却高薪厚禄时，当你有了先贤祠广场十五号你此刻想要的这套房子时，原来的那一切还能剩下什么呢？你们的目光还会流露出同样的关切吗？还是说，阿涅塞，你会流露出那种我

① Dionysius（约前405—前367），古希腊锡拉库萨僭主。

十分熟悉的疑虑，而你，彼埃尔，你可能已是形骸尚剩而真情全无了，我每次刮胡子时在镜中都能看到这种精神状态，而你将来要摆脱这种处境也只能是暂时的，你每次只能得到几天的解脱，做几天罗马美梦，而使你得到解脱的只能是一个你没法带回到长期居住地的塞西尔？

一个像撒迦利亚[①]一样蓄着长长白须的老头走进车室，后面跟着一个老妇人，她长着一个鹰钩鼻子，就像古波斯的西比尔女先知。

这样一来，阿涅塞和彼埃尔就不能单独在一起了，你将看着他们极不舒服地睡觉，你自己也要在噩梦中挣扎，你已经听见噩梦在你头上喘气吼叫，在暖气铁皮的栅格下面喘气吼叫，铁皮拦不住它，它摇晃着铁皮，开始把它扭弯，你面对自己考虑不周的计划不知所措，你原先以为这个计划十分可靠，安排得好极了，你万万没有想到有这么多漏洞，会遇上糕点屑和灰尘，遇上一大堆像蛀虫一样的事件，这些事物巧妙地将你的日常生活及维持生活平衡的支撑上的螺母和挡板腐蚀掉，这些缺口将不可避免地暴露出来，使你被魔鬼擒住，不只是被你自己这个魔鬼，而且还被你的家族的那些魔鬼擒住。为什么你如此清晰地回忆起那段决定命运的往事呢？你们两人完全可以生活在无知之中，至少在一起生活一段时期……

而这个撒迦利亚，这个西比尔女先知，他们上火车来干什么？他们是怎样生活过来的？他们去哪里？他们会用不睡觉的眼睛盯着你，一直盯到罗马？

他们有一个黑色的旧皮箱；他们摘下帽子；他也许当过教员或

① Zacharias，公元前犹太人的先知。

银行职员。他们一定有孩子。他们在战争中失去了一个儿子。他们去参加一个孙女的洗礼仪式。他们不习惯旅行。

呵不，他们可别说话！可别打扰我！但愿快快摇铃！

他们早已经不再说话了；他们那两只手交叉着放在肚子上；他们直挺挺地坐着，上下一身黑。

摇铃了；火车还停在站上。你把书放在自己的座位上。你扶着门框走出车室。

卷　三

七

刚才这阵不自在只是暂时的；你身上现在还散发着葡萄酒和烈酒的热气，以及最后那支雪茄烟的气味，伴着这些，你不是又恢复自信和决心了吗，即使你有点昏昏欲睡，但这对你来说当然是求之不得的事，因为你没有像往常那样喝杯咖啡，你万分谨慎，不愿再增加任何使你失眠的因素，不愿再陷入沉思和回忆的罗网之中，那会使你的情绪和计划发生剧变，而天知道那将是一场多大的灾难，即使你内心的晕眩尚未消失，它重又攫住了你，即使你感到不自在，不习惯，这种不习惯是旅行造成的，而你从来没有想到自己仍然如此敏感，这件事清楚地向你表明，你并非像你刚才想的那样，你并不那么衰老，死气沉沉，你并不那么麻木和怯弱？

那六个乘客一直安安静静地待在座位上，他们谁也不说话，谁也不看书，老头、老太太、阿涅塞和彼埃尔，还有那两个意大利工人，你给他们起过名字，可是你已经记不起来了，和他们在一起，你现在可以安安静静地重新考虑这件事，刚才你在吃饭时不愿意想这件事，而现在则用这种办法来骗自己：你尽量去想这次罗马之行也和往常一样，是由斯卡贝利公司报销的，你是为公司出差，你尽量去想那几桩正在商洽的买卖，仿佛你明早要去科尔索大街那座大楼里做汇报似的，或者，你就像厨师或人种学家那样，特别关心意大利的饭菜，你喜欢意大利菜，即使这一次你仍找不到任何别的东西，至少你可以吃上几天意大利饭菜，听着你桌上或邻桌上的意大利语的交谈，因为四周几乎没有法国人，而在那里的法国人又都不做声，他们坐上一天火车都已疲劳不堪，你可以听着意大利语的交谈，你喜欢意大利语，但可惜你说不好，

想想你为之旅行的问题吧！这次旅行，你采取的决定，塞西尔的命运，还有应该向昂里埃特说的话，考虑这些吧，既然你已酒足饭饱，又得到适当的休息，不再惶恐不安，那种惶恐曾经袭击过你，蒙住你的眼睛，使你在选定的道路上误入歧途，你不再处于寒冷和羞愧的黑暗之中，它刚才使你的整个存在变得毫无意义，使你坐在用这本没读过的书占座的长椅上的举动也变得毫无意义，

只是由于饥饿，只是由于疲劳和不舒服，因为在你这个岁数，你是不能再像年轻人那样随心所欲地生活的（我并不老，我决定要重新生活，我恢复了精力，这一切都过去了），

由于你本身在不断风化，由于在你的成就上出现了那么多的裂痕，因此必须迈出这一步，因此，如果再拖几个星期，你也许就丧失原先的勇气了，而证明就是，刚才在这个车室里，是的，一切都险些化为乌有，

要安静，理智，别再想这个了，因为事情已经做了，步子已经迈了，我在这里，你还应该反复地对自己说：我去罗马，仅仅是为了塞西尔，我要在这个座位上坐下来，这也是为了她，因为对这件不同寻常的事我勇敢地采取了决定。

可是你为什么一直站在门槛上随着火车的晃动而摇摆，你的肩

膀撞着木柱而几乎毫无感觉？你为什么僵在那里，像一个在梦游时被打扰的梦游者，迟疑着不敢跨进车室，好像只要你在启程时挑选的这个几乎属于你的座位上再坐下来，刚才那些想法便会重新攫住你？

所有的目光都集中在你身上，你看见对面玻璃窗上有你的身影，它像一个摇摇欲坠的醉汉那样摇来晃去，过了一会儿，云彩散开，月亮露了出来，你的身影才被抹掉。

你为什么没看这本书呢？既然你买了它，它也许能保护你免受这一切干扰。既然现在你坐了下来将书拿在手里，你为什么还不翻开它，连书名也不想看呢？这时，彼埃尔起身走出去，玻璃窗上的月亮时高时低。你为什么只看书脊呢？书的封面像变成透明的，里面白白的纸页在你眼前好像一页一页地在自动翻过去，上面有一行行的字母，而你不知道它们拼成什么字。

然而，在这本书里——不管这是本什么书，既然你没有翻开它，既然你至今没有好奇心想看看书名和作者姓名，这本书没能使你得到消遣，使你能不去想自己，没能保护你的决定，使它不受回忆的侵蚀，没能保护这种表面上已做出的决定不致暗中被破坏、被否定，没能保护你的幻想，

然而，在这本书里——既然这是本小说，既然你不完全是随手买来的，既然在全部已出版的书中，它决不是随随便便的一本，由于它在车站书架上所占的位置，由于它的书名和作者的姓名，说明它是某一类的书，只是你现在已经忘了书名和作者的名字罢了，你对此毫不在意，但在买书的时候，它们却使你想起了一些事，

你没有读过它，你也不会去读它，太晚了，

你知道书里面有些人物，他们和整个旅程中在这间车室里进出

的人们有几分相似，你知道书里会有背景和事物，会有言语交谈和关键性时刻，而这一切构成一个故事，

你买这本书是为了散散心，而你没有读它恰是因为你希望在旅途中把精力集中在行动上，如果在这种情况下这本书能使你兴趣盎然，那是因为它和你的处境十分相似，会使你想起自己的问题，因此它非但不会使你得到消遣，非但不会保护你，使你的计划和美好的希望不至于落空，反而只会使事情急转直下，

尽管这书篇幅不长，尽管很不真实，尽管叙述相当拙劣，但书里某处一定有一个进退两难的男人，他想逃走，他走了一段路忽然发觉这条路并不通向他想去的地方，他好像是在沙漠、丛林或森林中迷了路，森林在他后面又好像合了起来，以至他连来路也找不到了，因为树枝和藤蔓将他来时经过的地方遮住了，又变成野草一片，沙地上的风将他的足迹一一磨灭。

你瞧的是书脊，然后你瞧瞧自己那双手和你今早换上的新衬衫的袖口，袖口已经脏了，而在到罗马以前，这一夜里，在结束旅程以前，你是换不了衣服的，在天明以前，你将感到极度疲乏，而新的一天将和你原先想的完全不一样，因为，你固然可以一再对自己说，事情已经做了，这一步已经迈出去了，然而，这一步却并非是你上火车时所想的那一步，而是另一步，也就是说，你放弃了在你眼中本是十分明确而可靠的原计划，放弃了前程似锦的景象，而你本来决定乘火车奔往那个景象，和塞西尔一起在巴黎分享充满爱情和幸福的生活；要安静，要理智，别再想这个了，彼埃尔刚刚回到车室，在阿涅塞身旁坐下，偷偷吻了一下她的前额，然后朝周围看看，而她低下眼睛想睡觉（可是还得等一阵子才熄灯），他打开阿西米勒的意大利文课本，和她一道读起来，他们的嘴唇撅成音节的

形状，但是没有发出任何声音，椅子上的蓝皮书跳了几下，这时，穿一身黑的撒迦利亚从小口袋里掏出一块很大的银表，他打开表盖听听（在火车的剧烈晃动和隆隆声中他怎能听见表在走动呢？），然后瞧瞧（你也看见现在刚九点半），再关上表盖，放回小兜里，这时那两个工人正和在走道里经过的一个朋友打招呼，这个朋友弓着上身，眨着眼睛，催他们快去，他们两人都站了起来，把背包放在座位上，从你前面走过去，一面说“scusi，scusi”[①]，他们一迈出门就大声谈起来，走开去，进了另一间车室。

你身旁的那个意大利老妇人一直将交叉的手放在肚子上，但她的嘴唇并非一动不动，她在自言自语，好像在念什么经文，为了求得旅途的平安，她那疲惫的面容有时绷得紧紧的，仿佛在诅咒在大道上出没的魔鬼，她突然瞪大眼睛，流露出恐惧和坚定的神色，随后她又镇定下来，她的眼皮半合着，嘴的动作几乎难以觉察，莫非是火车的晃动使她的下颚摇摆，使得她那衰老的皮肤上的皱痕轻轻颤动。

至于坐在你对面的她的丈夫，他的面孔也开始激动起来；他瞧着你，自顾自地笑着，自言自语地讲着故事，好像你使他想起了某人，突然，他那老眼中闪过一丝残酷的报复的表情，似乎有什么事要严厉地责怪你。

诺维利古雷车站过去了。灯泡在灯罩里面颤动。在走道外侧，在布满明亮小窗的黝黑的山坡前，走道的影子在左右摇晃，扭曲变形。

---

① 意大利文，对不起，对不起。

不，你不会把一切都说出来的，你不会把想说的一切和盘托出；你想将一切安排得十分妥善，那是办不到的；当然有几个日子会定下来的，但恰恰不是你最初计划中的那个日子：抛弃昂里埃特，和塞西尔搬进你想去的那套住宅里永远和她住在一起。

你们当然会和解，因为你是为她才专程来罗马的，你要告诉她你在巴黎给她找到了一个中意的工作，然而，这种和解只是一层薄薄的极其脆弱的表面现象，而且，尽管你们和解了，你，你会知道你离她更远了；你同样会怀着更为焦虑不安的心情，你将战战兢兢地自问，一旦她来到你的身边，你们的爱情会变成什么样子，她当然会被你对她夸耀的一切迷住，你这几天自由自在地与她在罗马重聚，你完全属于她，你感到一种极大的幸福，因而你肯定会一再表白，再三保证你的爱情，从而使她上当受骗，你越是感到今后前途渺茫，处处是危机和失望，你就越显得多情。

有人会要求熄灯的。过了奇维塔韦基亚车站以后，火车将沿着海岸行驶，那时你已预感到这次旅行的全部劳累，而旅行还仅仅刚刚开始：你会睡不着觉，你会设法找一个比较舒适的姿势，但你又找不到，每次停车你都得直直腰，尽力驱散折磨你的阴森森而又带着嘲讽味的噩梦。

车到热那亚时，你将离开你厌恶到极点的三等车室；太阳还未升起，窗前的帘子还低垂着，顶灯里蓝色的小灯泡继续给这些男人和女人的面孔涂上一层蓝色，在浓浊而令人恶心的空气中，他们张着大嘴费劲地呼吸着。

当你回到车室时，雨天那阴郁、寒冷、令人不快的光线将迫使他们睁开眼睛，而当你慢慢地爬上阿尔卑斯山时，你将试着看看书，免得过多去想在罗马逗留期间你用山盟海誓去促进的这件事将如何发展，你接近边境时两只手还捧着这本书，你可能来不及看完它，因为你晚上还有好多别的事要做，这一次，总算有这么一次吧，你将不必在深夜步履艰难地、自怨自艾地回到奎里纳尔酒店，也许你根本不会去看这本书，也许你将在特米尼车站另外买一本，过海关时你将把书重新合上，而书里多半是谈到一个在森林里迷了路的男人，森林在他后面重又合了起来，因此他甚至拿不定主意该朝哪个方向走，他找不到来时的原路，因为他的脚踩在枯叶堆里没有留下任何痕迹，

（他听见一匹马在奔驰，马仿佛已跑得很近，随后又消失了，他听见喊叫声，仿佛骑马的人也迷了路，正在呼救，

他突然见到一道栅栏门挡住去路，他只得顺墙走，他的呼吸愈加困难，雨哗哗下了起来，震耳欲聋，使他没法睁眼，

随后，一个裹得严严实实的、带着武器的人从兜里掏出一个电筒，向四周照照，在千万滴雨点下看到了这张疲惫不堪的面孔和这双举起的哆哆嗦嗦的手，

这个人从他身上找到一本塞在腰包里的书，他翻开它，雨点冲刷着书页，纸渐渐化了，四处散落，他发出嘘嘘的笑声，然后便蜷缩回他那个像大土块似的小屋里，让道路畅通），

这条隧道走完以后就要过海关，你将合上书，好把你的护照递给海关人员，接着你又试图继续看书，这时你正从法国那一面的山坡驶进被讨厌的阴影笼罩着的山间深谷里，你要避免在不愉快的心情下细细地去想你那即将开始的生活，你避免去想你在巴黎办公室里每日的工作，你将隔着达尼埃勒-卡萨诺瓦街看见塞西尔正在迪里厄旅行社二楼办公，而塞西尔来到她梦想的城市时，以为你们两人会分享这段美妙的生活，其实这种生活是她让你这样臆造的，而

不要多久她就会发现事实远非如此，她会发现你们两人间的距离比她在罗马时还要远，远得没法比，你们有时睡在一起，但是你们再也无话可说，她有时会那么仇恨地、大失所望地看着你，以至你不得不让她走，你不得不想法让人辞退她，这多么痛苦，你每次见到她都仿佛挨了一记耳光似的，你为了争取解放所做的最大努力将变得多么可笑，

你要埋头读这本书，免得去想这些事，因为现在已经太晚了，无法改变了，你即将沿着凄凉的湖畔行驶，即将把你为她考虑的全部计划告诉她，而她因不明真相，这几天会兴高采烈，根本不可能劝说她放弃计划，根本不可能向她解释缘由而不致引起误解，她会给你打气，她会再一次责怪你胆怯，根本不可能不被她的信心、她的感激、她的喜出望外的心情所感染。

车到布尔格时已暮色苍茫，到马孔时天将漆黑，你脑中将重温前几天的事，以及即将到来的这几天的事，你将庆幸自己总算没有告诉她你在巴黎为她找到了工作，没有告诉她有些朋友甚至自愿将房子借给你们，她会一而再、再而三地询问，而你不告诉她，你让她相信你确实为她奔走过，你原先以为事情能成，正是为了这个缘故你才偷偷来罗马一趟，然而，到了最后一刻，一切却化为泡影，是的，你当然要继续奔走，你已看到找到某种工作的可能性，这回可能成功，你这样说她就会高兴，她就会为这即将到来的改变而欢欣鼓舞，但这个改变却是不会发生的。

这样一来，你就不必准备如何对付昂里埃特了，不必考虑该对她讲什么或者不该对她讲什么，因为，对她来说，一切将和往常一样，而你会透过也许布满无数雨珠的漆黑的玻璃窗，在走道窗口的灯光所能掠到之处，看着从深沉的黑暗中露出的被腐烂的叶子覆盖

着的山坡，还有枫丹白露森林中上千株树干，在你的想象中，在车轮声之外，你还听见一匹马在远方奔驰，还有这句嘲讽："你听见我了吗？"

接着将是巴黎的雨夜，你将在下星期二二十一点五十四分独自一人抵达里昂车站，你因坐三等车旅行而疲惫不堪，你将雇一辆出租汽车。

在走道外侧，在一个峡谷里，从那里可以一直看得很远，在被远处的车灯照亮的蜿蜒曲折的小公路上方，月亮从像羽毛丰满的鸟头似的云彩后面钻了出来。你对面的那个老头两眼似闭非闭，仿佛在喃喃背诵一首长长的格律诗，每背完一节便晃一晃两肩，他那顶黑帽遮住了他脑后山景照片的一部分，照片便像一轮锯齿形的深色光环衬托着他的脑袋。车窗外驶过了一列长长的货车。

过了里窝那以后，车就没有靠过站；那次是罗马快车；列车驶过马雷马地区，你从餐车左面的窗子望出去，沟渠在翻耕的田地与有着黄褐色叶子的林木之间穿行，渠水在阳光下闪烁发光，你开始瞥见格罗塞托了，这时一长列货车与你交叉而过。

坐在你对面的意大利女人是一个个子高高的罗马人，她由丈夫陪着，他不时从兜里掏出一个浅紫色皮面的小记事本，神经质地往上面写点什么，擦掉，又看一遍，而她，她睁着深色的大眼睛四处看，向包括你在内的所有不相识的人频频微笑，她问你她能不能放下窗帘，因为窗帘闪着耀眼的光。

你一面剥橙子皮，一面欣赏她那双保养得很好的手，你在想塞西尔，你和她约好了六点半在法尔内塞广场的酒吧间里见面，而此时此刻她正在哪里吃饭呢？是在家里，还是在一家她喜欢的小饭馆里？她一定在想你，在想你们如何度过这一晚，她一定盼望你这次能带来她所期待的消息，告诉她你已经做出了她所盼望的、与她有关的最后决定，并向她宣布你终于替她在巴黎找到了她渴望已久的工作。

你回到自己的头等车室，那里只有你一人，你不时地看看海，你又拿起扔在架子上的《叛教者尤里安书信集》，但你将书拿在手里没有打开，你瞧着塔尔奎尼亚车站朝后闪过，你瞧着远方，瞧着在荒山脚下露出灰色塔楼的塔尔奎尼亚城，从开着的窗口不时吹进一阵夹有沙土的新鲜空气，然后你盯着那道形似宽片刀的阳光，它在椅垫上逐渐延伸，愈来愈大。

道路畅通；在另一侧是高高的牧场，晨风正吹拂着无边无际的牧草。

他从变得稀疏的草丛间望过去，在一片尘埃后面，在地平线尽头，有高低起伏的山岭，一条沟横在他与山岭中间，他渐渐走近，沟越来越深，这是一个峡谷，谷底大概有一条河，他攀住几株荆棘开始往坡下爬。但是他想攀住的枝条被连根拔出，他想落脚的石头破碎松脱，而且一层层地往坡下滚去，直到他听不见石头下落时传来的隆隆声，这时夜幕正在降临，天空的云彩呈现紫色。

你对面椅垫上那一道宽宽的阳光已经逐步扩展开来，遍及那厚厚的织品上一根又一根的纤维，在铁路转弯的地方，阳光开始滑到颤动的地面上，然后便渐渐从车室里消失。

当时你很清楚，总有一天你得做出决定，可是你没有想到这个时刻已经临近了；你丝毫不着急，顺其自然，你等待机会，等待这段不寻常的遭遇会自然而然朝着新的方向发展，

你没有去想塞西尔的前途，没有计划好你与她将来的生活，没有思考过你们目前的关系，也没有去回忆你们过去的生活，

你的手指捏着膝头上那本《叛教者尤里安书信集》，书已合上，你已经看完了，斯卡贝利公司的事务萦绕在你的脑中，你诅咒这些事务，自然想将它们从脑中赶出去，但是公务紧急，在十五点三十分的会晤以前，你所剩时间已经不多，因此你只得考虑这些事务，而只是在这一大堆数字、签名、法国分行的改组建议、广告方案等等的间隙里你才瞥见塞西尔的面庞，她的声音和姿态也只是在嘈杂的买卖声后面、在清单和销售额的屏障后面才隐约可辨。

首先得越过这道障碍，这条边境线，然后才能休息，才能在她的眼中、脚步声中、双臂中找到休息，才能得到清静闲暇，才能重新焕发青春，扩大新的视野。

你根本没有时间为深夜返回奎里纳尔酒店而事先感到懊恼，因为你脑子里装着别的东西，所有这些公函，这些荒谬的问题，这一切毫无意义的斗争，这浪费你生命的一切活动，它们带来的与你有关的唯一结果是，你能更为牢固地保住自己的地位，并且有希望增加薪金，从而使离你如此遥远的妻子和孩子们生活得更为富裕，

因为那一次你来罗马不是为了塞西尔，和今天不同，那次她绝对不是你来罗马的唯一原因，你那次来是奉老板之命，由老板出钱；和她见面的幸福，是你从他们那里窃取来的；你这是报仇雪恨，因为他们使你陷于被奴役的地位，使你卑鄙堕落，他们迫使你永远为他们奋斗，永远维护他们暗中得到的利益，而不是你自己的利益，你唯命是从地背叛了你自己。

在这个活动范围里的主要表现是不顾廉耻地活动，是一片强制性的匆忙，你把这些都伪装起来，用忠心耿耿来欺骗监视人的耳

目，如果你自己就是监视人，你则在奋发有为的幌子下欺骗他人，如果他们信以为真，你便背地里辱骂他们，而她，她则在这一范围之外，对你来说，她就意味着解脱，意味着回归本性、休憩、微笑和激情，她是治愈伤口和洗涤污秽的滚烫的净水，她使你摆脱一切，她的眼睛仿佛将你带进无比温存的另一个天地中，你因自己对这双眼睛想得不够多而懊恼，因为一再盘踞你脑海的是你必须在下次会议上唱什么调调、要什么手腕才能自卫，才能制服觊觎你职位的竞争者，才能为这个既不是你的也不是任何人的事业出力，这时，你瞧着阳光下轻松摇曳的松树，重又恢复了镇静和勇气，恢复了洒脱的风度和生活的乐趣！

车室的映影非常清晰地在玻璃窗上晃动，你稍稍向前摆头，能看到在双目半闭、纹丝不动的那个意大利老妇人身后的是你自己，而在窗外，在车室的影子以外，在你自己的映像后面，隧道的岩石隐约可见，它好像是一个将你们磨平的砂轮，又好像是悬崖峭壁，或者是峡谷陡坡，你正沿着坡往下跌落。阿涅塞在睡觉，彼埃尔瞧着她，他们的脚在暖气铁皮上磨蹭、摇晃，在两人交混在一起的头发上方，孔卡诺风景照中的一只小船好像在航行。

然而你这次来完全是为了她，你这次总算做出了决定，但这一决定在旅途中得不到你的支持，被破坏了，你已认不出它来，它还在继续变下去，而你面对这种可恶的蜕化却无能为力，你这次没有读你拿在手中的书，你连翻也没翻，连书名也不知道，你也不想知道，因为这一次你是度假，你将原先使你疲于奔命的外界影响置之度外，因为这一次在你和你的爱情之间不再矗立着斯卡贝利公司的业务商洽这一巨大的障碍，因为虽说当时你确实不知道你究竟在干什么，究竟发生了什么事，但情况既然逐渐发展到了关键时刻，你就不得不全面改变你最初的安排，不得不打破常规惯例，让自己做出取舍的决定；因此现在你必须用在震动中变得更为清醒的眼光去更仔细地考虑你所安排的未来的生活，就在今天早上，你还以为你对未来的生活已做了十分细致的、全面的、彻底的安排，你必须考虑你的现状，从而也就必须对往日的一切回忆打开大门，这些回忆是早已被你忘得一干二净了，你身上有着某样东西（既然你已经完全不去想它了，还能算是你的东西吗？），你身上有着某种恰恰支配你思想的东西，它使你免受往日回忆的干扰，而现在，你身上的这个东西突然被急转直下的发展、被这次新奇的旅行以及不同往常的各方面的情况搞得不知所措，在此以前，你身上的这种迫切要求勉强地被掩盖着，而现在它却被摊开来，暴露出来，一面却又逐渐衰退消失了。

你便自然而然地想起那次倒霉的巴黎之行是如何结束的，想起你们在火车上的相见：那次也是因为车厢等级和票价这个活见鬼的问题，你们乘的是今天这趟车，你们在离开里昂车站很久以后才相见，你们原来说好在月台上见面，当然这只是那么一说，因为你有好几天没有和她见面，而她自来时乘车后一直保留着回程票，那天你起得不太早，你从出租汽车里出来已经是八点〇五分了，你连去买包高卢女人牌香烟都来不及，她已经不在月台上，你在那里一直等到最后一分钟才踏上正在启动的火车，火车里很拥挤，比这一次拥挤，走道里尽是人，你挤来挤去，仔细察看每间车室，心里想要是找不着她，要是她不在车上，要是她因为厌烦你，因为她在巴黎所了解到的你和你的工作使她大失所望，而推迟了行期却没有通

知你，那么你就加钱买一张头等车票，那样至少能有个地方坐坐，

你在餐车坐下，那里正开早饭（你已经吃过了，但是你还气喘吁吁），你在想：假如她不在罗马，我干什么好呢？明天我就去蒙泰德拉法里纳街看看她回来没有，要是她没回，我每天都去看看，一直到我走，你叫了一杯茶，你坐在布满雨点的车窗前，望着窗外的铁轨、道岔以及铁轨之间多少有些锈斑的石头，

然后，你提着皮箱朝火车头方向的那半列火车走去继续寻找，突然你听见她喊你："莱昂！"你转过身去，在门口呆住了。她对你说：

"我以为你不来了，以为你改天才走。我原来给你占了一个座位，可是开车已经好一阵了，我想不用占座了。"

你站在走道里，没有抽烟，一言不发，你一直盯着她，她又看起书来，接着你便倚着车窗思索：有什么解决办法呢？要是有人能在拉罗什或第戎下车那就好了，要是我能在她身旁坐下那就好了！你两眼出神地盯着森林里湿润的枯叶和几乎光秃秃的大树。

精疲力竭的他长久地听着峡谷间河水的喧闹声，水面上月光闪烁，因为月亮已经升起，弯弯的新月十分明亮，两角朝上，仿佛是两座相距很近的峭壁间的小船，这时他隐约听见对岸有马在奔驰，甚至还听见呼喊声，其中几个音节在山岩间回荡，仿佛有人发现了他，正在设法寻找他："你是谁？"

他顺着河岸寻找可以涉水而过的浅滩，他在越来越陡的岩壁上往下滑；他向前跌倒，陷进石头之间的沙土中，河水的喧闹声加上回音震耳欲聋，这时他被急流卷走，他在水中翻滚，被抛到岩石上，他顺着悬岩往上爬，一直爬到一个山洞口，从洞里飕飕吹出一股清风。他朝四周摸摸，想找一块平地躺下，却只找到一处刚能容

身的墙角，根本没法躺下，他的太阳穴靠在笔直的岩壁上，这一定是大理石的矿脉，它像玻璃一样清凉而光滑；他恢复了均匀的呼吸；他开始闻到浓烟的气味。

你仍然出神地盯着枫丹白露森林里的枯叶以及在无花的花园里成堆焚烧着的另一些枯叶，你不愿意向埋头看书的塞西尔要支烟，她的手提包里一定有，你不愿意一上来就乞讨，你从衣袋里掏出一盒火柴，里面只剩三根了，你一只胳膊靠在车窗的横把上，将火柴一根接一根地划着，在走道的另一端有一扇玻璃窗是半开着的，火柴当然马上就熄灭了，你抬起头，发现塞西尔正很有兴趣地看着你，于是你往远处走了几步，她立刻从车室里走出来，嘴上叼着香烟；你将空火柴盒给她看，她返身去拿打火机。

“你抽一支？”

“不，谢谢。”

“你不想坐下来？”

“等有两个座位时再说。”

“等会儿一定会有人在第戎下车的。”

她用小指不断轻轻弹着烟灰。高矗在桑斯城之上的灰色大教堂慢慢从眼前过去；你们正沿着约讷河行驶。

“你几点钟吃午饭？”

“我没来得及订座。我最后一分钟才赶到。昨天睡得晚。这几天忙得不亦乐乎。”

“咱们两人这几天都忙得不亦乐乎。”

“餐车的侍者一会儿会来的。”

“已经来过了。我有一张头一批用餐券，要是早知道你在车上，我就会要两张了。”

“他一定是在我喝茶的那工夫来的。我也一样，我原以为你不在车上，因为我为了找你已经跑遍了半列火车。”

“咱们一起去碰碰运气吧。我就不信……”

“再说侍者领班还认识我呢。你坐下吧。你总不能陪我一直站到第戎呀。”

可是车室里谁也没有在拉罗什下车，谁也没有在第戎下车，于是你们只能等到吃饭的时候才能坐在一起，可是你们并不能真正地谈心里话，因为在你们的饭桌上还有另外两个人，还有一对争吵不休的夫妇。

“到了罗马，我们就会自由了。九点我得去斯卡贝利公司，我真蠢，居然答应和他们一起吃午饭，不过，从六点起我就自由自在了。我去法尔内塞广场等你。”

“在罗马……”

“你好像不喜欢罗马似的！”

“你和我在一起的时候，我才喜欢罗马。”

“我愿意永远在罗马。”

“而我，我愿意和你一起在巴黎。”

“别再去想在巴黎的这段日子了，下一次会完全两样的。”

“我永远也不会和你重提这件事的。”

你原来拿在手上的书刚刚掉到暖气铁皮上。你抬起头，在镜子里，在山景和小船这两张照片中间，有卡尔卡松的塔楼和雉堞，这张画挂在一个工人的背包上方。又闪过一个孤零零的小车站，站上只有几盏灯照着一条长凳，有一座挂钟，还有等待发运的货箱。

接着噪音越来越响，一列朝相反方向驶去的火车的明亮的窗口飞快地、接二连三地掠过你的玻璃窗，好像有一把锤子在一股劲地敲着难以驯服的钉子，这是罗马—巴黎特快列车，上次你回来乘的就是这趟车。

那两个老人在平静的晃动中纹丝不动，相互瞧着，会意地微笑着。

你掏掏衣兜，里面只剩下两支高卢女人牌香烟了，你刚才忘了买包民族牌香烟。你换了个姿势，闭起眼睛，因为灯光开始使你不舒服。这时是没法睡觉的；也许这一整夜都没法睡觉。你现在舒服一点了，但是你交叉着腿，时间长了是不行的。

他闻到一股烟味，那就是说洞里一定有活人，于是他小心翼翼地站起身来，唯恐猛然撞着洞顶，他两手紧贴着岩石往前摸，烟味越来越浓。

他来到一个拐角，看到一间四壁渗水的烟雾腾腾的宽室，室中央有一盘火，在烟雾中只见一大团橘红色的火光；他走进去，听见有人在沉重而沙哑地呼吸，这是一个老妇人，她木然不动地看着一本大书，她的头不动，只是简单地用眼睛瞟了他一眼，露出一种嘲讽的微笑，喃喃地说着（但是这声低语被扩大了许多倍，以至和火车在隧道中行驶的隆隆声极其相似，他听不清她在说什么）：

“这些树林使你疲劳，这片草原和这些石头使你疲劳，不过现在你有权休息一下，你可以来听我讲话，你可以向我提出你长期以来一直思考着的问题，因为谁也不会冒这么大的风险来一趟，除非他确实经过深思熟虑，有着充分的理由，抱着十分明确的目的而来，这些目的肯定一一写在两页纸上，像我在橘红色火焰中所看到的那样，纸张贴在你奇怪的衣服上，而你的衣服已经破得不像样子，已经褪了色，这说明你已走过了很长的一段路。

“你为什么不和我说话？你以为我不知道你也在寻找你父亲，好向他询问你的后代的命运？”

于是，他好像打了个嗝似的结结巴巴地说起来：

“不，您不用嘲笑我，我什么也不要，西比尔，我只想从这里出去，回家去，继续走我已经开始走的路。既然您用我的语言讲话，请可怜我的局促不安，可怜我不能向您求教，因为我说不出得体的话来求得您的回答。”

“在迷途者的蓝皮指南上不是有这些字眼吗？”

“唉，没有了，西比尔，即使有，我也看不懂。”

“去吧，我完全可以把炉里烤着的那两块点心给你带在身边，可是我的预感使我怀疑你是否能重见天日。”

“不是也有一根金枝引导我，为我打开栅门[①]吗？”

“不，那不是为你的，不是为那些如此不了解自己愿望的人的。你将只能借助这一微弱小火熄灭后的一线摇曳不定的微光。”

现在只剩下到处弥漫着的浓厚的烟雾，透过这层呛人的雾，可以看到远处像镀了一层白银，他又开始前进。

你不能再继续这样交叉着腿了，你像步行者那样将两条腿先后伸伸直，碰到了坐在你对面的那个意大利老头的脚，而他像入睡者那样纹丝不动，但却睁着眼睛，而且已经盯了你好一会儿了，他好像对你嘴唇的动作很感兴趣，他好像在梦中谈论着你的嘴唇。

运动，晃动，声音，光线，这一切都开始使你难以忍受；直到

---

① 这一段梦境重现了维吉尔的史诗《埃涅阿斯纪》中的情景。库迈的女先知西比尔要史诗主人公埃涅阿斯折根金枝以赠看门人，点心则是用来喂地狱的看门狗，使它入睡，这样方可通过。

现在为止，你颇为得体地经受住了一小时又一小时、一公里又一公里积累起来的极度疲劳，而现在，疲劳像一个巨大的稻草堆威胁着你，你迫不及待地想躺下，但是你不能，你不能打扰这位老太太，你不愿意显得比彼埃尔娇气，他的阿涅塞靠在他的肩上睡着了，他走这条路线的次数肯定比你少得多，他还很可能是头一次乘巴黎—罗马这趟列车，他面带笑容，他抚摸着阿涅塞，而意大利女人瞧着他，眼神稍稍有点缓和，还带着几分善意，一种仿佛经过多年的冷酷和固执之后重新显露出来的善意。

你一动不动地待在你那个角落里，眯着眼，透过缝隙往外瞧，就像一个醉汉透过酒店的遮光帘在往外瞧一样，这个醉汉从衣袋里连几分钱也掏不出来了，而这几分钱是他从愁闷的醉意中进入梦乡所必需的，你朦朦胧胧地看到那四张面孔在嘈杂声中摇摆，在你左面，是的，确确实实在你左面，是一个明暗程度多少在起变化的长方形黑影，而在这一映像的里面，在另一侧，是走道，从那里传来越来越近的金属声，预告着意大利检票员即将来到。

仿佛有一根生锈的细针正一次又一次地从你两块上颈椎骨间刺进去，在寰椎和枢椎（这两个概念像佳肴的余味那样，是老早老早以前在自然史课上学来的）之间，这时，那个戴帽子的人走了过来，拉开滑动门，张开那张蓄有小胡子的嘴对你说："请拿出车票！"你的脖子疼痛，动弹不得，你艰难地掏掏大衣兜、上衣兜，你在裤兜里摸到那张薄薄的纸片，你不明白它怎么会在裤兜里，因为按照习惯你早该把它放回到皮包里去了；刚才一定来过一个检票员，就是这个检票员，当时你在餐车上，不过他原来是不会这样盯着看你的，他原来以为你是坐头等车的；他也许已习惯看到你坐头等车；他见你坐在这里也许感到吃惊；他一定想你莫非破产了；他举起检票钳碰碰帽檐；他用力关上滑动门。

另一根生锈的带帽长针正在你的第二块颈椎骨和第三块颈椎骨之间扎进去，往里旋，而另一些尖针开始从上到下扎进你的后背，于是你便将身体朝椅背摩擦，这样可以使针扎进去，约有一打针已经扎进去了，它们越扎越深，像爪子和牙齿一样使你不能动弹，其他的针则像一把钳子上的十五个尖齿，一字排开地在各自所辖地段分散搜寻，又突然钳紧，于是你不得不挺直身子。

你不愿意转过身去：你害怕闻到那张嘴里的气味，你害怕看到那无情而呆滞的目光和那条带刺的蛇身上的鳞片，那冰冷的蛇尾缠住你的两腿，使你无法分开腿。

你对面的老头站起身来，那神气仿佛在对你说："你瞧我的动作多么轻便。"他简直是朝门口漂过去的，几乎不等他碰门，门就自动向他打开了，他显得那么大，逐渐消失了。

顶灯里的灯泡在颤抖，灯光摇曳不定，仿佛马上就会熄灭。阿涅塞惊醒了，她张开嘴，仿佛突然发现她对面有一个洞；她记起自己是在火车上，她用手撩了一下从头巾里滑出来搭在前额上的头发，她瞧瞧彼埃尔，彼埃尔拉起她的手指，轻轻吻了一下她的脖子，她又把头靠在他肩上，她瞧着你，对你笑笑，然后便重新适应了火车的节奏，慢慢合上眼皮；在她头上的照片里，黄昏时分罗马温暖的太阳正在下山，小船好像航行在光滑得如丝绸般的金色和深蓝色的波浪上。

松树在阳光中轻轻摇曳；田野上没有人影，农民大概正在睡觉。

你的车室里只有你一人，你手上捧着已经读完的《叛教者尤里安书信集》，眼前早已出现了罗马城的圣彼得大教堂的圆顶，快到罗马了，你满心欢喜。

于是你站起来，将书放进皮箱，将玻璃窗全部放下来，然后看着窗外闪过的房屋、街道、倚在门口的妇女、车辆、电车、台伯河、特拉斯特维雷车站、又是你刚才越过的台伯河、头一段围墙、奥斯蒂恩瑟车站。

那时你感到多么宽慰，你想立刻见到塞西尔，于是便迫不及待地想赶快结束斯卡贝利公司的公务，那时你有一种强烈的愿望，你想哪次专程为她来一趟罗马，你当时还不知道什么时候能来，还不知道这一次就来了，还不知道你会这么快地做出决定！

图斯科拉纳车站过去了，然后马焦雷门越来越近，一个醉醺醺的老头靠在面包师厄里萨凯斯的坟墓上，老头站起来，向火车打手势，仿佛在欢迎你来罗马，马路正在动工翻修。

他已经开始向前走了。他想落脚的石头破碎松脱，而且一层层地往坡下滚去，直到他再也听不见石头下落时传来的越来越响的隆隆声。

浓厚的烟雾四处弥漫，透过这层呛人的雾，可以看到远处像镀了一层白银似的。

他来到河边；他看到水波上闪着几丝微光；他久久地听着喧哗的水声。

这时，在混浊汹涌的河上来了一条无帆的小船，船上站着一个老头，他肩上扛着一支竖着的桨，仿佛随时准备打人似的。

他那撮硬硬的胡须被波光染成紫色，胡须上面没有眼睛，只有眼窝，那是两个嗞嗞地喷着火焰的喷火口，它们使人头晕目眩，无法看清他脸上还有什么别的东西。

这是一条金属船，是一堆厚厚的生锈的东西，但是船舷像铁轨一样明亮，像长柄镰刀一样锋利。

船靠岸了，几乎没有摇晃，船桨插进深色的沙土；这时一个非常轻柔的声音说道：

“你在等什么？你听见我了吗？你是谁？我是来将你渡到对岸去的。我看得很清楚你已经死了，别担心翻船，你的重量是不会使船沉没的。”

不，他不能拉这只手，在那两个喷火口的强烈的火焰下，他看到自己手上每个指头都流出一滴滴腐蚀性的黑油，黑油粘在他的皮肤上，黏糊糊地散开，流进了他的衣袖。

他跌倒在地，混浊的波浪轻轻拍打着他全身，艄公将他抱起来，扔进船底，然后开船；这时艄公的声音在他耳边吼叫，仿佛是从火车站的金属扩音器里传出来似的，艄公的眼睛的热气烧着了他：

“你原来想去罗马，这我知道，我了解你。现在不能后退了，我带你去那里。”

然后，他从马焦雷门下穿过，于是你进了罗马。

另外几列火车也以差不多同样的速度驶近你的火车，它们的车窗开着，男男女女站在窗前看着那个高大的红色圆顶建筑——密涅瓦医药女神庙，接着便是车站的楼房、月台和月台上的石头长椅。

从那时到现在过了多久时间呀，然而这仅仅是一个多星期以前的事；在这以前，你从来没有在如此短促的时间里连续两次来罗马；过去的岁月像一座大砖墙，平稳地矗立着，可是，在这次旅途中，这座墙突然失去平衡，它还在继续摇晃，还要无情地继续摇晃下去，直到明天清晨，直到事情最终有一个稍稍稳定的新局面。

一切仍可期待；和塞西尔生活在一起的前景依然存在，和她一起来再过一次新的青年时代的生活，你真正的第一次的青春时代，这种可能性仍未遭受破坏。阳光从左面射进特米尼车站：啊，这几天天气多么好！

在熟睡的阿涅塞的头的上方，小船随着火车在隧道里的滚动声而荡漾。在彼埃尔的耳朵上方，卡尔卡松的塔楼在镜子里颤动。

塞西尔刚刚回到她的三等车室，坐在你现在的位置上，靠走道顺方向的这个边座上。在她对面的那个人的头上，她看到的是什么画呢？而那个人的面孔你已经完全忘了。

你的胳膊倚在走道里的铜杆上，看到窗外闪过那一堵高高的石墙，上面写着："在本村（你刚刚又从那里经过，你又一次看到那堵石墙和墙上的说明，这条线路上很多小村子叫什么名字你都知道，但这个村子的名字你始终不知道），在某年（十九世纪初，一八八〇年，那是当然的，但是后面是什么呢？），尼塞福尔·涅普斯[①]发明了摄影术。"你朝门口探探头，指给塞西尔看这一说明，接着她又埋头看那本你不知道书名的书，于是你开始去想她罗马的房间里那几张巴黎的风景画，凯旋门和方尖碑、圣母院的塔楼和埃菲尔铁塔上的阶梯，这四张画挂在她窗子左右两侧的墙上，就和这间车室里画的挂法一样，其实车室就是一个临时的活动房间，只是你无法躺下罢了。

那时汝拉山区正下着雨，就像今天下过雨一样；窗玻璃上积满

---

① Nicéphore Niépce（1765—1833），法国物理学家。

越来越大的雨珠，水珠弯弯曲曲地慢慢地斜着往下流，震动一下便流动一下，仿佛喘不过气来似的，在隧道里，你的面影的映像好像已变成一个透明的窟窿，你透过窟窿看到岩石在疯狂地逃遁。

你对自己说：不要再去想在巴黎的这段倒霉日子了，应该把过得很不好的这几天抹掉；去巴黎的不是她；我们再也不谈这个；我现在去罗马，我到罗马去见塞西尔，我知道她在那里等我；我们没有一同去巴黎；她坐在这里，坐在我背后，她读着上车以前刚在里昂车站买来的书，这一切纯系偶然。

阿尔卑斯山也在下雨，你知道，在看不见的高山上，雨点变成了雪；当火车在莫达纳停住的时候，四周是一片白茫茫的景象。

你坐着（这么说肯定有人在尚贝里或在山谷某个小车站下了车），坐在塞西尔对面，她又看起书来，间或抬头望望窗外，说一句："鬼天气！"

雪花贴在窗上。海关人员问你们要护照。她合上手中的书，你没有看过这本书，你甚至没有问过她这本书的名字，书里讲的很可能是这样一个人，他想去罗马，他在柏油的细雨中继续航行，柏油越来越白，像雪花，越来越干，像书页的碎片，他并不真正躺在金属船里，而是将太阳穴靠在像玻璃窗一样清凉光滑的垂直的船壁上，这时他又闻到一股烟味，在黑暗中他又看到红色的火光，动荡逐渐止住了，金属的船身在雾蒙蒙的河岸上像两只手一样张开来，沙砾在嘎吱作响，他是单独一人，艄公消失在黑夜里，他大概回去接另一个幽灵了。

他手中一直捏着那两块点心，点心上留着手掌上的黑油和滴滴血迹，因为船航行时他睡着了，两手被船舷擦破。

他出神地瞧着三四滴浓血，它们蜿蜒曲折地慢慢往下淌，好像尽力想在一块高低不平、荒凉不毛的地上复制出复杂的路线图。

黑色的波浪一直很响地拍打着紫色沙岸，突然，在发出火光的地方，听到了不断扑动翅膀的声音，一群乌鸦向四面八方腾空飞起，有几只乌鸦从他头上飞过，继续向前飞，越过河流（如果那是一条河的话），或者越过湖泊，也许越过沼泽，因为闻到一股芦苇、淤泥和水藻的气味，这气味和烟火味越来越掺混起来，那堆火多半是用泥炭燃起的，他现在不得不走近它，因为他不能长久地独自躺在这条破碎的小船里，小船是危险而不牢固的薄金属做的，它像豆荚一样张着嘴，现在小小的波浪和浪花拍打着他，一团团沙砾顺着他的大腿和后背往里钻。

乌鸦把他当作死人，如果这是乌鸦的话，因为在这种光线下，任何一种鸟都好像是黑的，它们不啼叫，两只鸟落在他的肩上，还有一只落在他头上啄他的头发。

他十分缓慢地直起身来，先伸直脖子，然后是胸脯，然后用那两只擦破的手撑在地上，好抬起自己的身体，晃悠悠地跪立起来。现在他颤抖地站了起来，身上的三只乌鸦纹丝不动，它们不放过他，它们用爪子抓住他，另外两只乌鸦从他手中叼走那两块弄脏了的、薄薄的圆点心。

纸屑雨继续下着，纸屑像花瓣或枯叶那样飘落在水面上，几乎盖满整个水面，使它像一幅颜色剥落的油画，纸屑贴在他褴褛的衣衫上，贴在他的面孔和眼睛上，他的眼睛开始对微光习惯了，他开始认出来这里不仅是海滩，而且是港口，右方有一道堤坝，稍远处有一个码头，有台阶、锚环，而微光则来自一座灯塔。

他走上台阶，信步走去；浪涛声减弱了；间或有阵阵嘈杂声向他袭来，好像是一大群人在一呼一吸；他知道他在沿着一座砖墙走，眼前就是马焦雷门，但是他看不到电车、铁路和工人，也看不到人群，在微光所到之处，没有任何动静，在马焦雷门前，一张罗马最高行政长官的象牙椅上坐着一个人，他比凡人高得多，他有着两张脸，而不是一张脸①，朝着这个可怜人的那张脸笑得皱成一团，他对他喊道：

“你永远也回不去了。”

但那另一张脸朝着马焦雷门，朝着城市，和他的脸朝着同一方向，他看不见那张脸，他听见它也在喊叫，声音更长，更低沉，他发不出来的呻吟，它大声发出来了，像狗吠一样，而鸟雀在纸屑雨下面围着这两个脑袋飞来飞去。

随后，一切又沉寂下来；只剩下从墙里传出来的强烈而含混的呼吸声。

海关人员的制服和头发上带着雪花，他们神色匆忙，将护照还给了你们，随手带上了门。

车室里又挤又热，你坐在人群中，你已经忘了他们的面孔，你甚至根本没有注意过他们的面孔，有法国人，有意大利人，他们多半在交谈，不过你当时没有听他们谈什么（那只是一种噪音，就像火车重新开动、钻进隧道时的声音一样），你当时只盯着坐在你对面的塞西尔，她又拿起书来看，她没注意你，她好像没有意识到你已失去了她，没有意识到你正在缓慢而艰难地试图重新找到她，试图在出现这道鸿沟之后再次接近她，在巴黎的这些日子在你们中间造成了鸿沟，现在不要再去想它了。

她开始不再去想它，或者更确切地说，不再去想在巴黎逗留期

---

① 此处指罗马神话里的门神雅努斯，他有两张脸，能洞察过去及未来。

间的你，因为，如果她在回忆这几天时能够将你放在次要的地位，仿佛你不在巴黎，从而避免去回忆她到时的情景、你们的约会、她对先贤祠广场十五号的拜访，那么，她就会觉得这次朝思暮想的旅行还是成功的，在旅行中她多么高兴自己能旧地重游，而在这方面你对她毫无帮助，正如你和昂里埃特在战后重游罗马时，你对她未能有任何帮助一样。

塞西尔心不在焉地看着书上最后几行字；你感到她头脑里正在进行大量的活动；你窥探她的表情，而她让你这么做，仿佛她没有觉察你在那里，因为，要想清理一下这两个星期里的回忆，她必须将你从记忆中撇开，必须这样想，她没有和你一起去作这次旅行，因此，她在火车上与你相遇纯系偶然，仿佛她刚才不曾和你一起吃午饭似的；她独自微笑，想象你不在她身边，想象她在思念你，想象她不久就能在罗马又看到你，想象她突然明白你已经在她身边，于是她又惊又喜，因为，这好比是罗马前来欢迎她。

这就是你在她脸上看到的表情，你越过书的屏障所猜到的这一没有用言语表达出来的对话。

她坐在你现在这个位置上，她手上捧着一本合上的书，头向右偏，正在遐想，想象你不在场，她正独自欣赏皮埃蒙特阴沉的景色，而你这个经常来往的旅客早已看过多次了，她想象你和她竟乘上同一趟车，这在你意料之外，也在她意料之外，而你坐在她的对面，和她一起赏景，她想象要是在车上突然遇见你那有多美，她想象自己热切地想见到你，而果然，你突然出现在走道里，你看见了她，你拉开门，你在她对面坐下，坐在你当时的位置上，你斜眼观察她，你神色不安，大概是由于斯卡贝利公司的事，由于那个她从未见过面的昂里埃特。

她此刻幸福地瞧着你，在巴黎生活的这段往事里，你扮演了一个可怜的角色，现在这一切被这股更为强大的想象力压下去了，但是，她很清楚，属于这一范围内的都是危险的，不能谈这些事，为了使晚饭桌上不那么沉闷，你们本来可以谈谈罗马，因为你们两人都要去罗马，而你们两人都愿意对方在罗马等着自己，或者希望对方离开罗马，一直到都灵来迎接自己，欢迎自己，告诉自己最新的消息。

你们两人都害怕对方说话，因为稍一不慎，焊缝就会裂开，而你们感到它正在你们中间愈合！你们一言不发地回到三等车室，在这期间，车室里有几个乘客下了车，所以你可以在塞西尔身旁坐下了，她说："我累了。"你便将手伸到她背后，不过，必须熬到热那亚才熄灯。

在蓝光下，她靠在你肩上睡着了，你抚摸她，你轻轻吻她的黑发，黑发逐渐变乱了，它挣脱了使头发保持整齐的发夹的束缚，它顺着你的脖子垂下来，使你的嘴唇、鼻孔和眼睛有一种舒服的感觉。

在彼埃尔肩膀上方的镜子里，黑色塔楼在晃动。在车窗所形成的镜子外面，在玻璃窗上的车室外面，可以看到一闪而过的田野的灯火、汽车的灯光、守路人屋子里亮着灯的一间房，刹那间你看到一个小姑娘在里面正对着大玻璃衣橱脱下小学生的衣裙。还有一道反光，这是所有光里最颤抖不定的一道光，这就是坐在你对面已经入睡的意大利老头那副铁边眼镜所反映的你脑后上方的照片，你知道，照片上是凯旋门，周围有样式陈旧的出租汽车。

当时你还根本不具备你想借这次旅行来摆脱的你赖以生存的基础、地位和习惯；你还没有住进先贤祠广场十五号的住宅，而你现在则想离开这套住宅，去巴黎别的地方和塞西尔住在一起，不过你是不会离开的，你命中注定要在那里住到死，因为塞西尔不会来找你，因为你不会让她来，而你今早在里昂车站上车时曾坚决想让她来，你一直坚持要这么想，你一直以为自己坚决要这么想，直到……因为你是不会让她来巴黎的，现在你很清楚，尽管你可以煞费苦心地在这一点上欺骗她和欺骗自己，但她如来巴黎就会使你和她分离，一步一步地分离，却无法避免，一步一步地分离，而这对你们来说是极其痛苦、极其有害的，你很清楚，如果你抛弃她（而你会很快抛弃她，尽管你的爱情十分诚挚），那么你为她在巴黎谋得的那个工作就会成为水中泡影，她是不能继续工作下去的，除非她得到你的保护，而你将拒绝保护她，因为你不愿意再见到她，

因此当你还没有住进这套住宅时，你已注定要在这里住到死，因为不会再有另一个塞西尔，因为现在已经太晚了，因为这原是使你恢复青春的最后一线希望，而你也竭尽全力去抓住这线希望，你至少可以问心无愧地这样说，然而，这线希望在你手中破灭了，好像它实际上并不存在，好像只是因为你健忘，只是因为你思想方面的软弱它才出现了，

那时你根本没有你客厅里现在的那些陈设，因为当时它们还在你父母或昂里埃特的父母家里，或者你还没有把它们买回来，

那时你还没有做玛德兰、亨利、托马、雅克琳他们的父亲，因为当时你刚刚结婚，那是你们的蜜月旅行，你是头一次去罗马，你从中学时代起，从初次跨进博物馆时起就梦想去这座城市，

那是在春天，果树和鲜花在巴黎郊区四处盛开，从半开的车窗

里都能感到春光的明媚，你身旁是昂里埃特，她穿着当时时新的鲜艳裙衣，她兴高采烈，看到一个小山丘就赞不绝口，她手里拿的是旧版的意大利蓝皮指南，这本书你还保存在那个小书橱里，小书橱靠近窗子，每逢星期六，从那里便可俯瞰灯火通明的圆穹顶，那时你努力去记一本意大利语法书上的例句，

枫丹白露森林一片青葱翠绿（那时她不是向你讲起过她幼年时和姐妹们一道去林中散步的情景吗？临近黄昏她就吓得要命，害怕在那里遇见犬猎队队长，他会大声向她们提问题，把她们掳去），

暴雨赶在你们前头，雨水使屋顶和人行道闪着光，使山上的牧场也亮得耀眼。

在边境上，太阳已经西沉，暮霭中只见高处的山峰变成金色，警察问你们要护照。

接着就剩下从墙里传出的强烈而含混的呼吸声。这时，海关人员那张衰老的意大利型面孔同情地笑了起来，喃喃地说：

“你在哪里？你在干什么？你想干什么？”

“我排除了千难万险才来到这里，我是为了寻找一本我丢失的书，而我原来甚至不知道这本书是属于我的，甚至没有留心去看看书名，但它确是我在这次冒险中随身携带的唯一的东西。有人告诉我在你铁面无私地监守着的这座城市里，我可以弄到一本。”

“就算还有几本保存完好的译本能给你看，你确实认为自己精通意大利文，能够看懂吗？

“进来吧，城门大开着，我的另一张脸会监视你迈出的头几步，你没有其他办法了，我只好堵住你后面的大路，只好告诉你道路已经封闭，只好把我的一个向导借给你，这是一只母狼，它的毛色很像泥土和泥土散发的雾气，所以你那昏花的眼睛只是有时才能

看见它，只有当你离它很近时，你才看得清它的毛和爪，一般说来，你只有跟着它的呼吸声和扒抓声往前走。”

月亮在金色和紫红色的山岭上方升起，变成一团巨大而凉爽的火焰，在这一背景的衬托下，海关人员的面孔逐渐发紫，他们的容貌也和今天的海关人员一样庸俗，只是更为傲慢，更为冷酷。

火车又开动了，钻进隧道，电灯还没有亮，连小灯都没有亮；几秒钟里一片黑暗，然后是碧绿的隧道口，这是在陡直、宽阔而阴暗的皮埃蒙特山谷上方，在暮色苍茫中显露出来的一线蓝天。

那时的意大利是受帝国美梦之害的警察国家，每个火车站都有军警，然而，你当时呼吸到的空气是你从来不曾呼吸到的，你感到那是真正的春天，法国的春天无法和它相比，那些令人厌恶的动枪动刀的蠢人蠢事是无法妨碍你去感受春天的气息的，于是你对向你承认自己局促不安的昂里埃特说，你对她说：“他们并不存在。”她也尽力这样想，但是做不到。

夜里，火车沿着海岸行驶，明月照着平静的水波，她坐在你旁边，就像眼前的阿涅塞和彼埃尔一样，你用胳膊搂住她的腰，她的头靠在你肩上，她的两只手搭在你的双膝上，穿堂风吹动她的几缕头发，使它们轻轻拂着你的眼皮，你用手将它们撩开，仿佛它们是温柔的小虫；天很热，你早已脱去了上衣，隔着衬衫你感到她的鼻孔在扇动，她在呼吸。

你越来越侧着身子，你不再靠在椅背上，而是越来越靠着玻璃窗，这样你便可以直接看到那张照片——凯旋门和四周式样陈旧的出租汽车。在你对面的玻璃窗里，有那个意大利老妇人的面影，在它后面是车室的影子，另一列急驰的火车突然穿过影子，使它变得支离破碎，那列火车的窗口全亮着灯，或者是几乎全亮着灯，但是没法数清有多少窗子，也没法往窗子里面瞧，因为这两列火车都在行驶，这时火车刚刚钻进隧道，声音更响了；现在隧道和另一列火车都过去了，月亮从一座山的屏障后面露出了脸庞，在比顶灯的影子略低一点的地方悬了片刻。

灯火一下多了起来；这儿是街道、灯光招牌、人来人往的咖啡馆；你看看表，对了，你快到热那亚了，但还要过一个长隧道，然后就到普林西比车站了。

一辆电车摇摇晃晃地开过去了，车上几乎是空空的。那两个工人进来拿背包。西比尔女先知挪过去坐在靠窗的角落里。阿涅塞瞧着在窗外掠过的凹凸不平的沟壁。

到了市中心了，右面是海港，船舶的舷窗都亮着灯，还有那座有名的灯塔、一些码头和其他火车，还有带着行李等在那里的众多旅客，高处有修建在岩石上的高楼，停车了，阿涅塞起身将玻璃窗放下。

至于你，在这猝然而来的绝对静止中，你用手指把书翻来翻去，这本书你没有看过，但是由于它的存在使你强烈地想去寻找你想象中的另一本书，在目前情况下，你多么想有那本书呵，那本迷途者的蓝皮指南，为了寻找它，那个还处在孕育状态中的人物在奔跑，在泅水，潜入到各处，他在一种尚未成形的背景里奋斗，在海关人员雅努斯面前他沉默不语，雅努斯的两张脸之上有一个由乌鸦组成的冠冕，乌鸦的每根羽毛的四边都饰有火焰，这花边越来越宽，以至在片刻之间，那些乌鸦的翅膀都变得火红，接着变的是乌鸦的全身，它们的嘴和爪，好像都变成了白热的金属，在这团火焰中，只有它们的眼睛仍像冷冷的黑珍珠，他听见一声啼叫，他极力想去看个明白，只见浓厚的烟雾在向四周散开，在还看得清的圆拱桥的那一边，远处像镀了一层白银，好像黎明时的反光，

在开始消散的浓雾中，他看见一条尾巴和几条腿，他似乎看见一对耳朵，狐狸的耳朵，或者是公狼或母狼的耳朵，

他又往前走，从马焦雷门下面过去，马焦雷门后面不是街，而是岩石的隙缝，他在这山间弯弯曲曲的狭道中往前走，渐渐听见母狼在黑暗中轻轻走动，他觉得高处有什么东西在发光，他最后一次环顾身后，雾气正慢慢地凝成金属状的露水，形成一道不可穿越的帷幕，他在雾气中看见海关人员的眼睛和嘴唇，轮廓清晰，由几道细细的火焰构成，

在失去了母狼的踪迹后他加快了步伐，在圆洞上方透进来的银白光线的照射下，他摸着沟壁前进，沟壁不再是石头，而是泥土，上面渗出水来，淌水的声音盖住了在他前面探路的那头野兽的呼吸声，他来到另一个岔路口，听见了说话声和脚步声，接着便隐隐约约看见火把，还有一些身穿白袍的人，他们一面唱着赞美诗一面抬着尸体，在他们头上有一个新的洞口，从那里射进一束不如前一个洞那么明亮的圆锥形的光柱（这多半是黄昏），

他又听见呼吸声，而且越来越响，像是马在吸气，像是马在嘶叫，

在一个由低而高的、笔直笔直的长廊里，他跑了起来，在长廊尽头，他看到出口处在暮色中是一片绿色，一只母狼正来到洞口，它有马那么大，背上驮着一个骑士，骑士手上立着展翅欲飞的乌鸦，它们的样子像鹰隼，它们在拱廊上窗口亮着小灯的高屋之间盘旋上升，它们确实长着鹰一般的翅膀，

他来到一个小广场，在广场的树下摆着几张桌子，几个酒瓶，有两三个人朝他走来（这是意大利人，他自言自语说，是我认得的意大利人），

他揉揉眼睛，这样就把最后一点纸屑碰掉了，他听着人家对他说话，但他听不懂；

至于你呢，你在绝对静止中用手指把书翻来翻去。

有人对你说："对不起，先生。"一个年轻女人走了进来，她个子高高的，嘴唇很红，穿着一件本色羊毛外套，提着一个紫色小皮箱，她正在找地方放箱子；她也会从里面拿出一本书来吗？

你把你的书放在长椅上，你纳闷为什么火车还不开，你站起来去看月台上的大钟是几点。

八

你现在回来了，脑子里仍乱成一团，自从这列火车从巴黎开出，这种骚乱便有增无减，你的思路越来越模糊不清，疲劳像尖针扎着你全身上下，一刻钟比一刻钟难受，它们越来越剧烈地扰乱你的思路，当你竭力将目光集中在一个物体或一张面孔上时，你就受到干扰，它们突然使你想起你的过去或你计划里的某个方面，而你恰恰就是想避开这些方面，那里一切都在沸腾，到处是动荡和骚乱，因为你自己和你的生活正处于重新组合之中，而这种重新组合是不可避免的，是不以你的意志为转移的，那是一种隐秘的变化，你清楚地感到自己只能看到这种变化中极小的一部分，而对它的四周一切却一无所知，你是多么需要去照亮它啊，当然，要做最难的研究和要求最大的耐心也不算代价过高，只要能多多少少驱散阴影，多多少少增加你的主动性及自主权，以应付此刻在黑暗中将你压扁的宿命论，这一活动量相当大，一直在你身上进行着，它一步步地摧毁你这个人，那是观点和角度的变化，那是事实与它所代表的意义的旋转，这种旋转来自你的疲劳与你的处境，来自你以为能由你做主的这项决定，来自你为人的品行修养，而旋转转化为疲劳，疲劳仿佛是旋转时的声音与喘息，它使你出了一身汗，现在快干了，使你的内衣贴在皮肤上，使你感到饿，使你感到那种昏眩，那种消化系统和呼吸系统的紊乱，那种不适，那种突如其来的软弱无力，那种使你倚在门框上的蹒跚，那种眼皮和头部的沉重感，以至于你不是真正地坐下来，而是一下倒在你的座位上，甚至懒得把你原先留在座位上的书拿起来，而你现在正费劲地从身下抽出那本书，你靠在角落里，将两腿伸到对面那个意大利老头的两腿之间，他也许是唯一睁着眼睛的人，不过你没法知道是否如此，因为他那副圆眼镜在蓝色的暗光中闪亮，你将下巴搭在衣领上，用手抚摸下巴，好感到从今早起你已长出那么多胡子来了，

你口渴，你想喝那种清澈发亮的葡萄酒，它装在像少女的腰一般细的长颈玻璃瓶里，瓶放在红铁桌上，一串串彩色灯泡使暗处更加幽暗，成群的蚊子围着灯泡嗡嗡飞，越来越多的人在灯泡周围聚集起来，好和你说话，如果喧闹声平息了，如果有谁出来很清楚地说话，你也许能听懂，

你大声说："我口渴。"可是没有人听见你，你更大声地再说一遍，这种震荡产生了沉默波，一直扩散到广场边上，扩散到有人伸出头来瞧的高楼的窗子下面，你又喊了一声，还是没人听懂，人们相互议论、询问，越来越疑虑不安，

你用指头指指玻璃瓶，于是他们之中的一个人将一只酒杯拿到半人高处，他感到众人都看着自己，因而行动迟缓，他往酒杯里斟满酒，不少的酒被洒在他的手上和他那件蓝紫方格衬衫的袖子上，他用手将杯举起，将它拿到一个灯泡前转来转去，好让你细看，然后送给你喝，

你全身痉挛，不断颤抖，你使出最大力气将嘴唇凑近杯子边

上，最后总算喝了一口（这时杯子的边沿在你嘴里破碎），你使劲吐出那些锋利的碎片和难以下咽的苦酒，苦酒强烈地烧着你的喉部和咽喉，使你大叫起来，你将酒杯朝一座房屋的正面扔过去，酒杯打碎了一块玻璃窗，酒渍在灰泥和砖石上扩大开来，

你用手摸着你那粗糙扎手的、油腻而肮脏的下巴，你睁开眼，在蓝光中端详自己的指头。

是谁熄的灯？是谁要求熄灯的？那时你正跑遍列车的走道去寻找餐车，其实你早该知道在热那亚餐车就被摘掉了，你到处找香烟，香烟可以帮助你保持清醒，免得你荒唐地胡思乱想，胡思乱想只会增加你的烦恼和混乱，而你当时迫切需要的却是非常非常的沉着，要超脱地面对现实，和局外人一样；

现在很清楚，你真的爱着塞西尔，这是因为在你眼中她代表罗马的面貌、罗马的声音和罗马的邀请，没有罗马，离开了罗马，你就不爱她，你只是因为罗马才爱她，因为在罗马，她曾经是，在很大程度上一直是你的引路人，她是罗马之门，正如在天主教的祷文中马利亚是天国之门一样，你必须弄明白的是为什么罗马对你会有这么大的魔力，这种魔力为什么在客观上又不够坚实，不能使塞西尔有意识地、自觉地成为罗马派往巴黎的使节，而昂里埃特信天主教，万城之城在她眼中肯定无比珍贵，但是为什么她要责怪你的正是你对罗马的眷恋，

就这样，你对塞西尔的爱情在你的眼前旋转了，它今后以另一种面貌出现，有着另一种意义，因此，如果你能够顶住睡魔，顶住在蓝光下袭击你的那些噩梦，因为蓝光使你被厌烦情绪和蓝光中的妖魔所左右，如果你能顶住那一切，你现在就该从容而冷静地审查一下在你心中罗马这个神话到底建立在什么基础上，它有否真正的

内容，审查一下这个庞然大物向你显示的面貌是怎样形成的，它和周围又有什么关系，你想让它在历史这一空间里转动，以便加深了解它，了解它在你的行动和决定以及你周围人的行动和决定之间有什么联系，而你周围那些人的眼睛、神态、言语甚至沉默都决定着你的举止和感情。

是谁要求熄灯的？是谁要求打开小灯的？原来的灯光强烈刺眼，但是在它的照射下，物体至少有着坚硬的表层，你感到有东西可以依靠，可以抓住，你想用某种东西来为自己修筑一个堡垒，以对付那种渗透、那条裂缝，那个在逐渐扩大、使你感到屈辱的问题，那个有感染性的疑问，它如今已使这部机器的外部、使金属表面上的零件越来越多地颤动起来，而在这以前，你没有想到金属表面会如此单薄，如此脆弱，

而现在，蓝光仿佛悬在半空，使人感到必须穿过它才能看见东西，蓝光，再加上持续的颤动、噪音和隐约感到的呼吸，这一切使四周的物体恢复了原来的模糊状态，你没有直接看到物体，而是根据迹象去将它们复原，于是你看着它们，它们也同样看着你，

在那种安静的恐怖中，在那种早期的感情中，你恢复了原来的你，这种早期的感情在谎言成堆的废墟上强烈而高傲地表现出对生活和真理的热情，

你盯着这个继续亮着的蓝灯泡，它仿佛是颗大珍珠，确切地说它并不明亮，但它那深深的颜色好像绵绵絮语般，往入睡者的手上和前额上投下柔和的反光，在有蓝灯泡在内的顶灯的圆罩里，有两个薄薄的透明球体，你隐隐约约可以看见里面的灯丝，它们刚才还光亮耀眼，现在却是凉凉的，走道里的灯丝也是一样，在走道外侧，不时地，但却越来越少地，闪现出渔村里几条尚未灭灯的

街道。

星期一傍晚，当塞西尔从法尔内塞宫出来时，她会在黑暗中四下寻找你，她会看到你待在一个澡盆似的喷泉旁边，你正胆怯地等着她，因为正是在那个时候，在去特雷斯卡利尼餐厅吃饭的时候，你应该向她吐露真情，痛苦地澄清事实，因为，你也很清楚，不可能继续保持沉默，不可能仍然让她期待你做出决定，不可能仍然让她去想你在巴黎在为她找工作，去想你给她找到了工作，其实你是不会再找的，其实你已经找到了。

那时你即将离开她，你专程为她旅居罗马的日子即将结束，你这位不速之客在那几天里会使她喜出望外，再过几小时你就会使她喜出望外，那几天里她会想着自己终于胜利了，然而在分手的时候，你将不能不对她说你最初打算告诉她一个出人意外的消息：你终于在巴黎为她找到了工作，她即将去巴黎，她可以向大使馆辞职，开始准备行装，开始向罗马告别，开始独自重温你们两人在罗马好不容易才积累的知识，

你将不能不对她说你已经想了些办法来找住房，而这已经有好几种可能，一切已经就绪，即将大功告成，但你最后放弃了，

你不能不试着向她解释为什么会发生这一变化，好使她在这方面死心，

你不可能保持沉默，因为，在那种情况下，她肯定会把你专程为她做的这次不同寻常的旅行看作是一种允诺和郑重其事的表白，因此，沉默就会变成极其严重的谎言，它会毒化你希望与她保持的一切关系，甚至毒化你和罗马的关系，它甚至会使你竭力要净化的自己也变得阴暗发臭起来。

因此，在最后这个晚上，既然你希望一直拖到最后这个晚上，以便你们两人在这几天里过着至少表面上是幸福的生活，它正从你身边逃掉，为了品尝片刻这种生活，这种在你的想象中近在咫尺、却正变成虚幻和不可能之事逐渐远去的生活，

在最后这个晚上，你必须鼓起勇气，你坐在特雷斯卡利尼餐厅里，你瞧着河流喷泉，这时的她想到不久你就要离开她而心情十分激动，但是她还是很高兴，因为那天晚上你还整个属于她，她仍然认为这预示着在另一个地方她将更为长久地占有你，

必须鼓起勇气来给她当头一棒，使她大失所望，向她宣布，试着去向她说明：原来一切都已就绪，而现在一切都完了，

但是你会没有能力去做这番说明、这番解释，即使你话到嘴边，她的脸色、她的惊讶、她的疑惑不解也会使你没法开口。

所有的情况、你前几天的全部行动似乎都要来反驳你；她不会相信你；她会认为这一切意味着你心地高尚，你在为昂里埃特做出牺牲，她将羡慕和仇恨昂里埃特，她会认为这是奄奄一息的往日的爱情在临终前的回光返照，她认为，既然你刚说过一切就绪，那么她只需等待，你的决定将会除去那些直到最后还一直妨碍她闯进你生活里的羁绊。

这种自信，对你的这种信任，她原来是没有的，是你的这番告白使她产生的，所以，不但你的沉默会变成谎言，就连你的解释也会变成谎言，因为她是不会理解的，因为你的行动会妨碍她去理解。

他们会转过头来，看着这块酒渍、灰泥与砖石碎块纷纷落在他们身上，他们中间有些人被玻璃片击中，很惊讶而且很愤恨地离你远一些，他们那嘁嘁的议论声越来越激烈，正在这时，警察排开围

着的众人，过来抓住你，他们一点也不粗暴，他们也许是同情你，因为他们看得很清楚你几乎走不了路，你拖着沉重的步子，你的破鞋满是窟窿，这使你的皮肉擦着凹凸不平的、炙热的土地，他们架着你的肩膀，时不时扶起你的头，但头又慢慢垂下去了，他们甚至想安慰你，说些很和气的话，但你听不懂，

他们带着你在特拉斯特维雷区的街上走，在 pizzerias 里，人们坐在几乎是昏暗的拱形餐室深处那个红红的炉火前，他们怀疑地看了你几眼，一边给自己再斟上一杯弗拉斯卡蒂酒，罗马之夜的全部炎热都从石头和街石上辐射出来了。

你从一座神殿门口往里瞧，看见在圆柱之间有个闪闪发光的偶像和一个烟雾腾腾的火把，香烟缭绕，你还吸进一口烟，这时达·蓬特全家人在广场上的窗口瞧着你，但没认出你来。

你走进一个堆满了枪支、十字架和刀剑的庭院，走上一个窄窄的螺旋形楼梯，爬上好几层楼，一直来到台伯河岸法院大厦的顶楼，你从天窗里望出去，便看到灯火辉煌的圣彼得教堂的圆顶、灯火辉煌的维托里奥·埃马努埃莱纪念碑、公共浴室广场和火车站，你仿佛听见一阵喧闹声从焕然一新的竞技场里传来，你一直来到一扇黑色的小门前。

就连你那天晚上的举止也会妨碍她理解你的话，因为你不需要回奎里纳尔酒店去取箱子，在晚饭以后也不必急忙回去；你将回到蒙泰德拉法里纳街五十六号，那里是她的家，在这三天里也将是你的家，你将在那里和她一同度过这天晚上剩下的时光；你朝她家走去，你步履蹒跚，因为你心中不安，因为你一心想使她醒悟，因为你在晚饭时为此做出很大的努力但毫无效果，因为你在去她家的路上还要做出很大的努力，因为回巴黎的路程已经使你预先感到疲

乏，你朝她家迈出的每一步，你对她的每次爱抚，你那感人至深的声音中的每一变化，在她看来，都将是对你那番话的否定。

她会拖着你，搀着你，而在这个罗马的夜晚，你将羞愧而绝望地看到她在胜利地微笑，可惜，这个胜利完全是虚幻的，她会努力向你掩饰这种微笑，她以为这是在和你配合，帮助你。

你们两人都在她床上躺下，躺在画下面，你们一面说话，一面相互爱抚，你说虽然你给她找到了工作，找到了使你们两人在巴黎住下来的临时办法，但你现在放弃这一切，因为你的爱情脆弱，你的爱情因地而异，这是一个无情的事实，你不得不这样做，然而，要使她相信你的话，你应该早点着手。

因此，她会让你说下去，但她不理解，她心里想：我真没有想到他这么忠实、正直；我真得感谢他对我讲了心里话！我了解他胜过他自己，我现在相信他胜过他自己；我只需要再等几个星期；我已经将他从这一使他无法脱身的羞怯中拔了出来；我就是他的力量和他的青春。

她需要时间来考虑这些话，你应该在前一天或前两天，也就是明天，对她讲这番话，那么，当她看着你睡觉的时候，当她星期一离开你去法尔内塞宫上班的时候，她就会有时间来思考这些话，那么，她就可以让你一再重复这些话，好核实你确是这样说的，不可能有别的理解。

这么一来，你必须糟蹋这两三天的时间，而你最初是希望在这几天里和她一起来尽情享受，享受这种自由，因为你正是为了获得这种自由才上路的。

这么一来，你在罗马的这段日子将自始至终充满了不信任，充满了她为除去她认为是最后的羁绊而作的努力，充满了使你难以招架、甚至根本无法招架的她那种温柔的嘲讽？

可是，即使你从明天起就将事情原原本本地告诉她（怎样告诉她呢？），星期一晚在月台上，在写着“比萨—热那亚—都灵—莫达纳—巴黎”的三等车室前，她仍然将什么也不明白，她仍然以为你希望她对你施加压力，以为你放弃计划不是出自本意，她将紧紧抓住她认为最关键的事物——与斯卡贝利公司无关的这次旅行以及你将和她详谈的那个工作，她害怕你无中生有，一定会要求你谈得详详细细，你拿出书占了一个和你现在的座位差不多的座位（你希望如此），然后你又下车找她，吻她，她会再一次问你：

“那你什么时候再来？”

趁你心情激动，趁车站上人来人往的这个时刻，她想让你最终摘下这个新面具，这个你已戴上的新面具，她以为你这样做是为了考验她，你这样装腔作势尤其是为了自己，好使你内心的某种紧张有所缓和，

她想最后明确一下，为了使你下次带来一个准备得更好的、最后决定的好方案，她很遗憾在那几天里她不得不艰苦斗争，很遗憾那几天还并不是她感到的即将到来的幸福生活的一部分，

那时，在分手前几秒钟，在即将登上如此艰苦、如此漫长、如此孤独的旅程之际，你真的能够，你知道如何作答吗？即使你知道，你确有勇气，你确有能力使她清醒吗？

不，你没有这种能力，不能让她对这次罗马之行以及它所引起的、而你又不得不对她详细解释的那全部行动和计划产生一种与现在要逐渐进行的事完全相反的严重的错觉，那么，唯一的办法就是等到以后再告诉她这件事，在相当长时间以后再告诉她，也许通过第三者，也许通过影射，到那时，她对你的期望既然已成泡影，她

的希望也将逐渐破灭，或者改变了。

因此你这次必须打消去看她的念头；她事先不知道，她不会等你的。

不能让她知道你来罗马，不能让她知道你给她找到了工作并又做了这番安排，因为，事实上，对她来说就好像你并没有为她找到、你没有去找过工作似的，这是对她而言，而不是对你而言，因为今后你不会再去找了，因为今后你知道你是找不到了。

这是唯一的办法，你脑子里终于出现了这一线光明，就像出了隧道一样：不去见她，什么也不说，像原先讲好的那样，下次旅行时，下次为斯卡贝利公司出差、由公司支付旅费来罗马时，你再去看她，你保守这个秘密，就像你舌头上有个血疱似的，当然你将继续和她来往，当然你将继续爱她，但是，由于眼前这一次旅行，你们中间有了一个可怕的裂痕，它会痛苦地、一次比一次扩大开来而无法愈合，直到有一天她对你相当冷淡了，到那一天她对你不抱什么幻想了，你才能把这一切都告诉她而不会使你的话成为谎言，

这是唯一的办法，避免去看她，使自己避免去放下车室的玻璃窗或从走道的窗口看着她奔跑，看着她给你做手势，一直到她没法再做为止，

避免最后一次远远望着她那逐渐远去而缩小的面孔，你猜得出她在喘着大气，她的面孔因奔跑和激动而绯红，也许还挂着泪珠，避免在她的脸上看到那种新奇的微笑，那种更牢固的、执拗的信任，那种束缚你的手脚的感激，而这一切，在你内心产生缓慢发展的、可悲的、愚蠢的、一定要产生的悲剧之前，你将没有丝毫能力去摧毁，而这一切会重新将你禁锢在你今早从里昂车站动身时追求的那个不同寻常的经历里，而你知道那种经历是没有出路的。

因此你必须单独一人来到特米尼车站，在那几天你要一心一意地避着她，而这使你的脑子里更装满了她，

你必须看着一个拥挤的夜间月台逐渐远去，而你在月台上认不出任何熟人。

郊区车站将在你眼前闪过，罗马—图斯科拉纳，罗马—奥斯蒂恩瑟，罗马—特拉斯特维雷。于是有人会要求熄灯。

你抬起头，扭着脖子，想给你的椎骨正正位，你又睁开眼睛，盯着意大利老头张着的嘴的上方，他那硬直的小胡子和鼻孔的上方，他那从侧面看去镜片凸起的眼镜的上方，你盯着那块长方形玻璃，你知道玻璃下面有一张山景照片，可是，走道的黄色反光使照片根本看不出来；在旁边的镜子里，在没有放下窗帘的窗子外面，不时地露出一轮满月。

那次在车窗外面，在郊区屋顶和煤气储存罐上方，也有一弯新月。

你站在头等车的走道里，你的衣兜里装了不少高卢女人牌香烟，这时有人从你身后走过，这是第一批用餐的人。

你的车室里只有一个乘客，他又肥又胖，年龄和你相仿，他正吸着干燥发黑的小雪茄烟，在他脑袋上方放着两只很大的红皮箱。

在窗外，森林里大部分树叶已经脱落，所以，透过树木的枝丫可以看到弯弯的新月像一只竖立的小船在其中荡漾。

你左手放在宽宽的扶手上，后颈靠在清凉的、有网眼的白椅罩上，这时有人吃过饭在走道里往回走，你用手扶着玻璃窗，想在黑夜里窥见那个堆存旧火车头的洛姆-阿莱西亚火车站。

那时你头上不但有这只绿皮箱，还有你那浅色的公文皮包，皮包被材料和文件塞得鼓鼓的；你手里拿着有关兰斯公司的橘黄色文件夹。

在窗外，索恩河河水闪着柔和的光。这时，那个胖先生请你熄灯，随后他放下窗帘，于是你走出来，在走道里一支接一支地抽着烟，看着几乎空空的马孔车站的月台和在钟面上跳动的秒针。

有人刚刚开了灯，这是莫达纳，海关人员用钢戳轻轻敲着玻璃窗。

那扇小黑门打开了，里面是昏暗的房间，在堆满盒罐和书籍的搁板上方是几乎看不见的圆穹形天花板。

在一张长桌后面，有个双手粗壮的男人在对你说话，但你听不懂他在说什么；你看着周围那些卫兵，他们都摇着头，眼中流露出怜悯的神情，他们中有男人和女人，女人披着白纱和黑纱。

于是你鼓足勇气，闭上眼睛，一面举起双手让大家安静，你感到大家在屏息静听，于是便尽可能用最正规的意大利语做解释：

“这一切都与我的意愿无关，我准备认错请罪，我只是个卖打字机的，我也在使贵国繁荣，我是贵国的一个仆人，在这座城市里我的声誉很好，你们只要去斯卡贝利公司打听就行了。”

但是你知道往下讲是白费力气，因为他们不可能听明白，因为你自以为“正规”的词句并没有从你的嗓子里说出来，从你嘴里吐出来的只是咝咝的声音，它越来越尖厉，越来越刺耳，以致尽管人们原来想听听你的辩护词，但此刻都慢慢站起来，都朝你走来，捏着拳头，想打断这个折磨人的、毫无意义的声音。

海关人员刚刚熄了灯，火车又开动了，钻进隧道，你把两只脚直直地伸到对面那张长椅下面，车到都灵站你才醒过来，虽然天还未亮，车站上已挤满熙熙攘攘的人群，有两个头戴长毛绒帽的教士走进车室，他们开灯，说起话来，有时他们说的几个字被你听到，引起你刹那间的好奇心，那是和某个热那亚社团有关的一件枯燥无味的事。

你刮胡子的时候，毛玻璃已经不那么阴暗了；你在餐车上喝着冒泡的牛奶咖啡，吃着意大利人叫做羊角面包的新鲜果酱点心；这时天已经亮了，天空非常明净，只有两三朵轮廓很清楚的云，这些云在飘过村庄上空时改变着颜色，村里街上的路灯正在熄灭，奶车沉重地驶过去，第一批骑自行车的人从黑暗里显现出来。突然，地平线上出现一个鲜红的缺口，你看见太阳在那里露出脸来，它的光横扫过你那张餐桌，使一切物品，甚至面包屑，都极其美妙地现出清晰的线条，并且拖着长长的影子。

在你的车室里，黑教袍的皱褶里装满了金色的尘埃，两个脑袋之间的交谈暂时停止了。但隧道打破了这幅美景。你驶出山洞，来到热那亚，你瞧着海港里挂着白色小艇的船只，船玻璃上的灿烂阳光与柔和水波交相辉映，还有高高的灯塔，它的阴影曾在片刻间使橡皮救生艇黯然失色。

三个人都在普林西比火车站下车，教士们手臂上搭着披风，轻快地晃着很大很大的黑皮箱，皮箱几乎是空的，在月台上他们还说着话，那个胖先生还没有完全醒过来，他胡子也没有刮就从走道的窗口向外探身，一面喊“Facchino”①。你站在他身旁，你正在呼吸新鲜空气，你在吸今天的第一支烟，你觉得他那副狼狈相、他那疲倦的面容、他那苦涩的嘴着实可笑，你帮他取下行李，递给搬运

---

① 意大利文，搬运工。

工，你心里想：他比我大不了几岁，我要是不注意自己的话，也会像他这样的。

你在镜子里不再看见月亮的影子，而在玻璃镜框里看见它，它在阿涅塞的上方，给她的头发镀上了一层银色，月亮变了样，好像是夜间动物的爪迹，玻璃镜框里的那张照片现在看不见了，但是你知道照片上是停泊在码头上的帆船。维亚雷焦车站过去了。

你睡着的时间比你所想的要长。

噢，如果你无法制止这种被噩梦缠绕不休的睡眠，那至少也得让睡眠持续下去，别让它老是这样断断续续，从而在你的大脑和胃里留下有害的烟雾和有毒的味道！

你至少应该避免时时惊醒，既然噩梦不肯放过你，那就听之任之，好让它有个结果，你总得摆脱它，去掉它，就好像去掉附在你脸上的尘垢，就好像去掉从开车以来你下巴上长出来的胡子一样，

你应该坐坐好，真正睡上一觉，一直睡到天蒙蒙亮，就像所有这些人一样，连在热那亚上车的那个年轻妇女也在睡，她朝你斜着身子，使你在想她的头会不会碰着你的肩，她的身体渐渐往下滑，她又挺直身体，闭着眼，叹了一口气，她的脑袋又开始搭拉下来，肩也搭拉下来，她的手平平地放在长凳上，她倚着这只撑直的手臂（但是每当晃动稍稍剧烈时，她的手肘就弯曲起来，接着又挺直），她张着嘴，牙齿在紫红色双唇之间微微闪光。

接着，她的手指慢慢滑到长椅的边上，又顺着边沿继续滑动；整个手臂都弯曲了，整个身体向你斜过来；两肩离开了椅背；左手手背擦着大腿上的衣裙，然后一直滑到暖气铁皮上，手指搭在地上。她后颈上的皮肤在衣领和头发之间形成一道比较明亮的弯月。

如果刚才过去的是维亚雷焦车站，那么你很快就要到比萨了（现在外面多半是松林，你离海越来越远），你不知道到比萨的准确时间，这个钟点在火车时刻表上有，时刻表放在你头上的皮箱里，而你不想起身去拿。你看看表，大概一点一刻吧，你忘记它快多少时间，忘记你在什么时候对过表。

现在用不着再睡了，因为一会儿就会有震动，有灯光，也许会有人下车。

微微闪光的不是阿尔诺河吗？

墙越来越近，在空荡荡的街道上方有几盏灯悬挂在电线上，但街道仍然昏暗，有红绿交通灯，有另一列火车，那是装着汽车的货车；火车站慢慢地滑动；在寂静无人的月台上，一个男人推着一辆堆满邮包的小车，另一个人猛地从办公室里跑出来，电话听筒被扔在桌上；车突然停下来，震荡得比你原来想象得还要猛。

你旁边的女人撑着胳膊抬起身来，挺起胸又坐正了，她用手指掠过眉毛，靠在椅背上，又合上眼，做出一副苦相，苦相逐渐消失。

这时，阿涅塞突然惊醒，彼埃尔抽出胳膊，将它来回屈伸了好几次，凑到玻璃窗前，直着脖子向外瞧，说道："到比萨了。"他又瞧瞧表，"只要再过四个半小时就到罗马了。"他拉过阿涅塞的双手，头靠到她肩上，抱着她，亲抚她，旁若无人。

你身后有扇门打开了；你转过头去，看见一名卫兵又走了进来，他用小胳膊遮住面孔，他后面跟着一个人，你看不清这人的脸，他身上的衣服和你一样，但是是崭新的，他手上提着一只你那样的皮箱，看起来比你的年龄稍大一点。

警官说了几个字，可你仍然听不懂，他一说完就响起了新来的人的声音，那声音十分清晰易懂：

“你是谁？你去哪儿？你找什么？你爱谁？你要什么？你等什么？你有什么感觉？你看得见我吗？你听得见我吗？”

现在只剩下一层很厚的蓝光和圆窗上紫色的小孔。靠墙排列的卫兵都仰起头，闭上眼。

火车晃荡着又开动了，人人都做了几个动作。

坐在你对面的意大利老头刚才在停车时没有醒，这时咳了起来，掏出手绢，摘下眼镜，用手绢擦镜片，用手指揉揉眼睛和鼻梁。

你身旁的年轻女人努着嘴，很固执地好像自对自重复着什么话，好像她无论如何也要说服自己，她晃着头，接着，这种晃动慢慢转了方向；她现在用太阳穴抚摸着长椅的靠背，她的肩头又开始慢慢下降，下陷，胳膊弯曲起来，原先是笔直而平行的两条腿现在并在一起往下滑动，裙衣在两膝之间形成一个颤动的凹坑。

意大利老妇人交叉着双手端详她，然后掉头瞧着窗外，她松开手指，接着又竖起手指好像在祈祷，她耸耸肩又合上双手，将手放在黑裙上，又瞧着瘫倒在那里的年轻女人，年轻女人的后背强烈地起伏着，你仿佛觉得她正朝你爬过来，你想亲亲她的头发，你也想朝她瘫倒下去。

阿涅塞的脸沐浴在月光中，她睁着眼睛，角膜闪着瓷器的光泽，黑黑的瞳孔里仿佛有一个潮湿的箭矢在颤动。

你看到彼埃尔的侧面，他好像在热情洋溢地对他的心上人娓娓而谈，其实他睡着了；眼前他是车室里唯一睡觉的人；你也应该睡了，你也应该坐好，准备睡觉。

你离比萨已经很远；你又靠近海边了；你就要过里窝那了；你

忘了火车是否在那里停。

阿涅塞轻轻推开彼埃尔的手臂；他的手垂落下来；手腕搁在长椅的边沿上，手心朝上，手指全都稍稍曲着。

阿涅塞用手抓住你头上行李架的横杆，另一只手提起裙子，走了出去。

你想睡觉；你放下身旁那块玻璃窗上的窗帘，你对面的意大利老头也照你这样做，还关上了门，放下门上的门帘。

现在只剩下顶灯的蓝光和阿涅塞空位上的那一小块月光。在车窗外面，一辆汽车的车灯突然照亮了黑夜中的松林。

你独自待着，手里拿着尤里安皇帝的书信集，你已经离开热那亚郊区，太阳开始爬上屋顶和山顶，颜色越来越明亮，变得灼热耀眼，阳光沐浴着你的面孔，

你换了个位置，坐在窗边，钟楼仍然投射出巨大的阴影，公路上车来人往，有些妇女已经在急流里洗衣裳，在另一边，在海岬和别墅之间突然出现了一片披着鲜艳薄纱的三角形的海，花园里还开着花朵

（在拉斯佩齐亚，碧波上飘着灰色的船），

顶灯熄灭了，连小灯也熄灭了，光线随着火车进出隧道而变化，你看见维亚雷焦车站过去了，你离开了利古里亚地区，进入了伊特鲁里亚地区，

（松树在风中摇摆，火车离开海边），

接着，在屋顶铺着罗马瓦片的这层硬壳上方，在远方矮矮的丘陵前，像黎明时深港里的帆船或救生艇那样晶莹闪光，你看到了

圆顶、圣洗堂、斜塔，你每回经过这里都想去看看，而每当这

个时辰，当你在这种光线下经过这里时，你多半都能望见它们；

但你从来没有在比萨下车，你从来就没有这工夫。

你总是去罗马，从不在中途逗留，因为有公务等着你，有塞西尔等着你。

而今天，她根本不知道你在夜里正向她靠近；今天，斯卡贝利公司也不知道你正向罗马靠近。

在里窝那，在笔直的、阳光灿烂的街道上，那时正有送葬的行列在蜿蜒行进，而这次，你即将经过那里却什么也看不见。那一次，月台上有一个报贩在叫卖（而这次将只有铁路职员），从一台陈旧的小火车头上升起了浓烟。车外的空气柔和而清新，夹杂着盐、绳索和煤的气味；一线阳光落到你那刮得光光的下巴上。

接着你感到自己在静止的房间中央，你向后仰着头。

从紫色的圆窗洞里吹进混杂着灰尘、腐烂物和沙土的空气。

只剩下蓝光了，蓝光越来越浓，以致使你看不清沿着墙壁相对而坐的那些卫兵的脸，你觉得他们在往墙壁里面钻；但是他们有节奏的呼吸声在你耳边越来越响，越来越粗，像一种金属的撞击声。

你感到两只脚不再支持你了，它们甚至不再踩着地面，而在渐渐上升，你的整个身体在空间旋转，然后悬在与坐着的人们的紧闭着的双眼平行的高度上。

你只看得见圆顶，你在圆顶下面开始移动，好像在隧道里一样，卫兵们用和你同样的速度沿着墙移动，但没做任何动作。

你现在知道你在哪里：从这些灰泥和颜色的迹象来看，从这渗出的水、这些发红的灯来看，灯周围的隔墙被大片大片发黏的绿色渍印侵蚀，这里是尼禄金屋的地下室。

你间或能从几个圆洞口看到夜空。突然，隧道变宽了；一切都静止下来。

火车停着（火车一定停过，你肯定已经离开了里窝那），那时你还在里窝那（在里窝那没有开灯），太阳在烟雾中照着里窝那车站（有一个新来的人，阿涅塞回来了，他们没有打扰你），你一个人坐在车室里，玻璃窗已经放低了，你朝月台探出头去；你向报贩买了几份报，然后就离开了里窝那车站，在十一月初的那个托斯卡纳清晨，太阳还是相当厉害的，你在一片阳光中看着光秃秃的田野、村庄、山丘、荒寂的海滩以及海滩上一排排蓝色或白色的更衣室，你此刻正在穿越这一景色，而现在正是黑夜，你沉入时断时续、令人难受的不安稳的睡眠中。

在走道外侧，在大海的另一边伸展着皮翁比诺岬角和厄尔巴岛。

穿过马雷马地区时，你第一批用饭，你去餐车坐下，你对面坐着一个非常漂亮的意大利女人，一个个子高高的罗马女人，她使你想起了塞西尔。

月亮又出现在阿涅塞头发的上方，出现在那张看不见的小港泊船照的玻璃框上，月影完全变了，变得像夜间出没的动物的爪迹，不，不仅像爪迹，简直像爪子，它一张一弛，仿佛急于抓住什么东西似的；月影朝着边沿，朝着车窗移动，消失了，而接着，你隔着玻璃窗看见的是那轮满月本身，它正颤颤悠悠地悬在窗中央，月光一下直射进车室，以至在你两鞋之间的暖气铁皮上的菱形鳞片也在闪闪发光，好像也充满了生命的活力似的。

火车驶向比萨，在蓝光中，你看着她睡觉，就好像看着火车上遇见的陌生女人，她在你身旁，她那漂亮的后背大幅度地起伏着，她的头发碰着你那始终拿着没有翻开书的手，她好像不是瘫倒在长椅上，而是大胆地靠在你身上睡觉，你好像在她睡着的时候大胆地将她拉到自己的身边一样，而她一句话也不曾对你说过，而你也没有听见过她的声音，

你心里想：我不知道她叫什么名字，不知道她是谁，甚至不知道她是意大利人还是法国人、她在什么时候上车的，我那时一定睡着了，我醒来时就发现这张漂亮面孔靠着我的脖子，我的手抱着她的腰，她的膝盖轻轻擦着我的膝盖，她的眼皮就在我唇边。

那时窗帘已经放下了，可是与你的太阳穴相摩擦的那块玻璃上的帘子却没有放下，在走道外侧，在布满雨滴的玻璃窗外，你感到秋雨肆虐。

巴黎的这段日子，这趟旅行，你尽力不去想的这段回忆，解决自身矛盾所作的种种努力，这一切都使你疲劳不堪，使你疲劳得常常浑身哆嗦，而你的颤动引起了塞西尔身体的颤动，但她很快就平静下来，恢复舒畅的呼吸，你酸痛的腰背，你的疮疤，你胃的回酸，你格格作响的骨节，你那受挫伤的神经，她使这一切都沐浴在一种柔和的海蓝色的油里，沐浴在一种隐秘、温柔而热烈的柔光里，沐浴在一种沁人心脾、使人心灵得到安慰的净化的气体里，而这种气体是从你正越来越接近的言语、空气、墙壁、脚步以及罗马的名字中获得的。

从里窝那以后，火车就没有停过站；你们穿过马雷马地区；你想再睡睡；车到奇维塔韦基亚时塞西尔醒了。

一切都静止下来；在你头上，在你眼睛的正上方，有一幅《洪水》的复制画；和你一起来的那些男男女女都膨胀起来，沿着墙壁

往上长，碰到圆顶便弯下身体。

在你平悬的身体的两侧，有一大队穿戴整齐的主教在列队行进，他们走到你的耳旁都低声对你说："你为什么要仇恨我们？难道我们不是罗马人？"

接着，由四个长着琥珀色眼睛的黑石巨人扛来一顶 sedia gestatoria①，御轿随着他们的脚步晃动，上面的教皇坐在白色和金色绸缎的遮阳伞下面，四周是巨大的羽毛扇，他戴着手套，满手是戒指，头戴教皇三重冠，他神色疲乏，厚厚的圆眼镜遮住双眼，当他的脚几乎碰到你的脚时，他缓慢而忧郁地说话了，他的声音仿佛来自遥远的坟墓，有生命的墙壁发出嘘嘘的回响：

"呵，你悬在半空，你在我脚前瘫痪，你的嘴唇动不了，甚至你的眼睛也合不上，你无法避开我，

"你想睡觉，想靠着地面，而你现在却失去了地面，

"你被这么多圣像守护着，而你却没有能力将它们依次排位，也没有能力说出它们的名字，

"你为什么要爱罗马？难道我不是这个被消灭的、已逝去的世界之都里多少世纪以来阴魂不散的帝王们的幽灵？"

他的头变成灰色，接着他全身衣服变成蓝色，他融化在一道厚厚的光线中，这道光在大厅中间聚集成一点。

有人开灯，取行李架上的行李，下车。塞西尔刚刚醒过来，她不知道自己在哪里，停车期间她一直看着你，没有认出你来，她那神气仿佛刚刚做了一个噩梦，而她要努力驱散噩梦，不过她刚才看上去睡得很平静。

---

① 意大利文，教宗御轿。

你对着镜子刮脸的时候，看到自己的脸色疲惫而苍白。

车室里，她还呆呆地睁着眼，坐在你离开的座位上，你没有回去，你看着郊区车站在雨中一一闪过：罗马—特拉斯特维雷，然后是河，桥上有一辆送奶卡车正喘着气，车灯的影子映在汹涌的黑水中，罗马—奥斯蒂恩瑟，然后是阴暗的围墙，你感到城市的微光正开始在围墙上空缓缓移动，然后是扎马广场，新阿皮亚大道，图斯科拉纳车站。

她站在那里，牙齿咬着一根发针，正想整理一下头发。人们在走道里拖动箱子。你经过马焦雷门和密涅瓦医药女神庙；你到了罗马。

月亮离开了车窗，但是在彼埃尔和你看不见面孔的新来者的这两个脑袋之间，镜子反射出十分微弱的月光，这一反光又是从雉堞和塔楼那幅照片的玻璃框上反射过来的。格罗塞托车站过去了。

这些指甲多么深地掐进你的皮肉，这些锁链多么紧地捆住你的胸膛，这些游蛇多么欢地顺着你的两腿蠕动！

你慢慢直起脖子，捏紧拳头，伸伸胳膊，但是你刚才还拿在手中的书，现在没有了，它一定是掉到了地上；你弯下身，你在鞋子之间，在摇晃的脚踝之间，在铁皮上摸来摸去，但是没找到书。

书还在长椅上，那个女人的手指放在上面，你真想轻轻咬一口她的脖子，真盼望她在梦中转过头来将嘴唇伸给你，你想搂住她，一面将手伸进她的胸衣，

书离开了她的指头，在一阵阵的晃动中，它越离越远；你在长椅边沿上抓住了它。

直到现在你还没有看见面孔的那个人走了出去，随手关上门，

一缕橘红色光线照着他那花呢上衣，照着你的一只手和一个膝盖；接着又是阴暗的蓝色。

当这个光点消失时，在大厅尽头出现了审判之王，他举起一只手，于是悬在圆穹四周的那些巨大的人物便向后仰头，闭目谛听：

“你一听我说话，四肢就开始抽搐，好像你已被蠕虫蛀食。判你罪的不是我，而是所有陪伴我的人以及他们的祖先，而是所有陪伴你的人以及他们的子孙。”

他现身的那堵墙被一道道闪电照亮，墙大块大块地坠落。

在厚厚的蓝光中，你眯起眼瞧着这些闭着眼的脑袋，它们都朝后仰着，随着火车的晃动而摇摆，你看着意大利老妇人和镀上银光的漂亮的阿涅塞之间那一块长方形的可能有点发灰的车外的黑夜，瞧着从圆顶上垂吊下来的行李架，那上面放着这些男男女女的财物，这些人你以前从未见过，将来也很可能再也不会碰到，

你称作彼埃尔的那个人醒了过来，双肩离开椅背，手肘枕在双膝上，看着昏暗中被缩短了的风景向后飞驰，你称作阿涅塞的那个女人也从梦中醒来，把她丈夫的手腕拉过去，想借着月光看看钟点，

（“……在到罗马之前。”

“是的，差不多，你还有时间睡一觉。”

“我到走道里去一会儿，活动活动腿。”）

他们两人都站起来，尽量避免惊动你，他拉着门柄，尽量轻地拉开门，一线橘红色的亮光射到他手上和你手上，射到你身旁那个女人散开的头发上，

你试着换一个舒服的姿势，前额靠在窗帘上，可是不行，你这样是没法入睡的；你又向后仰起头。

你现在盯着顶灯里的蓝珍珠，你的两只脚在暖气铁皮上蹭来蹭去，想插到意大利老头的两脚中间去，你感到年轻女人那只垂下的手正轻轻擦着你的脚踝，她的手指在试探它，想摸出这是什么东西。

特米尼车站上的雨声几乎与火车的行驶声同样响，倾盆大雨直泻在候车大厅的透明屋顶上，这时你们站在小酒吧间里，匆忙喝着caffè-latte，广场上有很大的水坑，出租汽车驶过便泥水四溅；阵阵急风吹进挡雨的大檐，你们两人都一动不动等在那里，沉默无言，你们的大衣领子竖着，裹得紧紧的，这是漆黑的夜，除了电车在行驶外，几乎没有任何东西预告着黎明的到来。

在蒙泰德拉法里纳街，你把塞西尔的箱子一直送到她那层楼上，然后便很快离开了她，你没有吻她，只是低声对她说“晚上见”，仿佛为免良心受到责备；接着你听见她的钥匙在锁眼里转动，她呯地关上了门。

你走进奎里纳尔酒店最高一层带阳台的小房间，你把皮箱放在桌上，从里面拿出比代版的《埃涅阿斯纪》第一卷；你推开百叶窗；白日开始照亮条条水柱，接着，在民族街那些屋顶的上方，乌云开始消散，露出一块明亮的缺口。

黄昏时，你从斯卡贝利公司出来，结束了那场使人精疲力竭的、枯燥无味的讨论，讨论比估计的时间长得多，所以早已过了在法尔内塞广场约会的时间，你慢慢走着，在橱窗前站站停停，常常换着人行道走，你绕道去万神庙广场解解闷，空气清新，还稍稍有点湿润，天上还有一点晚霞的余晖，

你好像不愿意去法尔内塞广场（但是你的脚将你带回到那里，对

这种愚蠢的必然性，你心中似乎感到恼火），你希望她不在那里，希望她也厌烦了，尤其是经过这一夜的旅行，经过这一天的工作，

你心里想：她多半不再等我，快七点了，她一定回家做了点三明治吃，然后早早上床；

可是，不然，她在那里，在她一向的座位上，她正翻阅一本时装杂志，她甚至毫无不耐烦的神气。

你真想问她在巴黎的这些天过得如何，就仿佛你把她介绍给昂里埃特时说的那些话真是事实，就仿佛她确是一位你在罗马时和你有过交往的、一直殷勤照料你的女士。

她对你说："我饿极了，今早我看到在银塔广场有一家新开张的饭馆，我们可以去试试，吃完饭我就睡觉。"

这一次，你没有去她那里，甚至也没有约好第二天见面。她打着呵欠，用手势向你说"晚安"。你扣上大衣，在寒冷中步行回到奎里纳尔酒店，你在房间里阅读维吉尔的诗句，一直到快午夜。

最里面的墙大块大块地坠落，中央的那幅肖像蒙上一层蓝色，融化在厚厚的光线里，在逐渐显露出来的罗马夜景中，这道光仿佛凝块一般。

朝你俯身的大极了的人物喃喃地说着什么，一面用手指翻着他们那其大无比的书。

你在想她，你自言自语地说："这只是一段插曲，过一阵儿我再去看她，我们将仍然是好朋友。"可是第二天晚上，天空雾蒙蒙的，你坚持不下去了；从斯卡贝利公司出来，你便急急忙忙，几乎是跑着朝法尔内塞宫奔去。

最初你没有露面，在罗马的夜色中你尾随着她，她没有走去蒙泰德拉法里纳街的那条直路，她神色匆忙，烦躁，你走近她，一面

纳闷她是不是去找另一个男人，你走到她旁边，和她并排走了一会儿，你向她转过头去，目不转睛地盯着她，她终于看见你了，她停住，惊呼了一声，手提包掉落在地上，她根本不弯腰去拾手提包，而是急忙扑到你怀里。

你吻着她的嘴；你对她说：

“我离不了你。”

“我要是早知道能遇见你，就在家做饭吃了。”

一切往事，巴黎之行的一切余波都仿佛烟消云散了，你又变得年轻起来，你终于又找到了她，你来到了罗马。

你们在临台伯河小岛的一家小饭馆吃了饭，便一直走到维斯塔神庙圆殿，你们穿过雅努斯门，沿着帕拉蒂尼山和西莲公园走，你们彼此搂着，时时亲吻，一句话也不说，一直来到尼禄金屋的遗址（在竞技场广场上还有川流不息的汽车和摩托车），你们认出了告示牌上的字，金屋只在星期四才开放。

“所以我从来没有进去过。”

“明天我进去替你看看。”

月光正照着意大利老妇人的头和卡尔卡松照片的玻璃框，玻璃框在她头上像是一块闪闪发光的、纤细的竖着的长方块。你手中捏着的门把活动起来；门开了；一个男人探探头，然后关上门。

窗帘的系带从扣环中脱落，窗帘便一点一点往上缩，露出一条隙缝，隙缝逐渐明亮，扩大，你从隙缝里瞥见一条不断变化着的线，这是罗马的田野，它现出黎明时的色彩，灰色，然后是绿色，然后是黄色；接着，在田野和葡萄园上方，在丘陵的低凹处，出现了一块块三角形的明亮天空。

一个乘客使车窗整个露了出来，在铁路拐弯的地方，太阳投下它那黄铜色的光束，入睡者的脸颊和前额便抹上一层炽热而明亮的薄薄的金属的光泽。

在一个农庄上空，飞起一大群乌鸦，而在走道外侧，出现了这幅画中细心描绘的大海的波涛。

“我们已经到了。”昂里埃特睁开眼睛说。

“马上就到奇维塔韦基亚了。”

当时这座城市还没有被毁。那是在大战以前。月台上有些穿黑衬衣的孩子。

你叫她去梳头，用古龙水稍微擦擦脸，但她待在你身旁，手搭在你肩上，眨着眼睛贪婪地看着太阳，太阳正在升起，驱散着松林和别墅后面那些奇形怪状的云。

旧特米尼车站是十九世纪那种笨拙的建筑物，那时在车站前面既没有摩托车也没有电车，但是有马车，因此你们在那个凄惨而闭塞的车站的旧餐厅里吃过早饭后便坐上一辆敞篷马车。

当时你对意大利的知识还停留在书本之上，你还没有进斯卡贝利公司。一切都使你赞叹不已，军装和“Viva il duce”[①]也不能使任何东西减色。

你问她是否要去西班牙广场附近的博尔戈尼约纳街，去克罗切迪马尔塔旅馆歇一下，可是不，她一心只想出去走走，看看，于是你们两人走上渐渐灼热起来的街道，去探索举世闻名的山丘。

那些巨大的先知和女先知合上他们的书；他们的长袍、纱衣和

---

① 意大利文，领袖万岁。

长衣的褶纹都在摆动、延伸，好像变成一种越来越细的大黑羽毛；于是一大堆黑羽毛就在你头上飘动，在它们后面越来越露出深深的、雾蒙蒙的夜空。

你感到自己在往下；你触到了草地。你朝左右掉头看去，只见灰色的断柱和种得整整齐齐的灌木，最里面是一个半截倒坍的藻井砖壁龛。

这时，一些带着铁制饰物的极小极小的青铜铸像在空中向你飘过来，离你的眼睛只有几公分。

“我是梵蒂冈努斯，儿童呼号之神。”

“库尼娜，儿童摇篮之女神。”

“塞雅，主管播入泥土之麦种。”

“主管幼苗。”

“主管茎结。”

“主管张开的麦叶。”

“主管麦穗。”

“主管麦芒。”

“主管嫩绿的穗花。”

“主管白色穗花。”

“主管成熟的麦穗。”

“古意大利细心的小神们，主管行动和黄道吉日，是制定罗马法的那些人的骨灰之神。”

“儒加蒂努斯，使男人与女人的手连在一起。”

“多米杜库斯，将年轻的新娘带往新房。”

“多米蒂乌斯，将新娘留在新房。”

“芒图尔纳，为新郎保留新娘。”

“维尔吉南西斯，为新娘解开腰带。”

“帕尔图达。”

“普里阿普斯。”

“维纳斯。”①

维纳斯越离越远，越长越高，她的身躯变成明亮的金色，庞大无比，她在大壁龛里向你转过身来，举起手，她所有的同伴都在她掌心中。

在她头上出现了三座大雕像，青铜的，铁的，第三座颜色暗得多，是黑土做的，分别是朱庇特、马尔斯和基林努斯②。

随后，一些身着长袍、紫红斗篷或披挂盔甲的男人们从四面八方围拢来，他们戴着越来越多的金饰物、冠冕以及宝石，斗篷上的刺绣越来越密。你一一认出他们，这是历代帝王。

那时你们两人走在街上，探索那些举世闻名的山丘，你们手上拿着那本蓝皮指南，当时它还是新的。

下午你们参观了古罗马广场和帕拉蒂尼山，傍晚，在关门的时候，你们爬上了维纳斯和罗马神殿。

“那儿，在那个角落里，”你对她解释说，“在竞技场的另一边是尼禄金屋的废墟，再往下，靠左手是君士坦丁凯旋门，再过去一点，从树丛里望过去，是克劳狄神殿的墙基，因为当时把帝王都当作神。”

在竞技场四周，车马络绎不绝，不过那时的汽车比去年或今天

---

① 帕尔图达（Partunda）、普里阿普斯（Priapus）、维纳斯，这三个神分别主管诞生、繁殖和爱情。

② 罗马万神庙中三位主要的神。朱庇特（Jupiter）是主神，马尔斯（Mars）是战神，基林努斯（Quirinus）即为传说中罗马城奠基人罗慕路斯（Romulus）。

的汽车要慢得多。帝国广场大道当时刚刚建成通车，在神殿的废墟上刚刚修起这座花园。

突然，在那个沁人心脾的黄昏，她在长椅上问你：

“为什么叫维纳斯和罗马？这两者之间有什么关系？”

你的头完全朝后仰着，你看见座位上方那幅凯旋门照片的长方形玻璃框在微微发亮。一个车站的灯火向后退去，这一定是塔尔奎尼亚车站。

你对自己说：一定要静止不动，至少要静止不动，动来动去是毫无用处的，火车的摇动难道还不足以使得你的信心像磨损的火车零件一样在相互碰撞作响吗？

可是没法不动，必须伸伸手臂。你仿佛绷紧了一张弓，突然松开弓弦，你的手落下来，手指张开，指背轻轻擦着了一张脸，你好像被火烧着，赶紧避开，这是你旁边那个女人的面颊，她直起身子，你端详她的面孔，她的眼睛现在睁开了。

你把右手又搭在了门把上，门把再次活动起来；门开了一条缝，出现了一道橘红色的光线；一只鞋踩在光线里，然后是膝盖，这回是彼埃尔，他不是去刮脸，因为他手上什么也没有，他慢慢溜进来，半个下巴在灯光下显得很脏，他仿佛浸在墨汁里，两手四处摸索，向前俯着身，朝这边转转，又朝那边转转，两脚一前一后，慢慢地、高高地提起来，最后来了个大转身，在椅子上坐了下来。

你看见阿涅塞的半边裙衣，接着是她的腿，它抬起来，晃晃悠悠地勾出一个弧形，脚尖像电流计的指针一样摆动，就在你那交叉架起的膝盖的上方，而这反射着走道灯光的折叠裙的一部分，像雌雉的大翅膀一样在你眼前展开；她的手扶着你的肩，然后又扶着旁边的椅背。她转身，用好不容易才踏进来的那只脚跟旋转，她的裙子的边沿摊开在你的长裤上，她的两个膝盖夹着你的两个膝盖，她扮了一个鬼脸，她的面孔现在全部浸沉在蓝色的暗影中，另一只雌雉翅膀合拢来了，她又转了一个身，两手撑在彼埃尔肩上，一下坐在她的位置上，现在她坐得直直的，头微微向前，看着窗外黑中发蓝的景物，那里有几盏灯照在墙上形成了斑斑点点。

她没有试着去关上身后的门；意大利老头伸出手，一直伸到门把，手在门把上放了一会儿便又缩了回去；你的膝盖和你旁边的女人的膝盖便一同露在橘红色的光线中。

“罗马的帝王和神灵呵，难道我不在了解你们吗？难道我不是常常在街头巷尾和废墟上让你们显圣吗？”

现在许许多多面孔逼近了，它们庞大无比，充满了仇恨，而你仿佛是一只翻倒在地的昆虫，这些面孔被一道道闪电划破，皮肤一块块落下来。

你的身体深陷在湿土里，你头上的天空也开始被闪电划破，大块大块的泥掉落下来，盖住了你。

你的手腕还露在橘红色光线中。你的手在大腿上往下滑，露出衬衫袖口下面的表；现在是五点。街上已经有几扇窗户亮了灯，多半是到了奇维塔韦基亚。你拉开你右边的窗帘，于是你身旁那个罗马女人的脸就露了出来，它在阴影和黑发的衬托下显得相当明亮。

你现在不再睡了。你应该起身，取下你的皮箱，将它放在长椅上，打开它，从里面拿出盥洗用具，然后再关上箱盖。

你的两腿几乎支撑不住你的身体，你无论如何得把门完全拉开。

你应该走出去。

九

车室里空气污浊而闷热，有一股叫人不痛快的味道，你手上拿着红白条纹尼龙袋，尼龙袋湿而凉，里面有小刷、刮胡刀、肥皂、刀片、花露水、牙刷和牙刷套、一管只剩半截的牙膏、梳子，你刚才将这一切都摊在小洗脸池的搁板上，洗脸池里没有塞子，水龙头的水只是一小点一小点地流出来，你用食指摸摸几乎是光滑的下巴，摸摸仍然粗糙的、被搔伤的脖子，你瞧着指尖上凝固的小血迹，你掀开箱盖，将盥洗用具塞进去，将两片薄薄的黄铜锁捺上。你在考虑要不要将箱子放回行李架上，要不要走去待在走道里，好看着火车驶近罗马；啊不，还有差不多半个小时，你看看表，准确地说，还有二十五分钟。

因此，你把皮箱放上去了。在长椅和椅背之间的那条隙缝里，放着你的书，就是你上车前买来而没有看的书，你在整个旅途中保存着它，把它当作自己的标志，你刚才走出车室时忘了它，你睡觉时它曾从你手中掉落，慢慢滑到你的身子下面。

现在你把它拿在手中，你心里想：我应该写一本书；用这个办法来填补出现的空虚，因为我没有其他选择，这辆火车将载着我一直到火车站，不管怎样，我是被束缚住了，必须顺着铁轨走下去。

因此我仍将留在斯卡贝利公司干那个摧残人的所谓的工作，为了孩子们，为了昂里埃特，为了我，我将继续住在先贤祠广场十五号；我原来以为可以从那里逃出来，这是想错了；而且，我知道，下几次我还是情不自禁地要去看塞西尔。

首先，我什么也不会对她讲，我不会对她讲这次旅行。她不会明白为什么我吻抱她时显得那么忧伤。慢慢地她会感到我们的爱情没有任何前途，它注定要消失在我们双方日渐衰老的这片沙漠之中。

马利亚纳车站过去了。在走道外侧已经出现了罗马郊区。

再过一会儿你将到达那个晶莹透明的车站，要是在别的季节，乘这趟车在清晨到站是非常惬意的事。

而这一次将仍然是黑夜，你从巨大的玻璃窗望出去便会看见路灯的灯光和有轨电车的蓝色火星。

你将不住进奎里纳尔酒店，你将一直去到酒吧间，在那里要一杯 caffè-latte，一面阅读你刚买到的报纸，那时，天将破晓，光线越来越强烈、瑰丽，而且逐渐变热。

你将提着箱子在晨曦中离开车站（天空分外明净，月亮已经下去了，那将是一个明媚的秋日），城市呈现在一片深红色里，而既然你不能去蒙泰德拉法里纳街，也不能去奎里纳尔酒店，你便叫一辆出租汽车，让它将你送到西班牙广场附近，博尔戈尼约纳街上的克罗切迪马尔塔旅馆。

你不去塞西尔窗下窥伺；你不会看见她出来；她也不会看

见你。

你不去法尔内塞宫门口等她；你独自吃饭；在这几天里，每顿饭你都一个人吃。

你避免到她那个街区去，你独自一人散步，晚上，你独自一人回到旅馆，独自一人睡觉。

于是，在那个房间里，你一人在那里开始写书，好填补旅居罗马的那几天身边没有塞西尔、不能接近塞西尔的空虚。

然后到了星期一晚上，你将按照原定的时间回到火车站，登上你原定的那班火车，

你没有见到她。

在走道外侧，闪过了大炼油厂和它喷出的火焰，它那高高的铝塔被灯泡装饰着，仿佛是一棵圣诞树。

你一直站着，面对你的座位，面对巴黎凯旋门的照片，你手里拿着那本书，这时有人拍拍你的肩头，是你叫做彼埃尔的那个年轻的新郎，于是你坐下好让他出去，但他要的不是这个；他伸出手臂，开了电灯。

于是所有的眼睛都瞪圆了，所有的面孔都流露出匆忙的神气。

他取下在他那年轻妻子头上的一只皮箱，将它放在长椅上，打开来，在里面找盥洗用具。

你心里想：要是没有这些人，要是没有这些物品和照片来吸引我的思想，使我的思绪好像一列火车，在这趟不同寻常的打破我日常生活和行动惯例的旅程中，使我生命的各个阶段一一闪现出来，并把我切得支离破碎，

要是没有这些条件，没有抽到这一手牌，我身上的裂痕也许就

不会在今夜裂开，我的幻想也许还能延续下去，

然而现在裂痕绽开了，我不可能希望它合起来，也无法忘掉它，因为它下面是一个空洞，这是产生裂痕的原因，它长期以来就存在于我体内，我不打算去填满它，因为它和一个巨大的历史上的裂痕相通。

我不能期望自己一人得救。即使用我生命的全部血液、全部沙土去加固我自己，也不会奏效。

因此要做准备，为我们无法获得的未来的自由准备条件，比方说，通过一本书来准备条件，使得这种自由能够奠定基础，确保它的建立，哪怕是稍稍地得到奠定和建立，

这是唯一可能实现的事，这样我至少能享受罗马那令人赞叹而又使人心伤的昔日的光辉，

而不需要对我们意识到或意识不到的罗马这个名字所代表的谜做出回答，而不需要对这座引人神往而又令人费解的城市做出任何解释，哪怕是最粗略的解释。

罗马—特拉斯特维雷车站过去了。在车窗外面，头几辆亮着灯的有轨电车在街上相对驶过。

那时天已黑了，汽车灯光反射在先贤祠广场的沥青路上。你坐在窗边，从书架上拿起《叛教者尤里安书信集》，昂里埃特进来问你吃不吃晚饭。

“我愿意在餐车上吃，这你是知道的。”

“你的箱子收拾好了，放在床上。我上厨房去了。”

“再见。下星期一见。”

“我们等你，给你准备饭，再见。”

你急于离开这套住宅，雨已经止住了，月亮从圣米歇尔大街上空的云层中露了出来，圣米歇尔大街显出开学时熙熙攘攘的情景，各种肤色的学生来来往往，你叫住一辆出租汽车，汽车在那座被认为是巴黎皇帝建造的宫殿废墟旁拐了弯。

里昂车站，你买了香烟，在月台上订了第二批用晚饭的座位；你进入头等车厢，在一个车室里坐下来，那里已经坐了一位胖先生，他和你年龄相仿，正吸着小雪茄烟，你把你的皮箱和被文件材料塞得鼓鼓的浅色文件包都放到行李架上，又从文件包里抽出有关兰斯分行的橘红色文件夹。

那只是一次惯常旅行的开始，然而，你当时已经漫不经心地在巴黎打听过了，打听能不能给塞西尔找个合适的工作；你那很有规律的生活还没有被任何东西打乱，但是，你和这两个女人的关系已经处于危机阶段，而眼前正在结束的这次不寻常的旅行正是危机的结果。

火车开动了，你到走道里去，望着窗外屋顶上和郊区煤气储存罐上方升起的上弦月。

在窗外，现在再看不见满月了，但是在奥勒利安壁垒前面，摩托车的数目有所增加，新建楼房的每一层上都亮起无数灯火。

你称作彼埃尔的那人又回到车室，他的脸容光焕发，眼睛睁得大大的，面带笑容；你叫做阿涅塞的女人拿着那个大手提包走出去了；你旁边那个罗马脸型的女人站起身来整理大衣，梳理头发，取下她那只小皮箱。

你心里想：自星期三晚上以来，自你前次去罗马的正常出差以来，究竟发生了什么事？怎么一切都变了，我怎么会到了这一步？

长久积累起来的力量爆炸了，这使你决定来罗马，而爆炸的结果还远远不止于此，因为，你在实现这个你早已神往的梦想时，不得不意识到你对塞西尔的爱情是受罗马这颗巨星的影响，你原来想让她来巴黎，那是为了通过她好使罗马时时刻刻在你身边；而实际上如果她来到你每天生活的地方，她就失去了中间人的作用，她就只能是和别的女人一样的女人了，她就又成为另一个昂里埃特，你本意是想建立一种婚姻的替代制，然而在这种替代制中，你和她之间会出现同样类型的纠葛，而且纠葛还更为严重，因为她时时会使你想起那座远在天边的城市，而她本来应该将那座城市带到你的身边。

如果说塞西尔来巴黎以后，她身上所反映和集中的罗马的光辉就会立刻消失的话，这绝不能怪她；而只能怪罗马神话本身，因为，每当你试图将它确切地表现出来时（且不论这种确切性是多么渺小），它便显得相当模糊，使你无法理解。为了弥补你在巴黎所感到的不足，你曾暗中寄希望于重建 pax romana①，重建以一座都城为中心的神圣罗马帝国的世界体制，这座都城也许不会再是罗马，而是巴黎。你曾希望这两个主题能合而为一，因此你才表现得如此怯弱。

不仅塞西尔，换一个女人也会自己失去作用；不仅是巴黎，换一座城市也会使她失去作用。

一大段历史就这样在你的心里结束了，在那段时期里，世界原

---

① 拉丁文，罗马和平。系指古罗马帝国约在公元一至二世纪的富强稳定时期，当时地中海地区的人民以此称呼来表达罗马帝国统治所带来的安全感。

来有一个中心，这个中心不仅仅是托勒密[①]地球中心论中的地球，而且是地球的中心罗马，这个中心曾经转移，在罗马崩溃以后，曾试图在拜占庭定都，然后，在很久以后，又曾试图在帝国时期的巴黎定都，法国国土上的星形铁路网就好像是罗马星形大道的翻版。

在多少世纪中，欧洲的一切梦想就是对罗马帝国的追忆，而现在，帝国的形象已远远不能代表世界的未来，对我们每个人来说，世界已变得辽阔得多，而且也已具有完全不同的安排。

因此，当你个人想使自己与它更为接近时，它的形象便遭到破坏，这就是为什么当塞西尔来到巴黎时，原先照耀她的天空便暗淡下来，于是她又变得和其他女人一个样了。

你说，要在这本书里说明罗马在一个巴黎男人的生活中所起的作用；可以这样想象：这两座城市是重叠在一起的，它们中间有通道相连，只有某些人知道这些通道，但大概谁也不知道全部通道，因此，从此处到彼处，可能有某些意料不到的捷径或弯路，因此，从这一处到那一处的距离，从这一处到那一处的路程，将根据人们对另一座城市的认识和熟悉程度而定，因此，任何定位都是双重性的，对每个人来说，罗马这个地方或多或少地影响着巴黎这个地方，它提供的或是通途，或是陷阱。

你对面那个意大利老头站了起来，费劲地取下他那只黑色大箱子，走出车室，做手势让他的妻子也跟着出去。

在走道里，许多乘客已经在走动，他们提着行李挤在车门前。

罗马—奥斯蒂恩瑟车站过去了，在黑暗中微微露出切斯蒂乌斯金字塔的白尖，你下面是开往罗马—利多车站的头几班郊区火车。

---

① Claudius Ptolemaeus，公元二世纪希腊的天文学家，他认为地球是宇宙的中心。

暖气铁皮的菱形图案很像一个理想的铁路网，你端详着落在上面的、一昼夜间好像已被镶嵌进去的尘土和薄薄的污垢。

第二天，星期四上午，你为塞西尔去参观了尼禄金屋，头天晚上近午夜时你送她回到蒙泰德拉法里纳街五十六号，她看到了你的眼光，明白了你的欲望，便对你说不能在这个时候上楼去她房里，因为达·蓬特那家人还没有睡觉，星期四晚上你在她房里和她一起吃饭，你尽量避免看那四张巴黎照片，它们在阻止你说话。

当你们两人都躺下以后，你才向她叙述当天上午的参观情形，这时你们灭了灯，月光从窗口泻进来，同时还有徐徐微风和邻近房屋的灯光，摩托车在下面街角上拐弯，噗噗直响，车灯在天花板上投下橘红色的斑点。

像往常一样，你在午夜过后不久就离开了她；你回到奎里纳尔酒店；断丝再接了起来；这个伤疤还十分脆弱，稍不当心就会使疤痂脱落；因此你只字未提你们两人在巴黎的这段生活，因此，第二天星期五，她也绝口不提，使你放了心，不论是你们在戴克里先公共浴室广场的一家饭馆吃饭的时候，还是当火车开动，她在车站月台上紧紧盯着你，向你挥手告别的时候，她都绝口不提。

你又得到了她；往事仿佛一笔勾销。你们再也没谈起这件事，而现在，正是由于沉默，伤口无法痊愈，正是这种过早的虚假的愈合使坏疽在伤口内部发展，在这次旅行的各种条件下，在碰撞、运动、颠簸中，伤口又被蹭破，流出脓血。

“再见。”她对你喊道，她扬起头跑着，显得很漂亮，头发像一团黑色的火焰，她微笑地喘着气。你当时想：我原来以为失去了她，现在却又把她找了回来；我曾面临万丈深渊，以后永远不提这件事了；现在我留住了她，我得到了她。

在暖气铁皮上，你端详自己那双皮鞋，鞋上布满了磨蹭后留下的灰色痕迹。

现在“再见吧，塞西尔”又在你的脑中回响起来，你眼中满噙着失望的泪水，你对自己说：我怎样才能使她明白这一爱情是骗人的呢？怎样才能使她原谅我呢？也许只有通过这本书，在这本书中，她是多么美丽，沐浴在她完美体现的罗马的灿烂光辉里。

在这两座城市之间保持一定的距离，保持它们间的全部车站、全部景物岂不是更好？谁都可以在他喜欢的时候，通过正常的交通，从这里去到那里，除此以外，还要有一定数量的接触点和临时通道，它们将在某些法则决定的时刻开放，而这些法则大家只能一点一点去认识。

因此，有一天当主人公在巴黎先贤祠附近散步时，他拐过一座十分熟悉的房子，便可能突然置身于一条他料想不到的街上，那里的光线决然不同，招牌上也都是另一种文字，他认出来是意大利文，

这使他想起他曾经走过的另一条街，他很快便明白那是罗马万神庙附近的一条街，而他可能在那条街上遇见一个女人，他明白只要去罗马便能找到她，只要有钱，有时间，谁都可以随时去罗马，坐上火车，在车上消磨一段时间，越过沿途所有的车站；

同样，那个女人也会常来巴黎；他长途跋涉去寻找她，他会发觉她无意中来到了他刚刚离去的地方，因为他收到一个朋友的信，信中把她描写了一番，

就这样，他们的全部爱情生活不仅仅由巴黎和罗马之间的关系

怎样而定，这种关系的发展对他们每人而言还可能稍有不同，而且也将由他们对此不同的认识程度而定。

你称作阿涅塞的那个年轻女人，你对她一无所知，连她的名字也不知道，你只知道她的面孔和她的目的地是锡拉库萨，她又走进来，挨着丈夫坐下，眼睛一直看着在昏暗的奥勒利安壁垒前对驶穿行的摩托车，围墙逐渐远去，消失在路堤后面，消失在扎马广场区的楼房后面。

火车驶进高墙之间，穿过新阿皮亚大道的桥洞。

罗马—图斯科拉纳车站过去了。一个男人在门口探探头，左右瞧瞧，仿佛看看是否忘记了什么东西（他也许是昨天夜里在你对面的空位上坐了几小时的那个人，而你连他的脸也没有瞧上一眼，因为当时很黑，你又正在做噩梦，噩梦萦绕，此刻使你痛苦万分的问题当时正在孕育之中，正在缓慢而残酷的萌芽状态中，当时你面对万丈深渊头晕目眩，惊惶不安，而再过几分钟，当你到达目的地时，这条裂缝将越来越宽，越来越深，这条裂缝原本是坚实的岸边，唯一牢靠的土地，但你所修筑的一切却一点点地都陷进去了）。

你们朝克罗切迪马尔塔旅馆走回去的时候，罗马春夜里的一切对你们都是新鲜的。

那时还没有地下铁道，没有无轨电车，没有低座摩托车，有的只是有轨电车、直线条的出租汽车和很少的几辆四轮马车。

看到那些系着花腰带的老老少少的教士们列队在街上走，昂里埃特和你一样觉得很好笑。

你们手里拿着蓝皮指南，当时它还是崭新的，后来你觉得它越来越不准确，以前你每次来罗马都带在手边，后来你经常去看塞西尔，习惯用她那本指南，因此便把这本指南留在先贤祠广场十五号住所里靠窗的那个装罗马书籍的小书橱里，

你们两人都不知疲倦（清晨在房间里，你刮胡子，她梳头，你们还一面相互重复阿西米勒课本中的句子），

第二天你们去梵蒂冈，围着梵蒂冈城墙蹓跶，你们瞧着商店里的迷信用品扑哧扑哧笑，你们快步穿过摆满蹩脚的古代雕像或现代纪念品的商场，

你们爱慕地注视着人群、街道、纪念性建筑，你们两人都相信这只是初步接触。

你们畅游的这几天过得很快，你们两人都悄悄地同声咒骂在街头巷尾看到的多得出奇的军装，最后，你们该去那个与罗马极不相称的寒伧的肮脏的特米尼车站了，火车开动时，你低声对她说：“一有可能，我们就再来。”

又一个男人在门口探探头，朝左右瞧瞧（他也许是挨着年轻新郎坐了几个小时的那个人）。

你说：“我答应你，昂里埃特，一有可能，当这次干扰的余波平息下去，当你宽恕了我，我们就一同再来罗马，那时我们还不算太老。”

火车停住了；你到了现代化的罗马—特米尼车站。天还是黑的。

你独自和那对年轻夫妻待在车室里，他们不在这里下车，他们要一直去到锡拉库萨。

你听见搬运工的吆喝声、其他火车的汽笛声、噗噗的喷气声、

嘎嘎的摩擦声。

你站起身来，穿上大衣，提起箱子，拿起你那本书。

最好的办法当然是使这两座城市保持它们实际上的地理位置，

同时试着以书本的形式再现你这一艳史的这段关键性片断，重现你的身体从一个车站越过途中一切景物而到达另一车站，在这段运动中所产生的精神上的运动，

朝着那本未来的、必然的书，而它的外形正被你握在手中。

走道是空的。你瞧瞧月台上的人群。你走出车室。

译后记

《变》是法国当代作家米歇尔·布托尔的名作，发表于一九五七年十月，并于当年十二月获勒诺多文学奖。米歇尔·布托尔于上世纪五十年代登上文坛，最初写作小说，先后发表了《米兰弄堂》、《时间表》、《变》、《程度》等作品；但自六十年代起，他便完全放弃小说，从事诗歌、散文、文艺批评、戏剧方面的写作，以散文及文艺批评为主。虽然如此，他仍被认为是“新小说”派的重要作家之一。

“新小说”是五十年代初出现的一种文学现象。当时一些小说家认为，在物质充斥的今日世界，现实是复杂、模糊、朦胧和阴暗的，客观世界往往不容易为人所认识，因此不宜用传统的小说形式来反映。他们反对传统小说中有头有尾、由作者精心安排的情节，反对传统小说中以“英雄”人物出现的主人公；他们作品中的主人公有的有名有姓，有的则有名无姓，有的干脆用字母作代号，这些人既没有过去也没有未来；小说中的事件一般也没有时间和地点，有的甚至打破时序，先后倒置，使读者很难适应。有的“新小说”派作家，为了使读者摆脱阅读传统小说的积习，对某一事物从不同角度不断地加以描绘，使人厌烦到难以容忍的地步；有的则强调对意识的描绘，一味发掘内心深处的活动，常出现缺乏联系的片断的思想，使读者无法理解。但是，《变》这部小说则兼有两派之长，即对外部世界作客观而精细的描写，并通过这些描写的一再重复，不断探索内心的活动，从而反映了意识的觉醒过程，而人物的思想活动又有线索可寻，不像同派其他作品那样读不懂，所以这部小说在“新小说”派作品中是值得一读的。

《变》的主人公有名有姓，有家庭，有职业，而故事的叙述也有时间和地点。一个中年男子，某意大利打字机公司巴黎分公司的经理，他决定与妻子分居，现在正由巴黎乘火车去罗马探望自己的情妇，准备告诉她不久她便能来巴黎与他共同生活。但当火车抵罗马时，他却改变主意，决定下车后不去找情妇，也不带她到巴黎去，而要闭门写作。这就是这篇小说的情节，它和传统故事十分相似，但仔细想想也不尽然。这里的情节其实也是无头无尾的，故事早在小说开始之前就开始了，而在小说结束时并未结束。主人公只是一个朦胧的影子，一种意识的体现，对他的相貌我们一无所知。从他踏进三等车室直到小说最后一页走出车室为止，在这二十多个小时里，到底发生了什么事，可以说什么都没有，有的只是主人公的回忆与想象、他的内心活动而已。

小说分为三卷，各卷又分为三章，随着主人公内心活动的产生、发展到减弱，这三部分的篇幅由少而多，又由多而少。小说的时间及地点都是精确的：一九五五年十一月十五日早八点至十六日早五点四十五分，在巴黎—罗马—锡拉库萨快车的三等车室里，这一时间地点的确定和法国十七世纪古典戏剧中“三一律”的要求很相似。然而，随着火车的运行，这一空间无限地扩大了：窗外的景物在变化，城市车站不断交替出现，有大海、高山、湖泊和田野。随着火车的行驶，这段时间也无限地扩大了：主人公回想起以往的多次旅行，有三天以前的，一周以前的，一年前、两年前、三年前的，甚至还有二十年以前的。这些旅行或是由巴黎去罗马，或是由罗马回巴黎，或是独自一人，或是与妻子或情妇同行。再加上他对下次回程的想象，这就构成了九次旅行，它们像铁轨一样纵横交错，围绕着眼前这次旅行的主干而展开，使我们在这间小小的车室里经历了春夏秋冬和雨雾霜雪，目睹了随着光影明暗而变化的大自然。可以说，作者让主人公的回忆突破了狭小的时空束缚而上下飞跃，而飞跃又是符合主人公内心活动的规律的。作者曾说他是照代数的方程式来对这十次旅行进行排列组合。因此，旅行是在两种意义上进行着，一种是从巴黎到罗马的实际旅行，一种是精神上的旅行，即精神上的追求与探索，由无知过渡到有知，由无意识过渡到有意识。

小说的语言和技巧也是颇有特点的。小说的第一句话就是："你把左脚踩在门槛的铜凹槽上……"这里既不是第三人称的"他"，也不是第一人称的"我"，既不是旁观者的叙述，也不是自叙，这个"你"曾引起连篇累牍的争论。作者自己曾说："由于这里描述的是意识的觉醒，所以人物不能自称'我'，用'你'既可以描述人物的处境，又可以描述语言是如何逐渐在他身上形成的……"在此对作者的意图先不进行探讨，但至少有一点可以肯定，那就是这个"你"好比是一种邀请，使读者置身于小说之中，与主人公同呼吸，共命运，这个"你"也好比是种命令或指责，要主人公去回想不愿重提的往事，从而有所觉醒。

与其他"新小说"派作家一样，米歇尔·布托尔对事物的描写精确之至，而且绝无遗漏。主人公像是一架照相机，从他的角度（而不是从作者的角度）将所见之物忠实地拍摄下来，有时还用特写镜头或慢镜头。例如主人公看表："你撩开手腕上那里外三层袖口，即衬衫、上衣和大衣，分别是白色、蓝色和灰色的，露出了你的长方形手表……"又例如在描写那位新娘回到车室坐下的前后动作，就用了整整十四行文字，仿佛将动作一一分解，她如何抬腿，如何放腿，如何旋转，光影明暗又是如何，颜色变化又是如何，如此等等。作者这些手法都是为了突出时间的长度，表示时间在缓慢地流逝。

小说中还有些一而再、再而三重复的句子，如"……车站过去了""在走道外侧……""在车窗外……""在暖气铁皮上……"等等，最后这句话竟出现达二十三次之多。重复仿佛是歌曲中的叠句，使小说增加了诗的韵味。但重复中也有变化，比如仅在十几页中就有以下几例："在暖气铁皮上，士兵的鞋踩碎了那块小饼干。""在暖气铁皮上，年轻丈夫左脚的浅黄色绉胶底鞋几乎盖住了全部被踩碎的饼干的浅黄色痕迹。""在暖气铁皮上，报纸团一直滚到意大利人的鞋边。""在暖气铁皮上，你看见一个苹果核从一个菱形格跳到另一个菱形格。"……这些描写强调了在重复中也有变异，而且重复更突出了变异，表明随着时光的流逝，同一事物在不断地变化。

《变》中的句子结构也颇有特点。作者在描述旅行时，一般用简单明了的短句，但一旦触及主人公的内心活动，句子则拉得很长，有时句子长得要好几段、好几页才出现一个句号。主人公的脑中刚产生一个念头，便不由自主地滑到另一个念头，然后又回到第一个念头，如此往返多次，写成文字则成长句，长段落，段落与段落之间只用逗号隔开，思想好像洪水一样在汹涌澎湃，闸门无法关上，直到最后主人公好不容易才控制了洪水，回到第一个想法上来，这时叙述才告一段落，出现句号。这种长句有时给人气喘吁吁的感觉，仿佛主人公在探索，挖掘内心深处的某件事物，而它却深藏不露。

在小说的最初几章，叙述比较平稳清晰，体现了主人公的沉着自信，但渐渐地，主人公感到疲乏惶恐，接着又沉入半睡眠状态中，为噩梦所苦，这时叙述就开始显得零乱，仿佛摄影师在不断挪动镜头，从现在一下拉回到过去，拉到最近的过去，拉到最远的过去，拉到将来，又拉回到现在，再拉到梦境里去……给人一种迷惘之感。主人公的思想如同一堆乱麻，他惶惶然无所适从。我觉得在这里形式和内容确实达到了统一。应该说，米歇尔·布托尔在小说形式上的探索与创新是成功的。

作者对光影明暗的描写，对水和森林的描写也很有特色，在此就不一一列举了。

小说的主题是什么呢？我认为正如书名所指出的，在变，多层意义上的变，时空的变，尤其是人物内心的变，这种变化导致了觉醒。原来没有意识到的东西现在意识到了，对于一些事物原来还抱有幻想现在则清醒了：主人公意识到他对情妇的爱情并不能给他带来解放，于是他另作安排，不再带她去巴黎。这个主题并没有什么新颖之处，本书之新主要在于它的结构、描写手法和语言。

以上是译者的一孔之见，希望读者通过这部小说，能对法国“新小说”有初步的认识。此外，小说里多次提到梵蒂冈西斯廷小教堂的壁画及意大利诗人维吉尔的史诗《埃涅阿斯纪》第六曲的内容，还有近百处提及罗马的古迹或艺术作品，对中国读者来说，这些都很生疏。译者由于才疏学浅，只在必要处作简要注释，如有谬误之处，请批评指正。

桂裕芳

一九八一年九月

图书在版编目(CIP)数据
变/(法)布托尔(Butor, M.)著;桂裕芳译. —上海:
上海译文出版社, 2011.4(2024.3重印)
ISBN 978-7-5327-5274-4

Ⅰ. 变… Ⅱ. ①布… ②桂…
Ⅲ. 长篇小说—法国—现代 Ⅳ. I565.45

中国版本图书馆CIP数据核字(2010)第233149号

Michel Butor
LA MODIFICATION

本书根据子夜出版社1957年法文版译出

图字:09-1998-069号

变
LA MODIFICATION

Michel Butor
米歇尔·布托尔 著
桂裕芳 译

出版统筹 赵武平
责任编辑 王笑月
装帧设计 张 越

上海译文出版社有限公司出版、发行
网址: www.yiwen.com.cn
201101 上海市闵行区号景路159弄B座
浙江新华数码印务有限公司印刷

开本 890×1240 1/32 印张 8 插页 2 字数 145,000
2011年4月第1版 2024年3月第2次印刷

ISBN 978-7-5327-5274-4/I·3034
定价: 45.00元